「え？」
背後で いたような音がした。
狩夜は る。すると――
「……
右腕に っていた。
なんとそ 、大きな二つの目があった。
その目が 直ぐに見つめている。
「これっ
脳裏にあ がったとき――
「……（
そいつは、笑 た
その小さな体が裂けてしまうんじゃないかと思うくらいに、大きく口を広げ――。
異世界への誘い

イルティナ
ブランの木の民の少女。
ティールの村の責任者にして
ウルズ王国第二王女。
レイラ
マンドラゴラの少女。
狩夜の相棒。
強力な力を待つ。
メナド
ブランの木の民の少女。
イルティナの従者。
叉《また》鬼《ぎ》狩《かり》夜《や》
日本人の中学生。
レイラによって
異世界転移者に。

驚異！　ヴェノムティック・クイーン
「逃がスと思うカ！　人間！」
クイーンが回転をやめ、三人をめがけて突撃してきた。
狩夜はいつの間にか走り出していた。
クイーンから逃げようとする本能を抑え込み、
自分の体を盾にすべくイルティナたちの前に躍り出る。
「無茶だ！　逃げろカリヤ殿！
ハンドレッドの開拓者がどうこうできる
相手じゃない！」
「カリヤ様！　いけません！」
イルティナとメナドが悲痛な声を上げるが、
狩夜は真正面からクイーンと相対する。
「我ガ子からラ聞いているゾ、人間！
私たちの毒ノ治療法を知るのハ貴様だナ!?
貴様ハ確実ニ始末すル！」

友情と旅立ち
ザッツ
ブランの木の民の少年。
両親の死にまつわる闇を抱えている。
「ザッツ君……」
「だから……その……ありが――じゃない。
俺はもう大丈夫――でもない。
意地悪してごめ――はもっと違う！
えっと、だから、つまり、
俺がなにを言いたいかと言うと――」
ザッツはここで言葉を区切ると、左腕にラビーダを抱え、
右手では握り拳を作った。そして――
「こ……これからは、ライバルだ！」
と、狩夜に右手を突き出してきた。
小柄な狩夜よりさらに小さい、
だが、とても力強い握り拳だった。
レイラが「なかなかやるじゃん」と、
感心した顔でザッツを見つめるなか、
狩夜はザッツに応えるように右手で握り拳を作る。
そして、万感の思いを込めて、拳を合わせた。
「おう！」

引っこ抜いたら異世界で
If you pull it out, you'll be in another world.
Hiradaira Yu
平平祐
[illustration] 日色

本文・口絵イラスト：日色
デザイン：寺田鷹樹（GROFAL）

# CONTENTS



If you pull it out, you'll be in another world.

# プロローグ　厄災の日

「これで……終わりだぁぁぁぁ！」

流れるような長髪《ちょうはつ》、銀髪の男が、手にしていた聖剣《せいけん》を〈厄災《やくさい》〉と呼ばれる存在に突《つ》き立てた。

世界の根底を支える物質、マナ。その結晶《けつしょう》によって作られた聖剣が〈厄災〉の体を貫《つらぬ》き、その核《かく》に突き刺《さ》さる。

瞬間《しゅんかん》、〈厄災〉は口から白色の血を吐《は》き出し、全身を弛緩《しかん》させた。

そんな〈厄災〉を見据《みす》えながら、聖剣の男はある事実を確信し、小さく呟《つぶや》く。

「勝った」

数多《あまた》の戦い、艱難辛苦《かんなんしんく》を乗り越《こ》えてきたからこそ、男にはわかった。世界の命運を懸《か》けたこの一戦は、自分の勝ちだ——と。

男の瞳《ひとみ》から、一筋の涙《なみだ》がこぼれる。

勝った。そして、終わった。

長い長い、永遠にも思えた戦いが、ようやく終わったのだ。

「よくやった……勇者よ……」

「え？」

聖剣の男――勇者は、事切れる寸前の〈厄災〉が紡《つむ》いだ言葉に目を丸くし、涙に濡《ぬ》れた瞳でその顔を直視する。

「よく……私を止めてくれた……あのままでは私は……愛するこの世界を……みずからの手で壊《こわ》してしまうところだった……」

「あんた……」

先ほどまでとはまるで違《ちが》う、憑《つ》き物が落ちたかのような穏《おだ》やかな表情で、〈厄災〉は勇者に礼を告げる。そんな彼《かれ》を見つめながら、勇者は言葉を返した。

「あんたは、自分の意思で世界を滅《ほろ》ぼそうとしたんじゃないのか？」

「当たり前だ……誰《だれ》が世界の消滅《しょうめつ》を望むものか……私は大地も、海も、空も、虫も、動物も、植物も、魔物《まもの》すら好きなのだ……私は、この世界を……誰よりも愛している……」

「……そうか」

先の発言に嘘《うそ》はないと勇者は感じた。〈厄災〉の言葉には、この世界と、生きとし生けるものすべてに対する深い愛情が満ちている。

こんなにも優《やさ》しい男が、なぜ〈厄災〉と呼ばれるほどの邪気《じゃき》を纏《まと》い、この世界、イスミンスールを滅ぼそうとしたのだろう？

もしや〈厄災〉の背後には、まだ自分が知らない未知の敵がいるのでは？　と、勇者が考えたとき――

「嫌《きら》いなのは……貴様ら人間だけだ」

〈厄災〉は、そう言って自身の体を貫いている聖剣の刃《やいば》を、両手で握《にぎ》り締《し》めた。

勇者の口から「え？」という、間の抜《ぬ》けた声が漏《も》れる。瞬間、神々《こうごう》しいまでの輝《かがや》きを放っていた勇者の聖剣が、黒く変色しはじめた。

〈厄災〉が、自身の邪気を聖剣に注ぎ込《こ》んでいるのである。

「な⁉」

我に返った勇者は、聖剣を〈厄災〉から引き抜こうとしたが、〈厄災〉の両手と体、そして核によって固定された聖剣はびくともしない。

狼狽《ろうばい》する勇者の眼前で、聖剣は瞬《また》く間にどす黒く染まっていく。

「私が滅ぼしたかったのは、貴様ら人間だけだ。人間は、どの種族も等しくクズだ。この愛《いと》しい世界に存在する、唯一《ゆいいつ》の汚物《おぶつ》に他ならない。だから滅ぼしてやろうと考えた……だが、力を求めて邪気を取り込んでいく最中、逆に邪気に飲み込まれ、危《あや》うくイスミンスールすべてを滅ぼしてしまうところだった……止めてくれてありがとう。本当にありがとう。しかも、こんなにも素晴《すば》らしいモノを持ってきてくれるとは……お前には、いくら感謝してもし足りぬよ……」

「やめろ！　その剣は――」

「世界の要たる世界樹。そして、八体の精霊《せいれい》の加護を受けた聖剣……だろ？」

〈厄災〉が笑う。その笑《え》みを見た瞬間、勇者の全身に悪寒《おかん》が走った。そして、次の言葉で彼の表情は凍《こお》りつく。

「これを触媒《しょくばい》に使えば、それらすべてに直接邪気を注ぎ込み、一斉《いっせい》に呪《のろ》いをかけることができる」

「馬鹿《ばか》なことはよせ！　そんなことをしたらこの世界が！」

「世界は無事さ。むしろ良くなる。貴様ら人間の滅びによってな」

〈厄災〉は笑みを深くした。そして、狂喜《きょうき》のままに叫《さけ》ぶ。

「誇《ほこ》れ、勇者よ！　お前は私に勝った！　世界を救った！　紛《まぎ》れもない英雄《えいゆう》だ！」

勇者は〈厄災〉の言葉に耳を貸さず、邪気の放出に伴《ともな》い徐々《じょじょ》にやせ細っていく〈厄災〉の体から聖剣を引き抜こうと、その両腕《りょううで》に力を込めた。しかし――

「ぐぅ！　この！」

抜けない。漆黒《しっこく》に染まりつつある聖剣は〈厄災〉の体に埋没《まいぼつ》したままだ。

「だが、貴様が救ったその世界に、人間の居場所があると思うなよ！」

「くそ！　くそぉ！」

「人の時代は今終わる！　世界に我《わ》が世の春が来る！」

「くそぉぉぉおおぉぉおぉ！」

「罪深き人間どもよ！　我が裁きを受けるがいい！」

この言葉を最後に、すべてを絞《しぼ》り尽《つ》くし、ミイラの如《ごと》き姿となった〈厄災〉が息絶え、聖剣は漆黒に染まった。瞬間、世界九ヵ所で、人ならざる者たちの絶叫《ぜっきょう》が上がる。

その絶叫に、勇者は一人涙した。そして、漆黒に染まった聖剣を握り締めながら、己《おのれ》の無力をただただ嘆《なげ》いた。

ほどなくして、人ならざる者の絶叫が途絶《とだ》え、世界が静寂《せいじゃく》に包まれる。そして、その静寂を引き裂《さ》くかのように、今度は世界中の人々が絶望の悲鳴を上げた。

イスミンスールに構築された人間社会。その崩壊《ほうかい》がはじまる。

# 第一章　引っこ抜いたら……

――現代日本・某所《ぼうしょ》――


「そりゃないよ、じいちゃん……」

ぱんぱんに膨《ふく》らんだ登山用ザックを背負い、山登り用の服装に身を包んだ黒目黒髪《くろかみ》の小柄《こがら》な少年、叉鬼狩夜《またぎかりや》は、とある山の中腹にある炭焼き小屋みたいな祖父の実家、その入り口に貼《は》られた伝言を見つめ、暗い顔で呟《つぶや》いた。

『狩夜へ。茂《しげる》さんとこの鶏《にわとり》が熊《くま》にやられた。ちょっといってくる。追伸《ついしん》・もしよかったら、庭の草《くさ》刈《か》りを頼《たの》む。やっといてくれたら、とっておきの肉を食わせてやろう。じじい』

貼り紙を何度も何度も読み返した後、狩夜は周囲を見渡《みわた》した。空になった三つの犬小屋と、草木が生《お》い茂《しげ》った庭が目に映る。

どうやら、狩夜の祖父が犬を連れて山狩《やまが》りにいったのは間違《まちが》いないようだ。事前に遊びにいくと連絡《れんらく》があった孫を放《ほう》り出し、さらには庭の手入れを押《お》しつけ、祖父は狩りに出かけたのである。

「嘘《うそ》でしょ？　夏休みを使って、遠路はるばる顔を見にきた、可愛《かわい》い孫に対する仕打ちが……これ？」

狩夜は、ワナワナと打ち震《ふる》えながら右手を握り締《にぎし》める。

「僕《ぼく》も狩りに連れてってよ～!!」

大木が立ち並ぶド田舎《いなか》の山間《やまあい》に、狩夜の叫《さけ》びが木霊《こだま》した。


「くっそー。じいちゃんの猟銃《りょうじゅう》が熊を仕留めるところ、見たかったな～」

手にした祖父愛用の和式ナイフ、いわゆる剣鉈《けんなた》で、無秩序《むちつじょ》に伸《の》びた庭木の枝を断《た》ち切りながら、狩夜は不満げに独りごちる。

狩夜の祖父は凄腕《すごうで》の猟師で、現代を生きる数少ないマタギの一人だ。

母方の祖父で、身長は百九十を超《こ》える大男。今年で七十二歳《さい》になるが、いまだに筋骨隆々《りゅうりゅう》で、衰《おとろ》え知らずの鉄人である。

狩夜は、そんな祖父に――そして、猟師という職業に憧《あこが》れていた。

なにが切っかけだったのかは覚えていない。物心ついた頃《ころ》から、猟師に憧れていた気さえする。

そんな狩夜が祖父と仲良くなり、その家に入り浸《びた》るようになるのは必然だった。駆《か》け落ち同然で結婚《けっこん》し、なにかと理由をつけては祖父を避《さ》ける両親や病弱な妹と違い、狩夜は都合がつけば祖父に会いにいった。

狩夜が顔を見せるたびに、祖父は豪快《ごうかい》に笑い、狩夜に色々なことを教えてくれた。狩りに必要な心構え、動物の解体方法、罠《わな》の設置の仕方、他にも、他にも……

そう、マタギである祖父の技術は、世代を超え、孫の狩夜に伝授されたのである。

ただ、これらの技《わざ》が狩夜の人生を左右したり、就職の役に立つかと聞かれれば、答えは『NO』だろう。履歴書《りれきしょ》の趣味《しゅみ》・特技欄《らん》に、狩猟《しゅりょう》、動物の解体と書いても引かれるだけだ。多くの技は使われることなく徐々《じょじょ》に錆《さ》びつき、狩夜の命と共に永遠に失われるに違いない。

狩夜は猟師に憧れてはいるが、実際になれるとは思っていなかった。両親が絶対に許さないからである。祖父にしても、狩夜が猟師になるとは思っていないだろう。狩夜に技を伝授したのは、死ぬ前になんらかの形で俺《おれ》の技を――みたいなノリに違いない。

狩猟生活はあくまで憧れであり、手の届かない夢である。常識や普通《ふつう》をかなぐり捨てて、猟師の厳しい世界に飛び込《こ》んでいけるほど、叉鬼狩夜という少年は馬鹿《ばか》になれはしないのだ。

「さて、こんなものかな?」

腰《こし》に下げた木製の鞘《さや》に剣鉈を戻《もど》すと、狩夜は周囲を見渡し「よし」と頷《うなず》く。

我が物顔で草木が生い茂り、荒《あ》れ放題になっていた庭は、狩夜の手で見事に生まれ変わっていた。

「なんということでしょう」と言いたくなるほどの変貌《へんぼう》ぶりである。

これなら祖父も文句は言うまい。これでとっておきの肉とやらは狩夜のものとなり、今宵《こよい》の食卓《しょくたく》を彩《いろど》るだろう。

一ヵ所にまとめた雑草と枝の山に向かって、狩夜は「後は燃やして終了《しゅうりょう》だ」と呟いた。ポケットに入れておいた百円ライターを取り出そうとするが、ふとあることに気がつく。

「っと、しまった。まだあそこがあったな」

母屋《おもや》と解体場の間にある細い道に目を向ける。その先にある裏庭。そこにまだ手をつけていない。

狩夜は「危なかった」と息を吐《は》く。

あの豪快な祖父が姑《しゅうとめ》みたいなまねをするとは思えないが、半端《はんぱ》な仕事をしては肉がふいになりかねない。やるからには徹底《てってい》的に、だ。

庭の様子から、この先も凄いことになってるんだろうな——と、狩夜は腕まくりをして気合を入れ、母屋と解体場の脇《わき》を通り抜《ぬ》ける。

すると——

「なんだ、これ？」

満を持して足を踏《ふ》み入れた裏庭。その中央に、なんとも不可思議な植物が生えていた。

茎《くき》はなく、緑色で披針形《ひしんけい》の葉が、タンポポのように根元から直接放射状に伸びている。そして、それら葉っぱのなかに、ひときわ目を引く特別な葉っぱが二枚あった。

太くて長い葉柄《ようへい》と葉脈があり、葉は肉厚で、サイズも倍以上。他の葉っぱが地面を這《は》うなか、重力に逆らい、大空を舞《ま》う鳥の如《ごと》く左右いっぱいに広がるその特別な葉っぱには、見る者を圧倒《あっとう》する重厚感《じゅうこうかん》と、溢《あふ》れんばかりの生命力が満ち満ちていた。

そんな特別な葉っぱのつけ根には、白くて丸い風媒花《ふうばいか》——花びらや蜜《みつ》、香りなど、虫などの動物を誘引《ゆういん》する機能を持たぬ代わりに、多くの花粉を生産する特徴《とくちょう》のある花——と思《おぼ》しき、白い球形の花が咲《さ》いている。

「見覚えのない植物だな？　っていうか風媒花？　ならこれは裸子《らし》植物なの？　いやいやいや、葉っぱの形状からして双子葉類《そうしようるい》の被子《ひし》植物だよね？　大きな葉っぱは多肉植物っぽくも見えるし……え？　ええ？　なにこれ？」

本来混在するはずのない植物の特徴をあわせ持った、見れば見るほど奇妙奇天烈《きみょうきてれつ》な植物である。

小学生の頃、各種図鑑《ずかん》を読み漁《あさ》っていた時期があり、人並み以上に動植物に対する知識を身につけている狩夜にも心当たりがない、非常に珍《めずら》しい植物だった。

「なんて名前の植物だろ、これ？」

好奇心を刺激《しげき》された狩夜は、小走りにその植物に近より、あることに気づく。

狩夜が今立っている裏庭は、くだんの植物を中心に、奇麗《きれい》な円形をしている。その円の外側は、さっきの庭と同じように草木が生い茂っているが、内側にはぺんぺん草一本生えていない。まるで不毛の荒野《こうや》であった。

「こいつが、他の植物を根こそぎ淘汰《とうた》しちゃったのかな？」

狩夜は身を屈《かが》め、謎《なぞ》の植物を真上から見下ろしながら呟いた。もしそうだとしたら、凄《すさ》まじい生命力である。

いったいいつ頃から、ここはこんな奇妙な場所になってしまったのだろう？

前にこの裏庭にきたのはいつだったかな？　と、狩夜は記憶《きおく》を辿《たど》り――

「……あれ？」

愕然《がくぜん》とした。

この裏庭を、訪《おとず》れた記憶がない。

あり得るか、こんなこと？　幾度《いくど》となく、それこそ数えきれないほど訪れた祖父の家。好奇心に任せて探検し尽《つ》くした場所だ。幾度となく手入れを頼まれた場所だ。ここは僕の庭だと胸を張って言える場所だ。目をつぶっても一周できる場所だ。祖父と寝食《しんしょく》を共にした思い出の場所だ。

なのに――

「なんで僕は……今までこの裏庭に、一度もきたことがないんだ……？」

その事実に気がついた瞬間《しゅんかん》、背筋にすさまじい悪寒《おかん》が走った。全身から冷や汗《あせ》が噴《ふ》き出してくる。助けを求めるように辺りを見回す狩夜であったが、周囲には誰《だれ》もいない。いや、誰かどころの話ではなかった。狩夜が今立っている円形の荒野の内側には、謎の植物と狩夜以外に、一切《いっさい》の命が感じられない。存在していない。虫の一匹《ぴき》すらいないのだ。

――やばい！　ここにいたら危ない！

本能が命じるままに、狩夜は屈めていた身を起こした。次いで踵《きびす》を返し、一刻も早くここから離《はな》れようと足を前に動かす。

その、次の瞬間――

「え？」

狩夜の背後で、根野菜を畑から引っこ抜いたような音がした。

狩夜は恐《おそ》る恐る後ろを振《ふ》り返る。すると――

「……なんで？」

今にも泣きそうになりながら、狩夜は言葉を紡《つむ》いだ。狩夜の右腕に、謎の植物の葉っぱが絡《から》まっていたのである。

右腕に、幾重《いくえ》にも幾重にも絡まった大きな葉っぱ。偶然《ぐうぜん》でこんなふうに絡まるわけがない。葉っぱみずから狩夜の手に絡まったとしか思えない。

狩夜はそれに気づかぬまま屈めていた体を起こし、後ろを振り返った。足を前に踏み出した。

結果どうなる？　答えは一つだ。

謎の植物は、地面から見事に引き抜かれていた。今は狩夜の右腕にぶら下がり、ゆらゆらと左右に揺《ゆ》れている。

地面から引き抜かれた謎の植物。露《あら》わになったその全容を、狩夜はあますことなく観察した。

生い茂っていた葉っぱのつけ根、その下には、人の形をした根があった。

大きさは三十センチほどで二頭身。短い腕と脚《あし》の末端《まったん》には申し訳程度の指がある。臀部《でんぶ》からは先細りする根が生えており、まるで尻尾《しっぽ》のよう。葉っぱは髪の毛さながらであり、白い風媒花は、緑一色の髪に彩りを添《そ》える装飾品《そうしょくひん》になっていた。

そして、顔に当たる部分には、本来植物には存在しないはずの、ある器官が存在した。

目である。

謎の植物には、金色に輝《かがや》く大きな二つの目があったのだ。そしてその目が、狩夜の顔を、目を、真っ直《す》ぐに見つめている。

「これってまさか……」

狩夜の脳裏《のうり》に、ある植物の名前が浮《う》かび上がったとき――

「……（にたぁ）」

そいつは、笑った。

次の瞬間、そいつはその小さい体が裂《さ》けてしまうんじゃないかと思うくらいに、大きく口を広げ――

「■■■■■■■■■■■■!!」

絶叫《ぜつきょう》した。

この世のものとは思えない、絶叫だった。

瞬間、狩夜の意識が急速に遠のいていく。

霞《かす》む視界。

弱まる鼓動《こどう》。

抗《あらが》う術《すべ》はない。もしあの植物の名前が、狩夜が思い描《えが》くものならば、その絶叫を聞いた時点で、狩夜の命運は尽きている。

意識が、深い深い闇《やみ》の中へ沈《しず》んでいった。


「う……」

瞼越《まぶたご》しに強い光を感じ、狩夜はゆっくりと目を開いた。

飛び込んできたのは、青い空と白い雲。そして、天に向かってその身を伸ばす、何本もの大木の姿であった。

「……ここは？」

狩夜は上半身を起こし、周りを見渡した。だが、目に映るのは木と草、花と土だけだった。果てのない森林が、狩夜の周囲に広がっている。

「森？」

どうやら狩夜は、森のなかにポツンと開けた広場のような場所で気を失っていたらしい。奇麗な円形の広場だった。祖父の家、その解体場の裏手にあった、荒野のような奇妙な場所に、とてもよく似て――

「――っ⁉」

――そうだ、あれからどうなった⁉　僕はいったいどうなってしまったんだ⁉

気を失う直前の状況《じようきよう》を思い出し、狩夜は慌《あわ》てて立ち上がった。そして、気づく。

右腕が重い。

狩夜は、恐る恐る視線を右腕に向けると――

「ぎゃぁぁあぁぁぁあぁぁあ⁉」

あいつがいた。

この世のものとは思えない絶叫を上げ、狩夜の意識を刈り取った、人型の根を持った謎の植物。そいつが、狩夜の右腕に葉っぱを絡ませて、ぶら下がっていたのだ。

「――――‼」

狩夜は声にならない声を上げ、右腕をがむしゃらに動かした。

怖《こわ》い。怖くて仕方ない。原始人のように逞《たくま》しい祖父に鍛《きた》えられたおかげで、滅多《めつた》なことでは動じない狩夜だったが、こればかりは駄目《だめ》だった。恐怖《きようふ》に突《つ》き動かされるままに右腕をブンブンと振り回す。

ほどなくして、謎の植物は狩夜の右腕から離れた。空中に投げ出されたそいつは、実に見事な宙返りをきめ、二本の足で地面に着地する。

「はぁ……はぁ……」

乱れた呼吸を整えながら、狩夜は距離《きより》を取って謎の植物を見下ろす。謎の植物も、上目づかいに狩夜を見つめ返してくる。

互《たが》いに相手の目を見つめながら、微動《びどう》だにしない。

森の広場に、重苦しい沈黙《ちんもく》が訪れた。

永遠に続きそうな沈黙のなか、狩夜は生唾《なまつば》を飲み下す。その直後、謎の植物を見つめる狩夜の視界に、あるものが飛び込んできた。

それは、一匹の蝶《ちょう》。

色鮮《あざ》やかな一匹の蝶が、狩夜と謎の植物との間を、左から右に横切ったのである。

すると、謎の植物は狩夜の目から視線を逸《そ》らし――

「え？」

その蝶を追いかけはじめた。

短い両腕を前に突き出しながら「待って～」とでも言いたげに、たどたどしい足取りで、謎の植物は蝶を追いかける。

あ、こけた。

だが、謎の植物はすぐに立ち上がると、再び蝶を追いかけ始める。

どこか微笑《ほほえ》ましいその光景に毒気を抜かれた狩夜は、右手で頬《ほお》をかきながら、自分の体を見下ろした。

狩夜は祖父の教えを思い出し、忠実にそれに従った。森のなかで迷ったら、まずは落ち着くこと

が大切。冷静に、冷静に。とにかく現状の確認《かくにん》だ。

体に異常は――見当たらない。服も大丈夫《だいじょうぶ》。山歩きを想定した長袖《ながそで》小豆《あずき》色のハーフジップシャツと、象牙色《ぞうげいろ》のトレッキングパンツに登山靴《ぐつ》。気を失う前となんら変わりない。腰には草刈りのために借りた剣鉈もある。

他の持ち物は、草刈りの後始末のためにとポケットに入れておいた百円ライターだけだ。着替《きが》え等が入った登山用ザックは、祖父の家の玄関《げんかん》に放り込んでしまったのでここにはない。携帯《けいたい》電話もそのなかである。

次に記憶である。狩夜はいったい何者だ？

「叉鬼狩夜。身長百四十八センチ・体重四十二キロ。童顔と低身長が悩《なや》みの、猟師を夢見る中学二年生」

――うん、大丈夫。記憶に欠落はなさそうだ。

次に今いる場所だが――正直、こっちは見当もつかない。

「どこだ……ここ？」

森のなかなのは間違いない。だが、祖父の家がある山とはかなり様子が違う。自生する植物からして、明らかに別物だった。

次に気温。今、日本は夏真《ま》っ盛《さか》りである。なのに、この森は秋のように涼《すず》しい。見上げれば青空が広がり、太陽の光が燦々《さんさん》と照りつけているにもかかわらず、だ。

これらの情報から推測するに、ここは日本ではないかもしれない。というか、気を失う直前の状況からして、地球ですらない可能性もあった。

たとえば、そう――

「天国……とか？」

狩夜は、飽《あ》きることなく蝶を追い続ける、謎の植物の姿を見つめながら呟いた。

「マンドラゴラ……だよね？　たぶんだけど……」

人型の根。本来植物にはついていない目や口といった器官。見事な二足歩行。これらの特徴をあわせ持つ植物となると、その名前しか思い浮かばなかった。

マンドラゴラ。または、マンドレイク。

この名を持つ植物は実在する。ナス目・ナス科・マンドラゴラ属の毒草だ。しかし、多くの日本人は、まったく別のモノを想像するだろう。

【魔草《まそう》・マンドラゴラ】

貴重な薬や錬金術《れんきんじゅつ》の材料になるといわれる、ゲームや漫画《まんが》などでお馴染《なじ》みの、伝説上の植物だ。

狩夜自身、マンドラゴラの存在を知ったのはゲームが最初だった。とある理由で興味を持ち、ネットを使って元ネタを調べてみたこともあった。

だから狩夜は知っている。マンドラゴラが、ある恐ろしい特徴を有していることを。

マンドラゴラは、大地から引き抜かれると同時に絶叫を上げ、その絶叫を聞いた生物は――死ぬ。

狩夜は、そんなマンドラゴラを地面から引き抜いてしまった。そして、その絶叫を間近で聞いている。

――僕はもう死んでいる？　でも足はあるし、心臓も動いているけど？

「ん？」

狩夜はふと我に返り、顔を左に向けた。円形の広場の外にある茂み。その茂みが揺れ動き、ガサガサと音を立てたからだ。

なにかいる。

狩夜は、右手を腰へと伸ばし、鞘に収めていた剣鉈を抜いた。祖父の手によって磨《みが》き抜かれた鋼《はがね》の刃《やいば》が、陽《ひ》の光を受けてギラリと光る。

剣鉈を油断なく構え、揺れ動く茂みを注視する。祖父から教え込まれた猟師の心構えと、技の数々を思い返しながら、狩夜は心と体の準備を整えた。

ほどなくして、音の正体がその姿をあらわす。

「……ウサギ？」

いや、見た目はむしろハムスターに近い。しかし、その大きさはウサギサイズであった。

ふわふわの黄色い毛皮に包まれた饅頭《まんじゆう》のような体。クリクリの瞳《ひとみ》に、小さい耳と短い尻尾。口からは長く頑丈《がんじよう》そうな前歯が覗《のぞ》き、腕はおろか脚すらない。なんとも珍妙《ちんみよう》な姿であるが、齧歯目《げっしもく》の哺《ほ》乳類《にゆうるい》だと推測できる。

なかなかに愛嬌《あいきよう》のある生き物であった。ペットとして売り出せば人気が出そうである。

この生物を見た瞬間、狩夜は確信した。

――うん、ここは間違いなく日本じゃない。というか、地球じゃない。

こんな不思議生物、見たこともなければ聞いたこともない。

そのウサギモドキは、腕も脚もない体を器用に動かし、ぴょんぴょんと飛び跳《は》ねながら、狩夜に勢いよく向かってきた。

そして――

「うわっと！」

距離が詰まると、口を大きく広げながら大ジャンプ。狩夜めがけて飛びかかってきた。

狩夜は慌てて体を捻《ひね》り、ウサギモドキの攻撃《こうげき》をかわすと、すぐさま距離を取った。すると、さっきまで狩夜の体があった場所で、ウサギモドキが勢いよく口を閉じる。トラバサミが閉じたかのような音が、森の広場に響《ひび》き渡った。

「あぶな！」

つぶらな瞳と可愛い外見に騙《だま》された。見た目に反して好戦的である。さっきの攻撃は、明らかに狩夜を仕留めにきていた。

狩夜は考えを改める。こんな凶暴《きょうぼう》な生き物、ペットにできるわけがない。

ウサギモドキは地面に着地すると、即座《そくざ》に体の向きを反転させ、再度狩夜に飛びかかってきた。大きく開いた口もとで、鋭《するど》い前歯がきらりと光る。

殺気を撒《ま》き散らしながら襲《おそ》いくる動物というのは、どんな容姿、大きさであっても恐ろしいものだ。成人男性でも恐怖し、逃《に》げ惑《まど》う者がほとんどだろう。初見の動物なら尚更《なおさら》である。だが、狩夜は逃げはしなかった。なぜなら狩夜は、凄腕の猟師から技術を学び、本当の狩りを経験した、稀有《けう》な人間であったからだ。

「っは！　上等！」

狩夜は叫びながら獰猛《どうもう》な笑みを浮かべ、右腕を高々と振りかぶる。次いで、迫《せま》りくるウサギモドキの脳天めがけ、剣鉈を振り下ろした。

地面に対し垂直に振り下ろされた剣鉈は、カウンターとなってウサギモドキの脳天に突き刺《さ》さった。ウサギモドキは白目をむき、口から泡《あわ》を吐いて絶命する。

頭蓋骨《ずがいこつ》をかち割られ即死したウサギモドキには目もくれず、狩夜は右に跳《と》んだ。そして、着地と同時に顔を左に向ける。そこには狩夜の予想通り、さっきまで狩夜がいた地点めがけ飛びかかる別のウサギモドキの姿があった。

「残念でした」

番《つがい》だったのか、漁夫の利狙《ねら》いだったのかは不明だが、ウサギモドキの奇襲《きしゅう》は失敗に終わる。そして、その隙《すき》を見逃《みのが》してやるほど狩夜は甘《あま》い男ではない。

奇襲に失敗し、地面を転がる二匹目のウサギモドキを見据《みす》えて、狩夜は右腕を振りかぶった。そして、一切の躊躇《ちゅうちょ》も慈悲《じひ》もなく、剣鉈を振り下ろす。

生々しい手応《てごた》えと共に、剣鉈がウサギモドキの胴体《どうたい》に突き刺さる。ウサギモドキは「きゅーん」と小さく声を漏《も》らし、ほどなくして絶命した。

剣鉈をウサギモドキから引き抜きながら、狩夜は周囲を見渡し、感覚を研《と》ぎ澄《す》ました。そして――

「ふう」

大きく息を吐き、血を払《はら》った剣鉈を鞘に収めた後、全身から力を抜く。周囲に他の動物の気配はない。

「好戦的な割に、大した脅威《きょうい》は感じなかったな」

正直、ウサギモドキは強い獣《けもの》ではない。それなりの武器と度胸さえあれば、誰だって倒《たお》せる獣だ。

野犬のほうがよっぽど怖い。狩夜の祖父が飼っていた狩猟犬たちならば、一方的に蹂躙《じゅうりん》するだろう。

「……これ、食べられるかな？」

毛皮に包まれた饅頭のような体はまだ温かく、触《さわ》ってみると実に柔《やわ》らかい。なんとも美味《うま》そうな感触《かんしょく》だった。

頭のなかに、かつて祖父と共に狩り、そして食《く》らった、野ウサギの味が蘇《よみがえ》る。

「食べてみるかな？」

他に食べるものないし。

毒や寄生虫などの危険性が頭を過《よぎ》ったが、今更だなと振り払う。ここがどこで、自分が生きているのかさえ怪《あや》しいのだ。そんな些細《ささい》なことを気にしている場合ではないと気持ちを切り替える。食べるなら、心臓が完全に停止する前に血抜きをしなければならない。狩夜は先に仕留めたウサギモドキに視線を向けた。そして、間の抜けた声を漏らした。

「はい？」

あのマンドラゴラらしき植物が、息絶えたウサギモドキを両手で抱《かか》えながら、口を大きく広げていたのである。

どうやらマンドラゴラは、あのウサギモドキを食べるつもりらしい。

次の瞬間、ウサギモドキの死体がマンドラゴラの口のなかに消えた。そして、そのままゴクンと丸呑《まるの》みにされる。バスケットボール大のウサギモドキが、マンドラゴラの腹のなかにあっさりと納まってしまった。

うん、これはおかしい。

マンドラゴラの胴回りより、ウサギモドキの体のほうが明らかに大きかったはずだ。それを丸呑みにしたにもかかわらず、なぜ体に目立った変化がないのか？

狩夜は、そのまま黙《だま》ってマンドラゴラの観察を続けた。

自分に注がれる視線に気づいていないのか、マンドラゴラは狩夜の足元に転がっているもう一匹のウサギモドキにたどたどしい足取りで近づくと、またもや両手で抱え上げ、口のなかへと――

「……っ！」

放り込む直前で、マンドラゴラは狩夜の視線に気がついた。

はっとした様子で狩夜の顔を見つめた後、視線が狩夜とウサギモドキの間を行き来する。そして、なにを思ったのかウサギモドキを地面に放り出すと、腰が抜けたように地面に崩《くず》れ落ち、ウサギモドキの死体を見つめながら「きゃーこわーい」とでも言いたげに右手を口元に添えた。

「もう遅《おそ》いよ！　見てたよ！」

狩夜は即座に突っ込みを入れた。今更取り繕《つくろ》っても遅すぎる。

この突っ込みがショックだったのか、マンドラゴラは両手と両膝《りょうひざ》を地面につけ、暗い顔でうな垂れてしまった。漫画なら『ガーン』とか『どよーん』といったオノマトペがつくだろう。

「なんなんだよ、お前は？」

襲いかかってくる様子はないが……とにかく得体がしれない。極力かかわらないほうがいいだろう。

うな垂れたまま動かないマンドラゴラを尻目《しりめ》に、狩夜はウサギモドキを拾い上げようと手を伸ばした。そのとき――

「――っ⁉」

狩夜は、再度剣鉈を鞘から抜き放ち、慌てて振り返る。

なにかが近づいてくる。細い木々を圧《へ》し折りながら、物凄いスピードで。

これは――

「まずい！」

狩夜は、どうにもならないと判断して右に跳んだ。

直後、黒い影《かげ》が広場に飛び込んでくる。

それは、猪《いのしし》によく似た四足獣《じゅう》であった。

姿形《すがたかたち》は猪に酷似《こくじ》しているが、とにかく大きい。体高は二メートルを軽く超え、体長は五メートル近いだろう。毛色は黒で、口からは四本の巨大《きょだい》な牙《きば》が生えている。

そのダンプカーみたいな四足獣は、飛び退《の》いた狩夜と、うな垂れるマンドラゴラの間をけたたましく駆け抜け、狩夜が仕留めたウサギモドキの死体に食らいつく。次の瞬間、頭蓋骨が噛《か》み砕《くだ》かれる生々しい音が狩夜の耳に届いた。

眼前で、ウサギモドキが四足獣の口のなかで磨《す》り潰《つぶ》されていく。骨も、内臓も、お構いなしだ。獲物《えもの》を横取りされてしまったが、腹を立てている場合じゃない。この四足獣は、先ほどのウサギモドキとは違う。剣鉈一本でかなう相手ではない。これを狩るには、しかるべき準備と、強力な武器が必要だ。

逃げるしかない。

狩夜は、ウサギモドキの肉に夢中になっている四足獣に背を向け、駆け出した。そんな狩夜の背中に、マンドラゴラが跳びついてくる。

「なに勝手に人の背中乗ってんだごらぁ！」

狩夜は肩《かた》越しに背中を覗き込みながら、ドスを利《き》かせた声で怒鳴《どな》った。だが、マンドラゴラは素知らぬ顔で背中にへばりついてくる。

「まったくもう！」

こいつの相手をしている場合ではない――と、狩夜は前を向き、少しでも四足獣から離れるべく、森のなかを駆け抜ける。

しかし――

「やっば……」

あの四足獣の足音と、木々を圧し折る鈍《にぶ》い音が背後から聞こえてきた。しかも徐々に近づいてくる。走る方向を変えても無駄だった。

どうやらあの四足獣は、狩夜に狙いを定めたらしい。ウサギモドキはすでに奴《やつ》の腹のなかだろう。日本に生息する猪は、警戒心《けいかいしん》が強く、草食に偏《かたよ》った雑食性の生き物だ。だから、こんな風に他の動物を狩るようなことはまずない。だが、狩夜を追いかけている四足獣はまるで逆。獰猛な気性《きしょう》で、肉食に偏った雑食性のように思われた。日常的に狩りをしているに違いない。

立派な幹をした木を盾《たて》にするべく、木と木の間を縫《ぬ》うように走ってもみたが、これも無駄。四足獣との距離はまるで広がらない。

このままでは追いつかれる。そう狩夜が思った瞬間――

「――っ⁉」

狩夜の背後で大きな衝突音《しょうとつおん》と、メキメキという鈍い音が聞こえた。次いで、頭上から凄まじい圧迫《あっぱく》感が迫ってくる。

即座に視線を上に向ける狩夜。すると、幹の直径が一メートルはあろうかという大径木が自分に向かって倒れてくるという、悪夢のような光景が目に飛び込んできた。

「嘘でしょぉおぉ⁉」

狩夜は即座に左に跳んだ。倒れくる幹の外側へ、どうにか体を躍《おど》らせる。

狩夜のすぐ横で、大径木がその身を横たえた。へたり込みながらもどうにか大径木をかわした狩夜は、圧し折られた大径木の根本に佇《たたず》む、漆黒《しっこく》の四足獣に目を向ける。

あの四足獣は、狩夜の足を止めるためにわざと大径木に体当たりをして、力任せに圧し折ったのだ。

なんという馬鹿力だ。そして、現況は正真正銘《しょうしんしょうめい》の大ピンチ。まさしく絶体絶命である。

狩夜を睨《にら》みつけながら、四足獣は前脚で地面をかいた。次いで「ブモォオォォオォ！」と雄叫《おたけ》びを上げ、こっちに向かって突進してくる。

「ん？」

地面にへたり込んでいる狩夜に打つ手はない。あの四足獣の牙に貫《つらぬ》かれて、それで終わりだ。

——いや、待て。諦《あきら》めるな。打つ手がない？　本当にそうだろうか？　僕は、なにかを忘れてないか？

「そうだ！」

狩夜はとっさに剣鉈を捨て、背中に右手を伸ばした。次いで、そこにへばりつくマンドラゴラの頭を鷲掴《わしづか》む。

目を見開いてぎょっとするマンドラゴラを無視し、狩夜は右腕を大きく振りかぶった。そして――

「ほら、餌《えさ》だぞー‼」

狩夜は、迫りくる四足獣めがけ、マンドラゴラを投げつけた。

実在するマンドラゴラの根には、幻覚《げんかく》、幻聴《げんちょう》を伴《ともな》い、ときには死に至る神経毒が含《ふく》まれているという。伝説上のマンドラゴラにその特性があるかどうかは不明だが、なにかしらの毒を持っている可能性はある。

これは賭《か》けだ。あの四足獣がマンドラゴラを口にして、中毒を起こすという、非常に小さい、奇《き》跡《せき》ともいえる可能性に賭けた、分の悪い賭けである。

だが、どうやら賭けの第一段階は成功しそうであった。

四足獣は、マンドラゴラを食料としか見ていない。涎《よだれ》を撒き散らしながら口を大きく開け、マンドラゴラの体を噛み砕こうとしている。

狩夜は、一度捨てた剣鉈の柄《つか》を再び手に取った。

マンドラゴラが食われた後、四足獣の身になにかしらの異変が起きたときがチャンス。のど元をかき切ってくれる！　と、狩夜は歯を食いしばり、剣鉈を強く握り締めた。

そのとき――

「へ？」

四足獣の体から、頭が消えた。

マンドラゴラの頭、その頭頂部にある二枚の大きな葉っぱのつけ根から、風媒花を押し退《の》けるようにハエトリグサとバラを足して二で割ったような巨大な花が現れ、四足獣の頭部を一瞬で食いちぎったのである。

頭がなくなったというのに、四足獣は前進を続けた。だが、その進路は狩夜から大きく外れ、とある木に衝突する。

四足獣は、木の根元に力なく横たわり、それっきり動かなくなった。

絶命し、ピクリともしない四足獣。そんな四足獣の胴体に向けて、着地したマンドラゴラが右腕を突き出した。すると、そこから一本の蔓《つる》が伸び、ダンプカーみたいな四足獣の胴体を軽々と持ち上げる。

持ち上げられた四足獣は、マンドラゴラの頭上にまで運ばれ、肉食花のなかに放りこまれた。直後、四足獣の胴体が肉食花に咀嚼《そしやく》される生々しい音と、濃密《のうみつ》な血のにおいが、森の一角を支配する。

狩夜は、唖然《あぜん》としてその光景を見つめていた。

見つめていることしか、できなかった。

ほどなくして、マンドラゴラの捕食《ほしよく》が終わる。

マンドラゴラは、禍々《まがまが》しくも美しい肉食花を頭のなかに引っ込めると、たどたどしい足取りで狩夜のもとに戻ってきた。自分の何十倍もある生物を取り込んだというのに、体には一切変化が見られない。

狩夜にあと一歩というところまで近づくと、マンドラゴラは満面の笑みで狩夜の胸元《むなもと》に飛び込んできた。次いで、狩夜を上目づかいに見つめ、視線だけでこう訴《うつた》えてくる。

「美味《おい》しいご飯をありがとう」そして「生肉を食べる私を受け入れてくれてありがとう」と。

狩夜は思わず頭を抱えそうになった。そして思う。

――違う。僕は四足獣をお前の餌にしたんじゃない。お前を四足獣の餌にしようとしたんだ。

だが、狩夜にその勘違《かんちが》いを指摘《してき》する勇気はなかった。マンドラゴラの機嫌《きげん》を損ねた瞬間、さっきの四足獣と同じように、狩夜自身が食い殺されてしまうかもしれない。そう思うと、怖くてなにも言えなかった。

狩夜は生唾を飲み下し、苦笑いを浮かべ、胸のなかにいるマンドラゴラの頭を撫《な》でる。マンドラゴラはうっとりと目を細め、狩夜の手にされるがままだ。

狩夜は天を仰《あお》ぐ。

――僕は、これからいったいどうなるのだろう？　そして、ここはいったいどこなのだろう？


グイグイ。

「あ、次はこっちね」

頭上を占拠《せんきょ》するマンドラゴラが「こっちにいったほうがいいよ～」と、右手で髪を引っぱるので、狩夜は進路を若干《じゃっかん》右に修正する。

猪のような巨大四足獣の脅威が去った後、狩夜はマンドラゴラと共に深い森のなかをさまよっていた。進路を塞《ふさ》ぐ草や枝、突然襲いかかってくるウサギモドキ、馬鹿でかい芋虫《いもむし》やカタツムリなどを剣鉈で屠《ほふ》りつつ森を進む。

「本当に、こっちに川があるんだね？」

歩きながらたずねると、マンドラゴラは「うん、あるよ～」と言いたげに、何度も頷いた。

胸中で「ほんとかなぁ……」と思いながら、狩夜はマンドラゴラの示す方向に素直《すなお》に従い、黙々と森のなかを進む。

当初マンドラゴラは、肩越しに「あっちあっち」と葉っぱや腕で進行方向を示していたのだが、面倒臭《めんどうくさ》くなったのか、いつしか狩夜の頭上で腹這《はらば》いになり、狩夜の髪を両腕に絡め、けだるそうに進行方向を指示するようになった。

タクシー代わりに使われている狩夜であったが、文句は言わない。他にあてもないし、マンドラゴラが自信満々ということもあるが、逆らって機嫌を損ねると後が怖いのだ。四足獣撃退のときにすでにわかっていたことだが、このマンドラゴラ、もの凄い化け物なのである。

狩夜は、ついさっき足を踏み入れた、ウサギモドキのコロニーでの一幕を思い返した。

マンドラゴラに導かれ、川を求めて森のなかを歩いていた狩夜たちは、奇妙な場所に足を踏み入れる。

そこには無数の穴が開いていた。木の下、岩と岩との隙間、そして地面。他にも、他にも、他にも――

狩夜はただならぬ気配を感じ、剣鉈を構えた。そのときである。穴という穴からウサギモドキが飛び出し、一斉《いっせい》に襲いかかってきた。

三十匹を超えるウサギモドキによる、全方位攻撃。

迂闊《うかつ》にも野生の獣のコロニーに踏み込んでしまったと後悔《こうかい》したときには、なにもかもが遅かった。

すでに逃げ道はどこにもない。

狩夜は目をつぶり、歯を食いしばる。すぐに襲いくるであろう激痛に備えた。

だが――

「あれ？」

いつまでたっても痛みは襲ってこない。それどころか、なんの異変も起こらない。

不思議に思った狩夜は、恐る恐る目を開く。そして、すぐさま見開くこととなった。眼前に地獄《じごく》絵図が広がっていたからである。

狩夜の頭上、マンドラゴラの全身から、木の枝のような突起物が無数に伸び、ウサギモドキの群れを一網打尽《いちもうだじん》にしていたのだ。

モズの早贄《はやにえ》のような有様で絶命しているウサギモドキの群れ。それらウサギモドキを、マンドラゴラはまとめて口のなかに放り込んでいく。あの四足獣との一件で心境の変化でもあったのか、もう狩夜の視線などどこ吹《ふ》く風だ。

そして、捕食を終えたマンドラゴラは「なにしてるの？　川にいくんでしょ？」と、茫然《ぼうぜん》と立ち尽くす狩夜の頭をペシペシと叩《たた》くのだった。

狩夜は、戦慄《せんりつ》を覚えながらも足を動かし、ウサギモドキのコロニーを後にした。水を飲むために足を動かす。今後のために川を探す。

そして、その後も森のなかを歩き続け、今に至るというわけだ。

四足獣のときといい、コロニーでの一幕といい、マンドラゴラの力は底が知れない。狩夜はとにかく機嫌を損ねないよう、素直に従った。

まあ、理由はわからないが、マンドラゴラは狩夜に懐《なつ》いているようだ。手荒《てあら》に扱《あつか》われたことは一度もなく、むしろ狩夜を守ってくれる。食べられそうな果実などを見つけると、蔓を伸ばして取ってくれたりもした。だが、だからといって安心はできない。狩夜の今後はマンドラゴラの気分しだいなのは事実であり、現実だ。警戒するに越したことはない。戦々恐々としながら、狩夜は歩を進める。

それから二時間ほど歩き続け、日もだいぶ傾《かたむ》き、空が茜色《あかねいろ》に染まりはじめたころ——

「ん？」

僅《わず》かだが、水の流れる音がした。

目をつぶり、耳を澄ます。間違いない。川がすぐ近くにある。

はやる気持ちを抑《おさ》え、徐々に近づく水の音を頼《たよ》りに、狩夜は歩を進めた。あくまで歩いて川を目指す。

ほどなくして森の終わりが見えた。そしてその先には、大きな川の姿が見える。

「やった、川だ！　ようやく見つけた！」

歓喜《かんき》の声を上げる狩夜。マンドラゴラも嬉《うれ》しそうに「やったやった」と、狩夜の頭を両手でペシペシと叩く。

川の発見、これには大きな意味がある。飲み水の確保ということもそうだが、この川の存在自体が、人の住む場所への道標《みちしるべ》になるからだ。

人里というのは川の近くにできるもの。歴史がそれを証明している。この世界に狩夜以外の人間がいるのなら、この川に沿って歩いていけば、人の住む集落に辿り着く公算が高い。

「わ、すごい」

森を抜けて視界が開けると、丸い石が敷《し》き詰められた、とても奇麗な川原が広がっていた。ゴミ一つ落ちていない。絶好のバーベキュースポットといった感じである。

狩夜は川に近づき、そのなかに手を入れた。水の冷たさを感じながら、両手で水を掬《すく》い取る。奇麗な水だった。これなら大丈夫だろうと、水に口をつける。そして――

「美味しい！」

思わず声を上げてしまった。そこらのミネラルウォーターとは格が違う。比べるのもおこがましいと思えるほどだ。体から疲《つか》れが抜け落ち、力が溢れ、魂《たましい》が洗われるかのようである。

狩夜は夢中になって、何度も何度もその水を口にした。

なんでこんなに美味しいのだろう？　と、狩夜が思っていると――

「ん？　なに？」

頭上のマンドラゴラが、右側の髪の毛を引っぱってきた。

狩夜は「もう川には着いたでしょ？」と言いながら、右側の川の上流に視線を向けると、直後に度胆《どぎも》を抜かれた。

「なに……あれ……？」

川の上流、山の向こうに、巨大な木が――いや、そんなちゃちな言葉では言い表せないほどの大樹が、この大地を貫き、天高く聳《そび》えていたのである。

手前の山が小さく見えるほどの大樹だ。現に、その大樹の周りを取り囲む山脈のシルエットは、大樹の三分の一もない。遠近感がおかしくなりそうな光景だ。

夕日を受け、茜色に染まったその大樹の姿は、雄々《おお》しく、壮大《そうだい》で、神々《こうごう》しかった。

あまりの存在感に圧倒され、視線が大樹に釘《くぎ》づけとなり、無言で立ち尽くしてしまう。

そんなとき――

「うん？」

頭からマンドラゴラが飛び降り、川原に降り立った。そして、あの大樹を見つめる。

その顔は真剣そのものだった。まるで、決意を新たにするかのような表情で、大樹を凝視《ぎょうし》している。

狩夜は、なぜかそんなマンドラゴラの姿から目が離せなくなった。

「――っは！　しまった！　ぼーとしてる場合じゃない！」

我に返り、狩夜は慌てて体を動かした。日が暮れる前に、この川原で野営の準備をしなければならないのである。

とにかく火だ。あの四足獣みたいな獣が生息する森のなかで、火もなしに夜を越すなど自殺行為《こうい》でしかない。

狩夜はすぐさま手ごろな石を集め、かまどを作る。そして、川原に転がっている乾《かわ》いた流木を拾い集めた。次いで、百円ライターで火をつける。

かまどに火が十分に回ったことを確認し、ほっと一息。

「さて、次は食べ物だけど、どうしよう？」

森のなかでマンドラゴラが果物を取ってくれたので、さほど腹は空《す》いていない。だが、少し物足りない気もする。やはり肉が食べたい。川原での野営とくれば、やはり肉だ。

狩夜の脳裏に浮かぶのは、あのウサギモドキの姿だった。果物を口にできたし、森では荷物になるからと、道中剣鉈で屠ったものはその場に捨て置いたが、今になって惜《お》しくなってきた。

「太陽が完全に沈む前に、もう一度森のなかに入ってみようかな——って、あれ？」

真剣に悩んでいると、いつの間にか足元に来ていたマンドラゴラが、トレッキングパンツを引っぱってきた。狩夜は「なに？」と、マンドラゴラを見下ろす。

狩夜の視線が自分に注がれていることを認識したマンドラゴラは、その口を大きく広げた。狩夜は思わず「食べられる⁉」と胸中で悲鳴を上げる。

その直後——

「うわ⁉」

ポン！　という音と共に、マンドラゴラの口からなにかが吐き出された。

それは、脳天を鉈で割られたウサギモドキ。狩夜が一番初めに屠り、マンドラゴラが丸呑みにしたものである。

マンドラゴラは、吐き出したウサギモドキを両手で抱え、狩夜に向けて「あげる」と言うかのように差し出してきた。その顔はどこか得意げである。

「君の体は四次元ポケットか？」

苦笑いして、恐る恐るウサギモドキを受け取る狩夜。そこで気づく。

——軽い？

狩夜は訝《いぶか》しがりながらも剣鉈を抜き、石の上に寝《ね》かせたウサギモドキの腹に刃を通してみた。

「やっぱり……」

狩夜は、自分の考えが正しかったと確信した。

切り口からはピンク色の肉と内臓が覗いているが、血がまったく出ない。滲《にじ》みすらしない。傷口に触《ふ》れてみたが、手は奇麗なままだ。心臓も空っぽのようで、縮みきっている。このウサギモドキには、血が一滴《いってき》も残っていない。

どうやらマンドラゴラは、腹のなかで血液だけは美味しくいただいたようである。

マンドラゴラは、処刑場《しょけいじょう》の土に芽吹《めぶ》いて、囚人《しゅうじん》の血を養分にして育つという。だが、実際は獣の血でもいいのかもしれない。自生していた場所も解体場の裏だった。

「僕は囚人じゃないからね」

すぐ隣《となり》で解体作業を見守るマンドラゴラに、狩夜は大真面目《おおまじめ》に告げる。マンドラゴラは「なんの話？」と言いたげに首を傾《かし》げた。

「まあ、いいけどね。手間が省けたし」

マンドラゴラの吸血性うんぬんはとりあえず忘れることにして、狩夜はウサギモドキの解体作業に取りかかる。

内臓の摘出《てきしゅつ》は実に簡単だった。腹を裂いて逆さまにしただけで、ウサギモドキの饅頭のような体から内臓がたれてくる。それを剣鉈で切り離して終了だ。

次に皮を剥《は》ぎ、頭を外す。こちらは少し手間取った。なぜなら、胴体と頭の境目が非常に曖昧《あいまい》だったからである。そもそも首が存在しない。

どうにかこうにか頭を外した後、狩夜はようやく食べられる形となったウサギモドキの肉に向き直る。手頃な大きさの枝を肉に突き刺し、下拵《したごしら》えは終了だ。

「さてと……」

火傷《やけど》しないように気をつけながら、ウサギモドキの肉を火にかける。食欲をそそる肉の焼ける香りが、夜の川原に立ち込めた。

そう、解体作業が終了する頃には、辺りはすっかり暗くなっていた。空には満天の星が広がり、月が輝いている。

夜だ。名前も知らない世界での、はじめての夜。

「星の配置、全然違うな」

川原に座《すわ》り込み空を見上げる。北斗七星《ほくとしちせい》も、カシオペア座も、夏の大三角もなかった。月はあるが、地球のモノとはだいぶ違う。こっちのほうが明らかに大きい。だが、星の輝きだけは変わらなかった。

「さて、これからどうしよう?」

かまどに手を伸ばし、ウサギモドキの肉をひっくり返す。

ようやくゆっくり考える時間ができた。狩夜は今後のことをじっくり考えようとして――すぐに落胆《らくたん》した。肩を深く落とし、溜息《ためいき》を吐《つ》く。

情報が足りなすぎる。考えた末に出た結論が「考えても無駄」と「ひたすら川に沿って歩く」だけなのだから、救いようがない。

――いや、救いはあるか、一応。

狩夜は、隣で一緒《いっしょ》にかまどを囲むマンドラゴラに目を向けた。マンドラゴラは火が怖くないのか、じっとかまどを見据えている。

一人じゃないというのが、こんなにもありがたいこととは思わなかった。実際、もしマンドラゴラがいなければ、何度死んだかわからない。

だが、感謝するのは違う気がする。確証こそないが、狩夜をこの世界に引きずり込んだのはマンドラゴラのはずだ。そもそも、マンドラゴラがあの広場に生えていなければ、狩夜はこんな目に遭《あ》ってはいない。しかし、邪険《じゃけん》にはできない。理由はわからないが、マンドラゴラは狩夜を守ってくれる。懐いてくれる。そして、とんでもなく強いのだ。

このマンドラゴラは、狩夜をこの世界に引きずりこんだ悪魔である。だが一方で、この世界で狩夜を守ってくれる天使でもあるのだ。

信用できないが、一緒にいるしかない。

狩夜は、ためらいがちに左手をマンドラゴラに伸ばし、頭を撫でる。マンドラゴラはその手を拒《こば》まなかった。気持ちよさそうに目を細め、狩夜にされるがままだ。

「君さ、名前とかあるの？」

ウサギモドキの肉を右手でひっくり返しながらたずねる。いつまでもマンドラゴラのままでは不便だ。長いし。

するとマンドラゴラは、きょとんとした顔をして、首を左右に振った。

「ないんだ？　なら、僕がつけちゃっていいかな？　ちなみに、僕は狩夜。叉鬼狩夜。わかる？」

狩夜が自分の顔を指さすと、マンドラゴラはコクコクと頷く。

「よし。今度は君だ。そうだな――」

右手を顎《あご》に当てて狩夜は唸《うな》った。一方のマンドラゴラは、キラキラと光る期待の眼差《まなざ》しを向けてくる。

――うん。マンドラゴラだから――

「ドゴラってのはどうかな？」

狩夜が実に安直な名前を口にすると、ドゴラ（仮）は、一瞬唖然とした顔になり「やだやだやだ！」と首を激しく左右に振った。どうやらお気に召《め》さなかったらしい。

「え、なんで？　強そうでいいじゃん。わかりやすいし」

すると、ドゴラ（仮）は、真剣な表情で両手を胸の前に出すと、お椀《わん》を作るように動かす。その動きで察しがついた。

「ああ、レディだったのね。これは失礼」

確かに、女性の名前にドゴラはない。

――だったら、別名のマンドレイクから取って――

「なら、レイラってのはどうかな？」

これを聞いたレイラ（仮）は「それだー！」と言うように、右腕を突き出してくる。どうやら、今度は気に入ったらしい。

「じゃ、君は今日からマンドラゴラのレイラだ。よろしく、レイラ」

レイラは嬉しそうに何度も頷いた。

「レイラ」

試《ため》しに呼んでみると、レイラは名前が呼ばれるたびに飛び跳ねた。それだけで嬉しいのか、なんだか微笑ましい。

「お、そろそろいいかな」

ウサギモドキの肉がいい感じになったので、狩夜は串《くし》代わりの枝を手に取る。

きつね色になった肉と、適度についた焦《こ》げ目。混じり気のない肉本来の香《かお》りが、食欲をダイレクトに刺激してくる。実に美味しそうだ。

「レイラも食べる？」

狩夜が溢れ出る涎を飲み下すと、レイラは「いらな～い」と、嫌《いや》そうな顔で首を左右に振った。

焼いた肉は嫌《きら》いなのかもしれない。

「そう？　なら遠慮《えんりょ》なく。いっただきま～す！」

大口を開けてウサギモドキの肉にかぶりつく。

「うん、美味しい！」

異世界の肉は普通に美味かった。肉の味は元の世界と大差ない。

獣のように肉に齧《かじ》りつき、貪《むさぼ》った。手も、口も止まらない。ただひたすら、食欲を満たすことに没頭《ぼっとう》する。

肉は正義だ。美味いは正義だ。異世界でもそれは変わらない。

「ほんとに美味しい！　ウサギモドキ最高！」

笑いながら叫ぶ。狩夜の歓喜の叫びが、周囲の山々に木霊する。

こうして、異世界での初めての夜は更《ふ》けていった。

「ふぁあ〜」

手製のかまどに乾いた流木をくべながら、狩夜は大欠伸《おおあくび》をした。

「眠《ねむ》い……」

狩夜は今、かつて幾度となく死闘《しとう》を演じた仇敵《きゅうてき》と再び相対している。

敵の名前は、睡魔《すいま》。

ウサギモドキの肉を食いつくし、残った骨を内臓、皮と一緒に森に捨てた後、凄まじい眠気が狩夜を襲ったのである。腹の皮張れば目の皮たるむとは、まさにこのこと。

「始発の電車に乗ったから、昨日はあんまり寝てないしなぁ……」

加えて、森のなかを歩き通した疲労《ひろう》もある。

満腹、寝不足、疲労のトリプルパンチが、睡魔となって襲いかかってきたのだ。狩夜の意識は陥《かん》落《らく》寸前である。

しかし、未知の獣が徘徊《はいかい》する森の近くで眠るわけにはいかない。火の番だってしなければならないのだ。

狩夜は「いけない、いけない」と頭を振り、あることに気がついた。レイラが服の袖を引っぱっているのである。

レイラに寝惚《ねぼ》け眼《まなこ》を向ける狩夜。すると「心配だよ〜」と言っているような顔をしたレイラが目に入る。そして、そんなレイラの傍《かたわ》らには――

「おお⁉」

いつの間にか、巨大な葉っぱの敷布団《しきぶとん》があった。

その葉っぱの敷布団は、レイラの頭頂部と繋《つな》がっている。どうやらレイラは、二枚ある大きな葉っぱの片方を更に巨大化させ、寝床《ねどこ》を作ってくれたようだ。

服の袖から手を離したレイラは「無理せずここで寝たほうがいいよ」と、葉っぱの敷布団を両手で叩き、狩夜を促《うなが》してきた。

狩夜は困った。レイラの気遣《きづか》いは嬉しい。嬉しいのだが――

「いや、でもさレイラ。僕は火を見てないと……」

するとレイラは、「私に任せて！」と、右手で自身の胸を叩いた。

「あ～でもさ、レイラは植物だろ？　火の番なんてできるの？　本当に大丈夫？」

レイラがコクコクと自信満々に頷く。

「任せて平気？」

コクコク。

「……」

狩夜はレイラの顔を見つめながらしばし考えた。そして――

「わかった。悪いけど、任せる」

今はレイラの厚意《こうい》に甘え、睡魔に屈《くっ》することを選んだ。

――だって、なんかもう、色々なことがどうでもよくなるくらい眠いんだもん。

狩夜は、すぐに葉っぱの敷布団に横になる。次いで驚《おどろ》いた。葉っぱなのに弾力《だんりょく》に富み、本物の布団のように柔らかいのである。ここが石だらけの川原とは思えない。とても素晴らしい寝心地《ねごこち》だった。

「レイラ～、君の葉っぱすごいね～」

――これなら……ぐっすり……ね、むれ……

明晰夢《めいせきむ》、という言葉がある。

眠っている本人が「自分は今、夢の中にいる」と自覚しながら見る夢のことで、誰もが一度くらいは経験したことがあるのではなかろうか。

狩夜は今、その明晰夢を見ているようだ。なんとなくわかる。しかし、なんとも珍妙で、奇妙な夢だ。

まず、白い部屋がある。真っ白で、正方形の部屋だ。出入り口もなければ、窓もない。その部屋に狩夜がいて、頭上にはレイラがいる。そして、狩夜とレイラの前に、また狩夜がいた。いや、正確には、狩夜の形をかたどった、なにかがあった。

そのなにかは、3Dポリゴンな狩夜である。点と線と面で構成された、ローポリで半透明《はんとうめい》な狩夜。そんな狩夜が、部屋の中央で足をそろえて直立し、両腕を地面に対し水平に広げながら、全裸で立っている。

「ん～？」

狩夜は、真っ白い部屋をぐるりと見回し困惑《こんわく》した。

随分《ずいぶん》と現実味の薄《うす》い光景である。いや、夢なのだから、むしろ当然であった。気にするだけ無駄だなと、狩夜は考えることをやめる。

「レイラ、ちゃんと火の番やってる……よね？」

レイラが「やってるよ～」とコクコクと頷いた。狩夜は安堵《あんど》の息を吐くが、すぐに頭を振る。

これは夢。夢のなかのレイラになにを言っても無駄だ。

――あ、そういえば、現実のレイラに、交代するから四時間ぐらいで起こせって伝えるのを忘れた。大丈夫かな？

狩夜はしばらく考えた後「ま、いいや。あとで謝《あやま》ろう」と結論を出し、無警戒にローポリな狩夜に近づいた。目の前の不思議な光景に興味が湧《わ》いたのである。

「どうせ夢だし」と、軽い気持ちでローポリな狩夜に右手を伸ばし、左肩に触れた。その瞬間、ポーンという、小気味の良い電子音が白い部屋に鳴り響く。

そして――

「うわぁ!?」

ローポリな狩夜の胸から、極薄《ごくうす》の板のようなものが突然飛び出し、狩夜は思わず飛び退いた。

「び、びっくりしたぁ……」

狩夜は高鳴る胸に右手を当てながら、再度ローポリな狩夜に近づく。そして、出現した極薄の板を上から覗き込む。

極薄の板には、日本語で『ソウルポイントを使用しますか？　ＹＥＳ　ＮＯ』と書かれていた。

「なに……これ？」

狩夜が、極薄の板を覗き込みながら固まっていると――

「レイラ？」

頭の上にいるレイラが動いた。右腕から蔓を伸ばし『ＹＥＳ』をタッチする。すると、極薄の板の画面が切り替わった。どうやらこれは、タッチパネルのようなものらしい。

狩夜は、レイラの行動を別段咎《とが》めることなく、極薄の板――タッチパネルを再度覗き込む。

「これって……」

そこには、メニュー画面のようなものが表示されていた。

左上には『叉鬼狩夜』という名前。その右隣には『１００３・ＳＰ』という謎の数字。そして、それらの下には『筋力ＵＰ・１ＳＰ』『敏捷《びんしょう》ＵＰ・１ＳＰ』『体力ＵＰ・１ＳＰ』『精神ＵＰ・１ＳＰ』『次へ』『戻る』の、六つの項目《こうもく》がある。

この画面を見た瞬間、狩夜はある仮説を立てることができた。しかし「いや、さすがにそれは……」と、首を左右に振り、みずからその仮説を否定する。

狩夜が「ないない」と首を左右に振っていると、レイラが再び動いた。蔓を動かし『筋力ＵＰ・１ＳＰ』をタッチ。するとタッチパネルに『ソウルポイントを１ポイント使用し、叉鬼狩夜の筋力を向上させます。よろしいですか？　ＹＥＳ　ＮＯ』と表示された。

レイラは、迷うことなく『ＹＥＳ』をタッチする。すると――

『叉鬼狩夜の筋力が向上しました』

と、テンションの低い事務的な声が部屋のなかに響き渡った。タッチパネルはすでにメニュー画面に戻っている。だが、若干の変化があった。

まず、名前の横の数字。これが『1003・SP』から『1002・SP』に減少している。そして、さっきは『1SP』で選択《せんたく》できた項目が『筋力UP・2SP』といった具合に、軒並《のきな》み数値が上がっていた。

「あ〜」

「ひょっとして、僕の仮説は正しいのか？　いやいやこれは夢だ」と、狩夜が頭を抱えている最中でも、レイラの動きは止まらない。

今度は『体力UP・2SP』の項目をタッチ。続いて『YES』。

『叉鬼狩夜の体力が向上しました』

テンションの低い声が再び響く。

メニュー画面に戻ると、謎の数字が『1000・SP』に。そして『2SP』で選択できた項目が、今度は『3SP』に上がっていた。

「は、ははは……よ、よくできた夢だな〜」

と、狩夜が顔を引きつらせていると、レイラは『次へ』をクリックした。すると、初めて見る別の項目が現れる。だが――

「あれ？」

そこには『〔光属性魔法Lv1〕・1000SP』『〔闇属性魔法Lv1〕・1000SP』といった具合に、『光』『闇』『月』『火』『水』『木』『風』『土』の八つの魔法項目が出現していた。しかし、さっきと同じく『次へ』『戻る』はあるものの、魔法項目はすべて灰色になっていた。どうやらこれらの選択肢《せんたくし》は、今は選択できないらしい。

狩夜が「なんでだろ？」と、タッチパネルを覗き込むと、頭の上からギリギリと、大きな歯ぎしりが聞こえてきた。

「レイラ？」

狩夜は思わず頭の上に両手を伸ばす。レイラの胴体を左右から掴み、その小さい体を胸元に運んだ。

レイラは、とても悔《くや》しそうな顔をしていた。歯を食いしばりながら、その選択できない八つの魔法項目を見つめている。

「レイラ、どうしたんだよ？」

再び声をかけると、レイラは、はっとしたように体を震わせた。次いで、気持ちを切り替えるように顔を左右に振り、蔓で『次へ』をタッチする。

その後、レイラの動きに迷いはなかった。なにか目当ての項目でもあるのか、もの凄い速さで『次へ』を連続でタッチする。狩夜の目の前で、選択肢が表示されては消えていく。

しかしまあ色々な項目があった。

『〔長剣Lv1〕・1000SP』とか『身長を1㎝高くする・1000SP』とか、凄いものになると『1歳若返る・10000SP』とか『性別を変える・10000SP』なんてのもあった。

さすが夢。常識なんて糞食《くそく》らえ、である。

ほどなくして、レイラの連続タッチは止まった。そこには『〔ユグドラシル言語〕・1000S

P』の項目がある。

「ユグドラシル言語?」

当然だが、聞いたことのない言語体系であった。

レイラは、その『〔ユグドラシル言語〕・1000SP』の項目をタッチ。するとタッチパネルに『ソウルポイントを1000ポイント使用し、叉鬼狩夜の魂に〔ユグドラシル言語〕スキルを転写します。よろしいですか？　YES　NO』と表示された。

一瞬狩夜のほうに視線を向けると、レイラは『YES』をタッチする。

『叉鬼狩夜の魂に〔ユグドラシル言語〕スキルを転写しました』

白い部屋にお決まりの声が響いた。メニュー画面に戻ると、謎の数字がきっちり『0・SP』になっている。

レイラは蔓を伸ばし、タッチパネルの右上にある×印、閉じるボタンをタッチする。するとタッチパネルに『ソウルポイントの使用を終了しますか？　YES　NO』と表示された。レイラは迷うことなく『YES』をタッチする。すると、タッチパネルはローポリな狩夜の胸のなかに消えていった。

狩夜の両手のなかで「ようやく終わったよ～」と言うように、レイラの全身から力が抜け、右腕から伸ばしていた蔓が収納された。そして、体を大きくのけ反らせ、狩夜の顔を見つめてくる。

目が合うと、レイラは笑った。そして「またね」と、右手を振る。

そんなレイラに狩夜が訝しげに首を傾げた瞬間、唐突《とうとつ》に明晰夢が終わった。

「ん？　うぅん？」

狩夜は、なにやら浮遊感《ふゆう》のようなものと共に目を覚まし、掛《か》け布団を持ち上げながら上半身を起こした。

「って、あれ？　掛け布団？」

狩夜が掛け布団だと思ったものは、よく見ると巨大な葉っぱであった。そして、狩夜の下にある葉っぱの敷布団と同じく、レイラの頭頂部に繋がっている。

どうやら狩夜が寝入った後に、レイラは残ったもう一方の葉っぱも巨大化させ、狩夜の上に掛けてくれたようだ。

そのレイラはというと、火の入ったかまどの前で体育座りをしていた。右手には乾いた流木を持っている。そして、狩夜が目を覚ましたことに気づいたのか、首だけで振り返った。

「おはよう」と右手を上げるレイラ。狩夜も葉っぱの敷布団から立ち上がり「おはよう」と返す。すると、レイラは巨大化させていた頭頂部の二枚の葉っぱを収縮させた。葉っぱはいつもの大きさ、いつもの場所に戻る。

「火、ちゃんと見ててくれたんだね」

手製のかまどには、レイラが一晩守った火が残っていた。レイラは誇《ほこ》らしげな顔で、コクコクと頷く。

頑張《がんば》ったレイラを労《ねぎら》おうと、右手で頭を撫でてやる。レイラに対する恐怖心を払拭《ふっしょく》しきれていないので、少しぎこちなくなってしまったが、レイラは嬉しそうに目を細めた。

「えっと、その……レイラ。一晩中火の番をさせて……ごめん。すごく眠くて、途中《とちゅう》で起こしてくれって伝え忘れてた。ほんとにごめん。辛《つら》かったでしょ？」

するとレイラは笑顔で首を振り「全然平気だったよ！」と胸を張った。確かに疲れは見えないが、それとこれとは話が別だ。

「そっか……すごいな、君は。でも、次はちゃんと僕もやるからさ。今度は交代制で、ね」

レイラが「私がやるから狩夜はちゃんと眠ったほうがいいよ」と言いたげに、首を左右に振る。

「いや、でもさ、さすがに悪いって言うか……」

それでもレイラは譲《ゆず》らなかった。「狩夜は眠らないとダメなの！」と、厳しい表情で何度も首を左右に振る。

狩夜は思案顔をした。レイラがこんなにも頑《かたく》ななのははじめてだ。なにか理由があるのかもしれない。

思い当たるのは、昨日見た奇妙な夢。レイラも登場した、あの夢。

『叉鬼狩夜の筋力が向上しました』『叉鬼狩夜の体力が向上しました』『叉鬼狩夜の魂に〔ユグドラシル言語〕スキルを転写しました』

脳裏に、夢のなかで聞いたあの声が蘇る。

とりあえず、腕を曲げて力瘤《ちからこぶ》を作ってみたり、両手を開いたり閉じたりしてみた――が、別段変わったようには感じなかった。レイラも「なにしてるの？」と言いたげに、狩夜を見つめている。

狩夜は恥《は》ずかしくなって、レイラから顔を背《そむ》けた。そして思う。

——馬鹿か僕は、夢を本気にするなんて、どうかしている。

赤くなった顔をごまかすために、狩夜は川に向かった。両手で水をすくい、顔を洗う。

「ふう……」

顔を洗った後は朝食作りである。昨日と同じようにレイラにウサギモドキを出してもらい、解体する。レイラが守ってくれた火とかまどで焼き上げたら完成だ。もちろん美味しくいただく。

「よし。それじゃいこう！」

朝食と火の始末を終えると、狩夜は気合を入れ叫んだ。レイラも「おー！」と両腕を突き上げ狩夜の背中に飛びつき、頭の上によじ登る。

目指すは川下。人里を探しに、いざゆかん。

気持ちを新たに、狩夜たちは川に沿って歩き出す。そうやってしばらく進んでいくと、川辺に佇む大きな岩の姿が目に入った。夢のなかで聞いたあの声が、再度脳内で蘇る。

『叉鬼狩夜の筋力が向上しました』

狩夜は大きな岩をじっと見つめた。次いで、歩きながら右手をきつく握り締める。

そして——

「おりゃあ！」

大きな岩のすぐ横に差しかかると同時に右腕を突き出し、巨大な岩を殴《なぐ》りつけた。狩夜の頭上では、レイラが息を呑み目を見開いている。

しばしの沈黙の後——

「いったぁぁあぁ！」

狩夜は、あらん限りの絶叫を上げた。

――痛かった。すんげー痛かった。やっぱり駄目だった。全然強くなんてなってなかった。僕はなんて馬鹿なんだ！

狩夜はすぐさま川に駆け寄り、流れる水で右手を冷やす。どうやら骨に異常はなさそうだ。

狩夜の頭から飛び降りたレイラが「大丈夫？　大丈夫？」と、狩夜の周りをちょこまかちょこまか走り回った。なんだか非常に申し訳ない気持ちになってくる。

川の水で冷やし続けていると、どうにか痛みは治まった。狩夜は安堵し、ゆっくりと立ち上がる。レイラもほっとした様子で、狩夜の体に跳びついた。

再び川下に向かって歩きながら、なんとも馬鹿なまねをしたと後悔する狩夜。そして、やっぱりあれはただの夢だったんだなと、再確認する。

あんなふうに――ゲームのように強くなれるのなら、苦労はしない。

今はとにかく人を探そう。そして情報を集めよう。そう狩夜は心に決める。

川下を目指して、狩夜たちは歩き続けるのであった。


「およ？」

川沿いを歩くことおおよそ半日。狩夜とレイラは、その川に流れ込む細い支流を発見した。

発見した支流は、狩夜から見て左側の森、その奥《おく》へ奥へと続いている。森のなかになんらかの水源、湧き水だの泉だのがあるのだろう。

それだけなら別段気にする必要はないのだが、その支流には見過ごすことのできないものがあった。なんと、流れに沿って、人の足で踏み固められたと思しき道があったのである。

狩夜は慌ててその道に近づき、周囲を見回した。人の痕跡《こんせき》を、この世界に狩夜以外の人間がいるという、確固たる証拠《しょうこ》を探す。

そして、狩夜はそれを見つけた。刃物《はもの》によって断ち切られた、奇麗な断面の切り株を。

「いるんだ……」

切り株の断面を右手で撫でる。

この世界には、狩夜以外の人間が、間違いなく存在する。

「レイラ、予定変更《へんこう》。この道を進んで、森のなかに入るよ」

レイラは「いいよ～」とコクコクと頷いた。狩夜は、やや早足で森の奥へと歩を進める。

道は支流に沿う形でずっと続いていた。そして、そこかしこに人の手が入った形跡が見て取れる。人がいるという確信を深めながら、狩夜たちは黙々と進み続けた。

ほどなくして――

「見えた！」

ついに民家を発見する。

次の瞬間、早足は駆け足となった。狩夜は急いでその家に近づく。

近づくうちに、視線の先の民家――いや、村の全体が見えてきた。

そう、村だ。支流の終着点であろう小さな泉。その泉に寄り添うように、小さな村が形成されている。

民家の数は二十ほどで、すべてが木造。二階建ての家はなく、平屋ばかりだ。畑もいくつかあるが、種まき、もしくは収穫《しゅうかく》の直後なのか、作物の姿はない。

村の周囲には、家と畑を守るように木製の柵《さく》があり、村をぐるりと取り囲んでいた。だが、柵は背が低いうえにスカスカで、あまり設置する意味はないように見える。

狩夜たちが進む道は、村を囲う柵が唯一《ゆいいつ》ない場所、村の出入り口らしき所に繋がっていた。狩夜は徐々に走る速度を落とし、村のなかに足を踏み入れる。

そう、狩夜たちは異世界の人里に、はじめて足を踏み入れたのだ。

村に入る際、誰かしらに呼び止められるかとも思ったのだが、別段なにもなかった。素通り、フリーパスである。というか、門番や、見張りといった人の姿は一切ない。

——人を躊躇なく襲う野生動物や、巨大な昆虫《こんちゅう》が跋扈《ばっこ》する森のなかにある村なのに、見張りがいない？

狩夜は「不用心だな」と思い周囲を見渡して——

「……あれ？」

あることに気がついた。

人がいないのだ。見張りどころの話ではない。畑にも、共用だと思われる井戸《いど》にも、誰もいない。

何度周りを見渡しても、人っ子一人確認できないのだ。

「すみませ～ん！　誰かいませんか～⁉」

焦《あせ》って呼びかけてみるが、返事はない。

――あれ？　ひょっとして廃村《はいそん》……とか？

脳裏を過った嫌な予感に、狩夜は途方に暮れそうになる。その瞬間――

「旅の……お方ですか……？」

近くにあった民家の引き戸がガタガタと音を立てて動き、女性のものと思しき声が聞こえてきた。

「神は僕を見捨てなかった！」と、狩夜は声のした方向に即座に顔を向ける。

異世界人とのファーストコンタクト。狩夜がはじめて出会った異世界人は、褐色《かっしょく》の肌《はだ》で、線が細く、赤みがかった銀髪《ぎんぱつ》で、耳の長い美女であった。

なにより目を引くのは、彼女《かのじょ》の肌に施《ほどこ》された呪術《じゅじゅつ》的な入れ墨《ずみ》である。種族的な理由か、役職的な理由かは不明だが、全身の至るところに禍々しい模様が描かれていた。

ダークエルフ。そんな言葉が狩夜の脳内を駆け巡《めぐ》る最中、女性が引き戸から手を離し、狩夜に近づこうと足を一歩前へと踏み出した。

「あ……」

しかし、女性は歩くことに失敗し、転倒《てんとう》。そのまま力無く地面に横たわってしまう。

「大丈夫ですか⁉」

狩夜は慌てて女性に近づき、その体を抱《だ》き起こした。そこで気づく。

「あっつ⁉」

女性の体温が異常に高い。呼吸は荒く、肌には大粒《おおつぶ》の汗が滲んでいる。よくよく見れば、肌も、髪も、爪《つめ》も、ボロボロであった。

ある可能性に思い至り、狩夜が目を見開くなか、女性は激しく咳《せ》き込みながらも、しわがれ声で懸命《けんめい》に訴える。

「光の民《たみ》……魔物連れということは開拓者《かいたくしゃ》……あの、お願いします……お薬を……お持ちではないですか？　お持ちであるならば、どうか……どうかお恵《めぐ》みを……」

光の民とか、魔物とか、開拓者とか、なにやら意味ありげな単語が聞こえてくるが、頭に入ってこない。

病気。病気である。この症状《しょうじょう》がただの風邪《かぜ》とはとても思えない。目の前の女性は、病名もわからない謎の病《やまい》に侵《おか》されている。

――人がまったく出歩いていない村。まさか、村民全員が？

パンデミック。そんな物騒《ぶっそう》な言葉が、狩夜の心をかき乱す。そして、すでに自身も感染しているかもしれないという状況に、心の底から恐怖した。

「薬……薬を……ひめ……助け……」

薬を恵んでくれと懸命に訴える女性。だが、常備薬は紛失《ふんしつ》した登山用ザックのなかで、手元にない。いや、たとえあったとしても、異世界の病気に地球の市販薬《しはんやく》が効くかどうか。

原因不明の異世界の病気。そんなものに効果がありそうな薬があるとすれば、それは――

「レイラ」

狩夜は女性を優《やさ》しく地面に寝かせた後、頭上にいるレイラを両手で持ち上げ、正面からその顔を直視する。レイラは「なに？」と可愛らしく小首を傾げた。

レイラの顔を見つめながら、狩夜は生唾を飲み下す。

「君の体って、磨り潰したりしたら、いい薬になったりしない？」

マンドラゴラは、精力剤《せいりよくざい》、媚薬《びやく》、霊薬《れいやく》、はては不老不死の薬になるとさえいわれている。ならば、どんな病も吹き飛ばす、奇跡の万能薬《ばんのうやく》だって作れるかもしれない。

昨日は毒にしようとしていたレイラを、今日は薬にしようとしているのだから、僕って勝手だな——と、狩夜は思った。だが、現状を打破できそうな手段はこれしか思いつかない。

しかし、レイラは言葉の意味が理解できなかったのか、曲げていた首を反対方向に傾けた。

その後は互いに無言。己《おのれ》の無力を痛感している狩夜と、小首を傾げ続けるレイラの間に、重苦しい沈黙が流れる。

沈黙が五秒ほど続いた後、事態が動いた。

「——っ⁉」

レイラが両の目を見開いたかと思うと、激しく身を捩《よじ》り、狩夜の手を撥《は》ね除《の》ける。

狩夜の手から逃《のが》れ、地面に着地したレイラは「えらいこっちゃ！　えらいこっちゃ！」と言うように狩夜の周囲を走り回った。そして「どうしよう⁉　どうしよう⁉」と頻《しき》りに周囲を見回す。

あ、こけた。

地面に転がったレイラは、すぐに立ち上がろうともがくが、焦っているせいかうまくいかない。何度も起き上がろうとするが、そのたびに失敗した。

狩夜は右手を腰に伸ばし、剣鉈を鞘から抜き放つ。

瞬間、レイラの体が激しく震えた。そして「じょ、冗談《じょうだん》だよね？　ね？」という顔で、狩夜を見上げてきた。

狩夜は、そんなレイラを静かに見下ろす。

「レイラ、まずは僕の質問に答えてくれないかな？　君は薬になるの？　ならないの？　大丈夫だよ。もし薬になるとしても、先っちょだけ……先っちょだけだから……」

レイラを殺そうと考えているわけじゃない。そんなこと怖くてできるわけがない。本気で抵抗《ていこう》されたら狩夜のほうが死ぬ。狩夜はただ、葉っぱの先とか、腕の先とかを、ほんの少し提供してほしいだけなのだ。

しかし、その真意は正しく伝わらなかったらしい。レイラの表情がますます悲愴《ひそう》になる。マジで泣きだす五秒前だ。

申し訳ない気持ちでいっぱいになるが、狩夜としても引くに引けない。『頼れる者のいない異世界で病気になる』は、イコールで『死』だ。自身も感染している可能性がある以上、なんとしても治療法《ちりょうほう》を見つけ出す必要がある。

レイラは大粒の涙《なみだ》を湛《たた》えた瞳で再度周囲を見回した。そんなレイラの視線が、地面に横たわる女性のところでピタリと止まる。

レイラは女性をしばらく見つめた後、右腕を勢いよく突き出した。

直後、レイラの右腕から一本の蔓が出現したかと思うと、女性の首筋に向かって高速で伸び、うなじを一突きする。

制止する暇《ひま》もなかった。この一連の動作にレイラが費《つい》やした時間は、一秒にも満たないだろう。それほどの早業《はやわざ》である。狩夜が口を開こうとしたときには、くだんの蔓は既《すで》にレイラの手元に戻っていた。

狩夜はその蔓をつぶさに観察し、そして気づく。

女性を一突きしたレイラの蔓の先端《せんたん》には、なにやら棘《とげ》のようなものが生えていた。そして、その棘には倒れた女性のものと思しき血液が付着している。

レイラが女性になにをしたのか、詳《くわ》しいことはわからない。だが、その効果は劇的であった。

女性の肌には血色が戻り、張りも出たように見える。傷《いた》んでいた髪や、爪すらも、見違えるように奇麗になった。

なにより驚いたのは、女性の全身に浮かんでいた呪術的な模様が消えたことである。どうやら入れ墨ではなかったらしい。

目の前で起きた現象に、狩夜は口をあんぐりと開け、胸中で「すっげ――‼」と絶叫した。

――なにこれ？　ありえないでしょ。奇跡じゃん。レイラの奴、なに当然のように奇跡起こしてんの？

感心を通り越して呆《あき》れていると、女性の回復を見届けたレイラが、狩夜の右脚に抱きついてきた。そして、狩夜の顔を見上げ「これでいいでしょ？　もう磨り潰さないよね？　ね？」と視線で訴えてくる。

狩夜は剣鉈を鞘に収めながら苦笑いして、「しないよ」と安心させるように右手で頭を撫でてやった。すると、レイラは安堵の笑みを浮かべ、そのまま右脚をよじ登りはじめる。どうやら定位置である頭上に戻るつもりらしい。

「あ、あれ……？」

病から解放された女性が、困惑した様子で上半身を起こす。そして、呆《ほう》けたように周囲を見回した後、はっとした様子で自分の体を見下ろした。

「消えた……あの忌《い》まわしい模様が……消えた……これは夢？　いえ、違う……わたくしは……助かったのですか？」

「あの、大丈夫ですか？　気分は？」

さきほどのしわがれ声が嘘のような美声で言葉を紡ぐ女性に、狩夜は身を屈めておずおずと問いかけた。すると、女性は弾《はじ》かれたように顔を上げ、狩夜に尊敬の眼差しを向ける。

「あ、貴方様《あなたさま》が、あの奇病を治してくださったのですか？」

「えっとですね、俺というか……こいつがですね――」

「お願いします！」

狩夜の言葉を女性が遮《さえぎ》る。そして両手を伸ばし、狩夜に縋《すが》りついてきた。

「貴方様から受けた御恩《ごおん》には必ず報《むく》います！　ですから……ですからどうか！　姫様《ひめさま》を！　この村を救ってください！」


「こちらです、お早く！」

謎の奇病から快復した女性――メナド・ブラン・シノートの背中を見つめながら、狩夜は村のなかを全力で走っていた。

向かう先はこの村で一番大きな家。そこに村の代表者がいるとのこと。そして、その代表はなんと王族であり、本物の王女様なのだそうだ。

その王女も、メナドと同じ全身に呪術的な模様が浮かび上がるという奇病に侵されているらしく、メナドは狩夜に「姫様を助けてほしい」「とにかく姫様に会ってくれ」と、涙ながらに訴えた。

そんな彼女のために、狩夜は一秒でも早く王女に会うべく、村のなかを全力疾走《しっそう》しているというわけである。

しかも、くだんの奇病に侵されているのは村民全員だそうで、この村は現在進行形で存亡の危機なのだそうだ。

どうやら狩夜は、どえらいときにこの村へ来てしまったらしい。

ほどなくして、狩夜たちは目的地である家の前へと辿り着く。そして——

「このぉ！」

時間が惜しかったのか、メナドは目的の家に全速で駆け寄ると、入り口の引き戸を躊躇なく蹴破《けやぶ》った。そして「姫様～！」と叫びながら家のなかへ突入していく。

「見かけによらずアグレッシブな人だなぁ……お邪魔します」

メナドの後に続き、狩夜はその家に足を踏み入れ、蹴破られた引き戸の上を恐る恐る進む。すると「こちらです！　奥の部屋へいらしてください！」というメナドの声が聞こえてきた。

しばらく進むと寝室に辿り着き、狩夜は村の代表である銀髪の女性と対面した。

「はじめまして……だな。光の民の開拓者よ。私がこの村の代表である、イルティナ・ブラン・ウルズだ」

王女ことイルティナは、ベッドに浅く腰かけていた。その傍らには、不安げな視線でイルティナを見守るメナドの姿がある。

「こ、こちらこそ、はじめまして。叉鬼――あ、いえ、カリヤ・マタギです」

イルティナの容体《ようだい》は、メナドに負けず劣《おと》らず深刻そうだった。

全身には呪術的な模様が浮かび上がり、褐色の肌も、銀色の長髪も荒れ放題だ。熱も出ているのか呼吸は荒く、喋《しゃべ》ることすら辛そうである。

だが、それでもイルティナは気丈であった。村の代表が、王女が弱い所を見せるわけにはいかないと背筋を真っ直ぐに伸ばし、しっかりとした口調で狩夜に語りかけてきた。

イルティナには病に負けない強さと、高貴さがある。強い人だと、そして、大きな人だと、狩夜は心から思う。

現代日本ではまず接する機会などない高貴な人間。その存在の大きさに、狩夜は視線を泳がせた。

「あの、この場で跪《ひざまず》いたほうがよろしいでしょうか？　何分《なにぶん》、こういったことに疎《うと》くて……」

「かまわんよ、堅苦《かたくる》しいのは苦手だ。こちらこそ、このような恰好《かっこう》ですまない。着替える時間もなかったものでな」

「いえ、お気になさらず」

イルティナは、素裸《すはだか》の上に薄い上着を一枚羽織っただけという、かなり際《きわ》どい恰好である。病床《びょうしょう》とはいえ、狩夜は目のやり場に困った。

「メナドの話によれば、そなたは我が村を蝕《むしば》む、この奇病を治療する術を持っているそうだが……まことか？」

イルティナの問いに狩夜は視線を上に向けた。その視線の先にいるレイラは「大丈夫だよ～」とコクコク頷く。

「はい。本当です」

狩夜は胸中で安堵の息を吐き、イルティナの両目からは涙が溢れた。

「そうか、ならば村の代表として……ウルズ王国第二王女、イルティナ・ブラン・ウルズとして、汝《なんじ》に願う。この村を、ティールを救ってほしい。報酬《ほうしゅう》は約束しよう」

「レイラ」

狩夜は大きく頷き返し、名前を呼んで治療を促す。レイラはすぐに動いた。右腕を突き出し、先端に棘のついた蔓を出現させる。

治療は一瞬。レイラはイルティナに向けて蔓を伸ばし、その首筋を棘で一突き。その後、蔓を体内へと収納した。

ほどなくして、メナドのときと同じ変化がイルティナの体ではじまる。浮かんでいた呪術的な模様が消え、映像を逆再生するかの如く、イルティナの体に生気が戻っていく。

「ああ、姫様」

口を両手で覆《おお》いながら、メナドは感極《かんきわ》まったように呟く。それとほぼ同時に、イルティナの体が全快した。

「奇跡だ……」

イルティナが、信じられないという顔で自分の体を見下ろしている。

病から解放されたイルティナは、もの凄い美人であった。

活力みなぎる両目は切れ長であり、強い意志を感じさせる。病に蝕まれていたときは若干垂れ気味だった長い耳は、横にピンと伸びていた。褐色の肌には張りが戻り、シミ一つない。そして、薄い上着を下から押し上げる大きな胸が、激しく自己主張を――

「っ！」

ここで狩夜はもの凄い勢いで回れ右をし、唐突に走り出した。

「カリヤ様⁉　どちらへ⁉」

「急にどうしたのだ⁉　まだ礼が！　報酬も！」

「えっと、その……ほ、他の人を治療してきます‼」

大声を残し、狩夜はイルティナ邸《てい》を後にする。そして、胸中で己を罵倒《ばとう》しながら走り続けた。

――僕って奴はなんて恥《はじ》知《し》らずなんだ！　病気が治った途端、嫌らしい目でイルティナ様を見るなんて！　男として、いや、人間として失格だ！　生まれてきてごめんなさい！

「どちくしょ～！」

狩夜は、叉鬼狩夜という人間の矮小《わいしょう》さに呆れ果て、滝《たき》のように涙を流した。そして、胸に渦巻《うずま》く罪悪感を少しでも和《やわ》らげようと、レイラを運ぶ馬車馬と化す。ティールの村の家という家に押し入り、かたっぱしから村民たちを治療していく。そんな狩夜の頭上には、狩夜を見下ろしながら「なんで泣いてるの？」と首を傾げるレイラの姿があった。

そして、太陽が大きく傾き、空が茜色に染まりはじめた頃――

「村を代表して改めて礼を言わせてもらおう。カリヤ・マタギ殿《どの》、そなたは我がティールの救世主だ。本当にありがとう。今日という日を、我らは生涯《しょうがい》忘れない」

村民全員の治療を終え、念のために自身もレイラの棘で一突きしてもらった狩夜が再びイルティナ邸に赴《おもむ》くと、私服に着替えたイルティナが深く頭を下げてきた。すぐ隣のメナドも深々と頭を下げている。

二人の私服は緑を基調としており、ライダースーツのように体にぴったりと張りつくものであった。そして、その上に動物の皮で作られた腰巻きと、胸当てを着込んでいる。体のラインは際立っているが、肌の露出《ろしゅつ》は非常に少ない。

動きやすさが最優先！　というコンセプトをそのまま体現したような、王女のイメージとはかけ離れた服装であった。どちらかというと戦士、もしくは狩人《かりゅうど》のようである。だが、決して似合わないということはない。スタイルも良く、高身長の二人にとてもよく似合っていた。ヘアメイクも済ませたようで、イルティナは両側頭部の髪を一部編み込み、メナドは一部を編み込んだサイドアップテールになっている。

「はぁ」

狩夜は思わず溜息を吐いた。そう、イルティナも、メナドも、とても身長が高いのである。狩夜よりもずっと。

狩夜の背は二人の肩ぐらいまでしかない。自分がチビであるということを痛いほど理解している狩夜であったが、やはり女性に上から見下ろされるとくるものがあった。

「改めて自己紹介《しょうかい》させてもらおう。ウルズ王国第二王女、イルティナ・ブラン・ウルズだ。サウザンドの開拓者でもある。二年前にこの辺りを開拓し、ここティールを造った。同業者としてもよろしく頼むぞ」

顔を上げたイルティナが、コンプレックスを刺激されて暗い顔をしている狩夜に笑顔を向ける。

それにメナドが続いた。

「イルティナ様の従者兼《けん》、パーティメンバーを務めます、メナド・ブラン・シノートと申します。イルティナ様と同じく、サウザンドの開拓者です。以後お見知りおきを、カリヤ様」

開拓者に、サウザンド。開拓者は職業で、サウザンドは階級のようだった。

どうやらこの二人は、狩夜のことをその開拓者だと思っているらしい。どのような理由でそう思ったのかは不明だが、完全に勘違いである。狩夜はただの中学生であって、それ以上でも以下でもない。

どうしたものかと狩夜は頬をかいたが、イルティナはそのまま話を進めた。

「では、約束の報酬を支払おう。カリヤ殿はなにを望む？　遠慮することはないぞ、これでも王女だ。この村では用意できなくとも、都に要請《ようせい》すれば大抵のことはどうにかなる」

イルティナは笑顔で遠慮するなと言うが、狩夜はほとんどなにもしていない。病気を治したのはレイラである。

狩夜はレイラに「どうする？」とアイコンタクトをした。するとレイラは「カリヤの好きにすればいいよ～」と、狩夜の頭をペシペシ叩いてくる。

なんとも無欲な相方であった。結局は狩夜次第《しだい》。とはいえ、あまりに大それたことを要求するのは良心が咎める。

となれば、やはり――

「では、情報を求めます」

「情報……ですか？」

予想外だったのか、メナドが困惑顔で聞き返してきた。狩夜は大きく頷く。

「ここ……どこですか？　皆《みな》さんはいったい、なんですか？」

「「はい？」」

「実は僕……この世界の人間じゃないんです。まったく別の世界からきたんです……」

狩夜は慎重《しんちょう》に言葉を選びながら、自身の現状を二人に語りはじめた。

# 第二章　大開拓時代

昔、昔。嘗《かつ》て繁栄《はんえい》を極《きわ》めた文明の名前が忘れ去られ、一度はすべて暴《あば》かれた世界の形が再びわからなくなってしまうくらい昔。世界樹の聖剣《せいけん》を携《たずさ》えた勇者が、世界を滅《ほろ》ぼさんとする〈厄災《やくさい》〉と戦った。

八体の精霊《せいれい》と世界樹に祝福された勇者と、邪気《じゃき》の集合体である〈厄災〉。彼《かれ》らの戦いは苛烈《かれつ》を極め、七日七晩続《つづ》いたという。そして、八日目の朝陽が昇《のぼ》ると同時に、勇者は〈厄災〉の胸に、世界樹の聖剣を突き立てた。

そう、勇者は〈厄災〉を見事打倒《だとう》し、世界を救ったのだ。イスミンスールの滅亡《めつぼう》は、勇者の手により阻止《そし》された。

だがそれは、世界中に構築された人間社会、それらの崩壊《ほうかい》のはじまりでもあった。

〈厄災〉は死の直前、残された力のすべてを使い、全人類に呪《のろ》いをかけた。その呪いは八体の精霊と、世界樹にまで及《およ》んだという。

呪いにより八体の精霊は封印《ふういん》され、世界樹はマナの放出を止めた。そして、人類は最強の武器を失う。

それは『レベル』と『スキル』であった。

多少の差異はあれど、経験と反復により、誰《だれ》もが超人《ちょうじん》へと至ることを可能にする、人類最強の武器。

〈厄災〉は呪いにより、その二つを人類から取り上げたのだ。

勇者の手により〈厄災〉は倒《たお》れ、イスミンスールは救われた。そして、その救われた世界に、レベルとスキルを失った人類が残された。魔物《まもの》という人類の敵が跋扈《ばっこ》する、この過酷《かこく》な世界に。

その現実に、人類は必死に抗《あらが》った。だが、それらは一様に無駄《むだ》な抵抗《ていこう》だった。

屈強《くっきょう》な戦士に守られていた剣の国も、優秀《ゆうしゅう》な魔法使いによって守られていた魔導の国も、レベルとスキルを失った直後、瞬《また》く間に魔物に滅ぼされてしまう。

レベルとスキル。この二つがなければ、人類は魔物に太刀《たち》打ちできないのだ。

時は流れ、多くの国が滅び、人類はその版図のほとんどを失った。唯一《ゆいいつ》残ったのは、世界樹が根づく地、世界の中心たるユグドラシル大陸のみ。

人類はユグドラシル大陸に引きこもり、なんとかその命脈を保った。大陸の外に生息する屈強な魔物に怯《おび》えながら、静かに、ひっそりと。

その後、人類の歴史は長い停滞《ていたい》を迎《むか》える。長い長い停滞だった。その停滞は永遠に続くように思われたが——ある日、小さな変化が訪《おとず》れた。

とある猟師《りょうし》が森へと狩《か》りに出かけたときのことである。一匹《ぴき》のラビスタが、友好的に猟師にすり寄ってきたのだ。

ラビスタは、ユグドラシル大陸全土に生息する、弱いながらも縄張《なわば》り意識が強く、好戦的で知られる魔物だ。そんなラビスタが人に好意を示し、あろうことか懐《なつ》いたのである。

猟師はそのラビスタに愛着が湧《わ》き、家に連れ帰った。そして、その日の夜、猟師は奇妙《きみよう》な夢を見る。

それは、自分そっくりの人形が置かれている白い部屋の夢。

人類の敵である魔物を家に連れ帰るほどに怖《こわ》いもの知らずで、好奇心旺盛《おうせい》な猟師は、その白い部屋を思うがままに探索《たんさく》し、自分そっくりな人形から飛び出した板を適当に操作する。

そして聞いた。

猟師の身体能力を強化したと無感情に告げる、不可思議な声を。

夢から覚めた猟師は、いつも通りの朝を迎えた。そして、ラビスタを従えて狩りにいく。

するとどうだろう。体が別人のように軽いではないか。猟師は意気揚々《ようよう》と狩りを終え、ラビスタと一緒《いつしよ》に家に戻《もど》った。その日の夜、猟師は昨日と同じ白い部屋の夢を見た。

そうして、毎夜白い部屋で己《おのれ》を強化し続けた猟師は、いつしか超人と呼ばれるようになる。遠い昔、今や伝説となった〈厄災〉以前の人類と同じように。

これがきっかけになったのか、ユグドラシル大陸の各地で魔物が人間に懐くという現象が頻発《ひんぱつ》するようになる。そして、魔物を手なずけたすべての人間が、毎晩同じ夢を見るようになったと口にした。ソウルポイントという未知の力があると声を揃《そろ》えた。

なにかが起こっている。

各国は総力を挙げて調査に乗り出し、ソウルポイントの研究をはじめた。そして、ソウルポイントは、いわば魔物版のレベルであり、魔物が古くから使用していた自己強化手段であることを突き止めた。

打倒した相手の魂《たましい》を取り込《こ》み、それを使って自身の魂に干渉《かんしょう》、作り変える。肉体は魂の影響《えいきょう》を受けるので、肉体は作り変えられた魂そのままに変質する。魔物はこうして自身を強化し、スキルを習得していたのだ。

魔物だけのモノだったはずのソウルポイント。しかし、魔物と心を通わせることで、その力は人類の手にも渡《わた》ったのである。

人類は狂喜乱舞《きょうきらんぶ》した。ソウルポイントというレベルに代わる新たな武器を手に入れスキルを取り戻したのだ。しかも、魂に直接作用するソウルポイントは、若返りや、体の整形すら可能にした。手が届くのである。誰もが夢見る不老長寿《ちょうじゅ》に、誰もが羨《うらや》む美貌《びぼう》、美体に。

人類は、久しく忘れていた欲望を刺激《しげき》された。そして、その欲望は活力となり、人類は反撃《はんげき》の狼煙《のろし》を上げる。誰もが未開の地に思いを馳《は》せ、ソウルポイントの可能性に夢を見た。

魔物のテイムに成功した者は、我先にとソウルポイントで自身を強化し、ユグドラシル大陸の外を目指した。各国は新たに『開拓者《かいたくしゃ》』という職と制度を作り、それを後押《あとお》しする。

そう、世はまさに——

「大開拓時代‼」

と、イスに腰《こし》かけたイルティナが、右手を握《にぎ》り締《し》めながら高らかに宣言した。狩夜《かりや》は「お〜」と感心し拍手《はくしゅ》をする。レイラも続いた。

場所はイルティナ邸《てい》のリビング。そこに置かれたテーブルにつきながら、狩夜は対面に座《すわ》るイルティナの言葉に耳を傾《かたむ》けている。

異世界人だという狩夜の言葉を聞いたイルティナは、幾《いく》つか質問すると、狩夜の言うことをあっさりと信じた。ありがたいことではあるが、少々拍子抜《ひょうしぬ》けである。

イルティナいわく、この世界にやってきた異世界人は、狩夜がはじめてではないらしい。

有名どころでは、世界の危機を幾度も救ってきた勇者たちだ。この世界、イスミンスールは、過去四度滅亡の危機に瀕《ひん》したという。しかし、そのたびに異世界から勇者が現れ、危機を打ち砕《くだ》いたのだとか。

だが、さっきの話を聞く限り、四人目の勇者は〈厄災〉とやらに勝ち、イスミンスールを救ったとは言い難《がた》い。むしろ、最後に笑ったのは〈厄災〉のほうだったのではないだろうか？　現にイスミンスールの人類は、今も困窮《こんきゅう》した生活を送っている。

そう、ここは異世界・イスミンスール。天国ではなく、異世界。魔物という人類の敵が闊歩《かっぽ》する、過酷な世界であった。

——僕《ぼく》、本当に異世界に来ちゃったんだなぁ……って、感慨《かんがい》にふけってる場合じゃない。今は情報収集に徹《てつ》しよう。

「あの、いくつか質問いいですか？」

「かまわないぞ、なんでも聞いてくれ」

「それでは遠慮《えんりょ》なく。どうしてユグドラシル大陸だけが無事だったんですか？　ここにも魔物はいるでしょう」

狩夜はそう言ってイルティナ邸の床《ゆか》を、ユグドラシル大陸を指さす。するとイルティナは、窓の向こうに聳《そび》えるあの大樹に視線を向けた。

「それは、ユグドラシル大陸の魔物がとても弱いからだ。世界樹のおかげでな」

狩夜、そしてレイラも、あの大樹、世界樹とやらに目を向ける。

「世界樹は、呪われた今も必死に世界を守ろうとしているのだ。〈厄災〉の呪いにより、大気中にマナを放出することができなくなった世界樹だが、なにも能力のすべてが失われたわけではない。世界樹は取り込んだ水を排出《はいしゅつ》する際、その水に多量のマナを溶《と》かしこむ。そして、水の流れを利用して、この大陸全土にマナを届けているのだ。この大陸の水はとても美味《おい》しいだろう？　それは、水のなかに多量のマナが含《ふく》まれているからなんだ」

「へ～」

川の水がとてつもなく美味しく感じたのは、それが理由であるらしい。

「魔物といえど、水がなくては生きられない。マナが溶けた水や、その水で育った植物からマナを体内に取り込んだ魔物は、魂を浄化《じょうか》されて弱体化する。現に、この大陸の魔物は弱い。レベルとスキルを失った人間が、工夫次第《くふうしだい》で問題なく倒せるぐらいには――な。〈厄災〉から数千年、私たち人類が今日まで生き長らえることができたのは、世界樹のおかげなんだ」

世界樹への感謝を表現するようにイルティナが窓に向かって小さく一礼する最中《さなか》、狩夜は「なるほど」と頷《うなず》く。人類存続の理由は理解できた。だが、一つ腑《ふ》に落ちないことがある。

「ですが、イルティナ様。僕、この大陸でとんでもなく強い魔物を見たことあるんですけど。なんかもう、狩ろうと思ったら、武器を持った大人が数十人規模で必要になりそうな奴《やつ》」

狩夜は、昨日遭遇《そうぐう》した漆黒《しっこく》の四足獣《じゅう》を思い出す。あの四足獣はウサギモドキ――ラビスタとは明らかに格が違《ちが》った。レイラが瞬殺《しゅんさつ》してしまったが、それはレイラだからできたことである。あのダンプカーみたいなのが、そう簡単に倒せるとは思えない。

「ああ、それはきっと主《ぬし》だな」

「ぬし？」

「ソウルポイントが、魔物版のレベルだという説明はしただろう？　つまり、魔物のほうもソウルポイントを使って、自身を強化できるわけだ。魔物同士が共食いをして、強くなると考えてくれればいい。ここまではわかるな？」

「はい」

「野生というのは弱肉強食。当然だが偏《かたよ》りが出る。主というのは、広範囲《こうはんい》の縄張りを牛耳《ぎゅうじ》り、ソウルポイントを独占《どくせん》している魔物のことだ」

「ソウルポイントを独占……」

「そう、独占だ。他の魔物との生存競争に勝利し、一度主として縄張りに君臨すれば、もう主の優位は揺《ゆ》るがない。他ならぬ主が、自分の縄張りで自分以外の魔物が台頭することを許さないからな」

「なるほど、正に主ですね――って、ちょっと待ってください。なら、主を放置したら、そいつは独占したソウルポイントで、際限なく強くなっていくってことじゃないですか？」

「その通りだ。主はできる限り早く狩ったほうがいい。時と場合によっては、国を挙げての大規模な討伐隊《とうばつたい》が組まれることもある。カリヤ殿《どの》は運がいいな。先ほどの説明で理解したと思うが、主はマナによる弱体化を上回る速度で自己を強化し続けるため、とてつもなく強い。他の魔物とは一線を画する。開拓者の間では『ソロのときに主を見たら生きて帰れない』と言われているくらいだ。カリヤ殿が無事でよかったよ」

イルティナはそう言って小さく笑った。そして「まあそのぶん、倒したときには大量のソウルポイントが手に入るのだがな」とつけ足した。

どうやらレイラが食い殺した漆黒の四足獣は、あの辺りを牛耳っていた主ということで間違いなさそうである。確かに、ラビスタや巨大芋虫《きょだいいもむし》とは一線を画する強さ、存在感だった。

しかし、そうなると――だ。その独占したソウルポイントで、かなり強化された魔物であるところの主を、あっさり食い殺したレイラっていったい？

頭上にいる旅の道連れの強さと異常性を再確認《さいかくにん》し、狩夜は生唾《なまつば》を飲む。一方のレイラは、そんな狩夜の心情などつゆ知らず、のほほんとした顔をしていた。

「主の存在と、その強さは以前から知られていたが、放置する危険性が認識されたのは最近だ。ゆえに、このユグドラシル大陸にもまだまだ多くの主が残っている。主には迂闊《うかつ》に近づかないよう、カリヤ殿も十分に気をつけたほうがいい」

「放置の危険性が認識されたのが最近？　なぜです？」

「各国の研究機関がソウルポイントの存在を公《おおやけ》にしたのは記憶《きおく》に新しい。それまでは、主は突然《とつぜん》変異の強い魔物、極力近づくな、程度の認識だったのだ」

「えっと……具体的には何年くらい前です？」

「はじめて魔物がテイムされたのが大体五年前。国がソウルポイントの存在を公にして、開拓者という新たな職と制度を用意したのが、三年くらい前だな」

三年前。本当に最近のことだった。

「なら、肝心《かんじん》の開拓はどうなってるんです？　人類の版図は、その三年でどれくらい広がったんですか？」

「いまだにほとんど広がっていない。私たち開拓者は、ユグドラシル大陸の外にようやく足を踏《ふ》み出したところだ。今の最前線は、ユグドラシル大陸の東端《とうたん》からいける、ミズガルズ大陸の西端だな」

「それは……」

「情けない成果だと思うかな？　異世界人殿？」

「い、いえ……そんなことは……」

苦笑いを浮《う》かべるイルティナに、狩夜は慌《あわ》てて首を振《ふ》るが、彼女《かのじょ》の表情は晴れなかった。

「取り繕《つくろ》うことはない。かく言う私も情けないと思っている。だが、仕方のないことなのだ。武器も、力も、情報も……なにより開拓者の絶対数が足りていない」

レイラが「突然首を振るな」と抗議するように狩夜の頭をペシペシ叩《たた》くなか、イルティナは真剣に開拓者の現状を語る。

「先ほども説明したが、今は大開拓者時代だ。誰もがソウルポイントを求め、開拓者になりたいと願う時代。だが、開拓者になるには、真っ先に越《こ》えなければならない難関がある」

「わかるだろ？」と言いたげに、狩夜に意味深な視線を向けてくるイルティナ。そんな彼女に、狩夜は簡潔に答える。

「魔物をテイムすること……ですよね？」

「そう、魔物のテイムに成功する。それが、開拓者としての第一歩だ」

イルティナは満足げに頷き、話を続けた。

「開拓者になるには、まず魔物をテイムしなければならない。だが、決して楽なことではないのだ。命《いのち》懸《が》けな上に、確率がとても低い」

「あれ？　さっきは頻発してるって……」

「それはユグドラシル大陸全体での話だ。だが実際には、その確率は百分の一とも、千分の一とも言われている」

「うわぁ……」

「こればかりは、もうほんとに運でな。一回でテイムに成功する者がいる一方で、何度魔物と遭遇してもテイムできない者もいる。幸運の女神《めがみ》は気まぐれだ」

どこかで聞いたことのある話だった。ネットゲームとかで。

「魔物をテイムできる幸運な者は、さほど多くはない。まあ、魔物をテイムする以外にも開拓者になれる方法が、もう一つだけあるのだがな……」

イルティナは、自身の後方に控《ひか》えるメナドに視線を向ける。狩夜もつられてそちらに目を向けると、メナドが優雅《ゆうが》に頭を下げた。

「魔物のテイムに成功した開拓者、そのパーティに加入すること……ですか？」

「正解だ。魔物のテイムに成功した開拓者。そのパーティに加入すれば、パーティメンバーはソウルポイントで自身を強化できるようになり、正式に開拓者を名乗ることが許される。もっとも、テイムに成功した正式な開拓者に比べ、開拓者ギルド内での立場が低く、幾つか制限も発生するがな」

「なるほど」

こっちの方法なら手軽だし、なにより安全だ。できればこの方法で開拓者になりたいと思っている人は大勢いるだろう。そして、これは魔物をテイムした人間にもメリットがある。仲間が、戦力が増えるのだ。命懸けの開拓のなかで、これほどありがたいことはない。

つまり、テイムした魔物は、開拓者にとって大切なパートナーであり、パーティの要でもある、ということだ。なんとしても守り抜かなければならない。

「なら、イルティナ様がテイムした魔物は……えっと、あの子ですか？」

狩夜はイルティナ邸のリビングの隅《すみ》に置かれた竹製のケージ、そのなかで飼われている一匹の小動物を指さす。

それは、体長三十センチほどの栗鼠《りす》だった。

茶色の毛皮に、可愛《かわい》らしい外見。姿形《すがたかたち》は地球の栗鼠と大差はないが、一ヵ所だけ大きな違いがあった。

額である。

その栗鼠の額には、ラピスラズリの如《ごと》く美しくきらめき、見る者を魅了《みりょう》する、青い石が輝《かがや》いていた。

狩夜は、王女のパートナーに相応《ふさわ》しい、可愛らしい魔物だなぁ——と、思ったのだが、狩夜の指を辿《たど》るように視線を動かすと、イルティナは首を左右に振る。

「いや、あの子は違う。あれはラタトクスといってな。魔物ではなく、普通《ふつう》の動物だよ」

どうやら早とちりだったらしい。イスミンスールには魔物だけでなく、普通の動物もいるようだ。

「普通の動物ということは、ペットですか？　可愛らしいですね。イルティナ様は栗鼠がお好きなんですか？」

「いや、それも違うな。私たちがラタトクスを飼っているのは愛玩《あいがん》目的ではなく、額の宝石に宿った通信能力が目当てだ」

「通信能力？」

「はい。ラタトクスは遠く離《はな》れた同族と、額の宝石を使って声のやり取りができるのです。別名、森のメッセンジャー。その可愛らしい容姿と、通信能力の利便性から、非常に人気が高く、様々な分野で日々大活躍《だいかつやく》しています。裕福《ゆうふく》な家庭ならば、大抵一匹は飼育していますよ」

「へー」

確かに便利な能力である。電話なんてない世界だ。人気が出るのも頷ける。

しかし、そんな特殊《とくしゅ》能力を有する生き物を、果たして普通の動物と呼んでいいのだろうか？

普通の動物と魔物の違い。それについても後で聞いておいたほうがよさそうである。

「それじゃあ、イルティナ様のパートナーはどこに？」

「すみません……」

「もうこの世にはいない。私のパートナーは、二年半前にあった『スターヴ大平原攻略戦《こうりゃくせん》』の最中に戦死した。私が開拓者として一線を退き、このティールを造ったのは、それが理由だよ」

「カリヤ殿が気にすることではない。気持ちの整理ならもうついている。ちょうどいい。ラタトクスを使って、都の父上にも今日のことを報告しておくとしよう。カリヤ殿、少々席を外すが、かまわないか？」

「あ、はい。もちろん」

「すまないな。メナド、私が戻るまでの間、カリヤ殿の相手を頼《たの》むぞ」

「はい、お任せを」

イルティナは席を立ち、ラタトクスの入ったケージを手に、寝室《しんしつ》へ消えていった。

狩夜は、メナドがいれてくれたお茶に口をつけたり、なんとはなしにレイラの頭を撫《な》でたりしながら、新たに得た情報と、この後聞かなければならないことを整理する。

いつの間にか日は沈《しず》み、外は既《すで》に夜であった。だが、イルティナ邸での情報収集は終わらない。聞きたいこと、知りたいことは、まだまだいくらでもあるのだから。


「それじゃあ、イルティナ様たちは初代勇者の子孫なんですね？」

「そうとも。私とメナドの名前には、共にブランが使われているだろう？　これは初代勇者の名前の一部なのだ。我々木の民《たみ》は、かつては排他的《はいた》で、かなりの純血主義だったらしい。だが、初代勇者が世界を救ったおり、彼はパーティメンバーの一人であった、木の民の姫《ひめ》との婚姻《こんいん》を望んだのだ」

「ふむふむ」

「時の国王は初代勇者の功績を認め、二人を祝福し、婚姻を許した。やがて二人は多くの子をなし、私たちブランの血族が生まれたと言われている。本来の木の民と違い、褐色《かっしょく》の肌《はだ》が特徴《とくちょう》だな」

イルティナは「この肌が初代勇者の血脈の証《あかし》であり、私たちブランの誇《ほこ》りなのだ」と笑う。

狩夜は初めてメナドを見たとき、てっきりダークエルフかと思ったのだが、どうやら違うらしい。木の民。長く尖《とが》った耳といい、整った容姿といい、本当にエルフそっくりだが、別の種族のようだ。

そして、狩夜は光の民であるらしい。正確には、地球人に最も近しい容姿をしているのが光の民なのだ。違いはほとんどないとのこと。

「木の民に、光の民か……」

このイスミンスールには、他にも六種もの人類が存在しており、それぞれが独自の文化を形成し、別々の精霊を信仰《しんこう》しているという。

火の民が、火精霊サラマンダーを。
水の民が、水精霊ウンディーネを。
風の民が、風精霊シルフを。
地の民が、地精霊ノームを。
木の民が、木精霊ドリアードを。
月の民が、月精霊ルナを。
闇《やみ》の民が、闇精霊シェイドを。
光の民が、光精霊ウィスプを。

これらの種族にはそれぞれに身体的特徴があり、見分けるのは容易であるとのこと。特徴はきちんと教わったので、実際に目にすれば狩夜でも見分けられるだろう。

「さて、そろそろ夜も更《ふ》けてきたが、他にも質問はあるかな？」

「あ、そうですね。えっと……」

即座《そくざ》に質問が出てこない。いますぐ聞かなければならないことは、あらかた聞きつくしたと思う。聞きたいことは今後いくらでも出てくるだろうが、それはその都度誰かに聞けばいい。頭上のレイラにも確認の視線を向けてみたが「私もないよ～」と首を振られた。

地球に帰る方法も聞いてはみたが、やはりないとのこと。少なくともイルティナは知らないという。

狩夜以外の異世界人、つまりは歴代の勇者たちも、結局は元の世界には帰らず、ここイスミンスールに骨を埋《うず》めたそうだ。そのおり、初代勇者は木の民と、二代目勇者は光の民と、三代目勇者は月の民との間に子をなしたという。四代目は〈厄災〉との戦いの後、行方《ゆくえ》不明になったとか。

帰れないのならば、狩夜はこの世界で生きていくしかないわけだが――いったいどうすればいいのだろう？

日本の一中学生が、異世界でやっていけるのだろうか？　人に誇れる特技など、祖父から教わった動物の解体技術ぐらいしかない。その解体技術も、ここイスミンスールでは当たり前の技術である可能性が高いのだ。この状況《じょうきょう》で、どうやってお金を稼《かせ》ぐ？　どうやって衣食住を手に入れる？

――海外旅行すらしたことないのに、いきなり異世界ってなに？　イスミンスールってなに？　人生がハードモードすぎやしませんか神様？

「カリヤ殿。そちらからの質問がないようなら、私からいいだろうか？」

「え？　あ、はい。もちろん」

「そうか。なら……その、くどいようで悪いが、カリヤ殿は本当に……本当に、勇者ではないのだな？」

申し訳なさと僅《わず》かな期待を含んだこの問いに、狩夜は思わず苦笑いする。

――またその話か。イルティナ様もしつこいな。

「違います」

イルティナの顔を真っ直《す》ぐに見つめ、狩夜はきっぱりと否定した。レイラも「狩夜は違うよ」と首を左右に振っている。

この質問は、狩夜が異世界人であると打ち明けた直後にイルティナにされた質問と、ほぼ同じものである。

叉鬼《また ぎ》狩夜が勇者であるか、否《いな》か。

回答は、一つしかない。

そう『違います』だ。

事実だからどうしようもない。叉鬼狩夜は勇者じゃない。普通の中学生だ。

「僕は勇者じゃありません。世界樹の声とやらも聞いていませんし、勇者の証の……世界樹の聖剣でしたか？　それも持っていませんし」

異世界からやってくる勇者たちは、一様に世界樹の声に導かれてこの世界に召喚《しょうかん》され、世界樹の聖剣を携えて姿を現したという。そのどちらも狩夜には当てはまらない。ゆえに、狩夜は勇者じゃない。イルティナの期待には応《こた》えられない。

イルティナは「やはりそうか……」と落胆《らくたん》の声を漏《も》らした。そして、未練を振り払《はら》うように顔を左右に振る。

「いや、疑ってすまない。カリヤ殿が勇者なら……そして、世界樹の聖剣ならば、この状況も打開できるのに……などという、私の卑《いや》しい願望だ。忘れてくれ」

「はぁ……そんなに凄《すご》いんですか？　勇者って？」

異世界人とはいえ普通の人間。一人の人間が世界の命運を左右するなど、にわかには信じられない話だ。

「正確には、凄いのは勇者様ではなく、世界樹の聖剣のほうです。世界樹の聖剣には、決して発芽しないよう生長を固定された、世界樹の種が埋《う》め込まれておりますので」

「世界樹の種？」

「はい。世界樹は、世界を支えられるほどの力を有する神樹。種とはいえ、その力は絶大。世界樹の聖剣から無尽蔵《むじんぞう》に力を引き出し、自在に使うことができる者。それが勇者様なのです」

要するに、世界樹の聖剣とやらは、平凡《へいぼん》な一般人《いっぱんじん》すらも救世の勇者にしてしまうチート武器なわけだ。しかし、だとすれば疑問が残る。

「でも、凄いのが武器なら、わざわざ異世界人に頼《たよ》らなくてもいいじゃないですか。この世界の誰かしらにその聖剣を使ってもらえば――」

「それは無理だ」

イルティナが狩夜の発言を遮《さえぎ》り、そのまま続ける。

「イスミンスールの人間では、世界樹の聖剣は扱《あつか》えない。なぜなら、イスミンスールに生きとし生けるすべてのものは、世界樹に触《ふ》れられないからだ」

「え？」

「世界樹は、このイスミンスールを創造し、今なお支え続ける神樹。何人《なんぴと》たりとも、神に触れることは叶《かな》わない。我々は、聖剣には拒絶《きょぜつ》され、世界樹には近づくことすらできないのだ」

イルティナが世界樹に視線を向ける。

「世界樹の周りを取り囲むように山脈があるだろう？　あの山脈を境に円形の結界があり、その結界がすべての生物の侵入《しんにゅう》を阻《はば》んでいる。そして、結界の内側には世界樹しか存在しない。それ以外の生き物は、一切《いっさい》存在しないのだ」

「草木や虫も……ですか？」

「そうだ。初代勇者が記した書物によれば、絶大な力を持つ世界樹を奪《うば》い合い、他の生物が争わないように——という配慮らしい。世界樹に触れることができるのは、この世界の外からきた生物だけだ」

「ああ、だから異世界人じゃないとダメなんですね」

「例外として、世界樹の眷属《けんぞく》たる三人の女神と、四匹の聖獣も世界樹に触れることができるそうだが……これらは世界樹の一部のようなものらしい」

狩夜に視線を戻したイルティナは「世界樹の一部なら、触れられるのは当たり前だな」と続ける。

「その情報も、初代勇者の？」

「うむ。あくまで書物からの情報であり、女神も、聖獣も、私が直接見たわけではない。いや、実際に見た人間など、もう一人もいないのだ。今では『女神も、聖獣も、〈厄災〉の呪いで消えてしまった』という考えが一般的だな」

〈厄災〉の呪いで世界が崩壊したのは数千年前だ。今も生きている人間など、いるはずもない。

世界樹と、その眷属である三人の女神。そして、四匹の聖獣。

異世界人である狩夜と、異世界の植物のレイラなら、結界とやらを越えてそれらに会いにいくこともできる。異世界から勇者を召喚する世界樹なら、狩夜が元の世界に戻る方法も知っているかもしれない。だが、それには危険がつき纏《まと》う。魔物が跋扈する森を抜け、遠目からでもわかる険しい山脈を越えなければならないのだ。正直、命がいくつあっても足らない気がする。たとえレイラがいたとしてもだ。

死んだら終わりだ。死んだら負けだ。だから死ねない。死にたくない。だけど、元の世界にも帰りたい。

これからどうするべきなのだろう？　叉鬼狩夜はなにを指針にして、なにを目標に生きていけばいいのだろう？

見通せない明日。頼りない自分。知らない世界。不安ばかりが積み上がる心。

自然と顔が下を向く。抑《おさ》え込んでいた哀愁《あいしゅう》が、今にも噴《ふ》き出してしまいそうだった。

そんな狩夜の頭を「元気出して！」とレイラがペシペシ叩くなか、とても優《やさ》しい、染《し》み入るような声が、狩夜の耳に届いた。

「まあ、カリヤ殿が勇者でなくとも、この村を救ってくれた救世主であることに違いはない。当面の衣食住は私が保障しよう。今夜は――いや、しばらくはこの家で暮らすといい。いくらでも頼ってくれ」

「え？　あの……いいんですか？」

「当たり前だ。我々木の民は、受けた恩は必ず返す。なんなら一生ここにいてくれてもかまわないぞ？　それくらいのことをカリヤ殿はしてくれたのだ」

顔を上げると、優雅に微笑《ほほえ》むイルティナの顔があった。そして、イルティナは身を乗り出しながら右手を伸《の》ばし、狩夜の頬《ほお》を優しく撫でる。

狩夜は、素直《すなお》にイルティナの手を受け入れた。すると、ざわついた心が徐々《じょじょ》に静まっていく。

「弱気になるな、なんとかなる。そろそろ夕餉《ゆうげ》としよう。メナド、準備だ」

イルティナはそう言って狩夜の頬から手を離す。確かに狩夜は空腹だった。奇病に侵《おか》されていた間、まともに食事をしていなかったというイルティナたちは尚更《なおさら》だろう。

イルティナは「久方ぶりに楽しい食事ができそうだ」と嬉《うれ》しそうである。だが、食事の準備を命じられたメナドの表情は暗い。

「あ、あの……姫様……食事のことなのですが……」

「どうした？　我々の全快祝い兼《けん》、カリヤ殿の歓迎会《かんげいかい》なのだから、豪勢《ごうせい》に頼むぞ」

「いえ、その……大変申し上げにくいのですが、村民全員が倒れていたため、食料の備蓄《びちく》がほとんどありません。畑も魔物に荒《あ》らされており、壊滅《かいめつ》状態でして……」

「あ……」

「そういえばそうだった」とでも言いたげな声を漏らしたイルティナが、狩夜とメナドの間で視線を行き来させる。

狩夜も村に足を踏み入れたときに見たが、どの畑も作物の姿はなく、荒れ放題であった。あれはもはや畑ではない。ただの荒れ地である。

「ど、どうにかならんか？」

「なりません。ないものはないですから……」

両肩《りょうかた》を深く落としてメナドが溜息《ためいき》を吐《つ》く。どうやらお手上げらしい。

「ぐぬぬ……な、ならば！　私が今すぐ森に押し入り、魔物を狩ってくればよい！　メナド、供をしろ！」

「いけません！　姫様は病《や》み上がりではありませんか！　今夜は食事を質素に済ませ、日の出を待つべきです！」

意気込むイルティナをメナドが慌てて制止する。だが、それでもイルティナは止まらない。

「ええい止めるな！　私はティールの代表として、村民を飢《う》えさせぬ義務があるのだ！　そ、それと、勘違《かんちが》いはしないでくれカリヤ殿！　私は村民を飢えさせるような政策はしていない！　本当だ！」

イルティナが顔を赤くしながら弁解する。どうやら客人である狩夜の目を気にしているらしい。面子《メンツ》というやつだ。村の代表、木の民の王族といった体裁《ていさい》を保ちたいのだろう。

狩夜は苦笑いし「王族って大変なんだな……」と胸中で呟《つぶや》いた。そして、頭上のレイラを見る。

「レイラ」

その一言でレイラはすべてを理解してくれた。レイラはコクコクと頷くと、口を大きく開き、小気味の良い音と共に溜《た》めこんでいたラビスタを吐《は》き出しはじめる。

「「おお!?」」

驚《おどろ》きの声を上げる主従の前に、瞬く間にラビスタの山が築かれた。その数は、五十を優に超《こ》えている。これなら村民全員にいき渡るだろう。

「この村を見つけるまでの道中で仕留めたものです。よろしければどうぞ」

狩夜が笑みを浮かべると、メナドは目を輝かせて声を上げた。

「ラビスタがこんなに！　素晴《すば》らしいですカリヤ様！　これなら数日は大丈夫《だいじょうぶ》です！」

「ぐぬぬ……衣食住を提供すると言った直後にこれとは……だが、背に腹は代えられぬ。すまない、カリヤ殿」

「いえいえ。こんなにあっても食べきれませんし、村の皆《みな》さんで食べてください」

「感謝する。とはいえ、タダで受け取るわけにはいかん。このラビスタは、相応の価格で買い取らせてもらうとしよう」

狩夜は無償《むしょう》で提供するつもりだったが、イルティナは買い取りを申し出てきた。買い取り。つまりは魔物の肉と引き換えに、イスミンスールの通貨が手に入る。

——お金！　まじ欲《ほ》しい！　超欲しい！　魔物の肉ってお金になるんだ！

魔物の肉はお金になる。その事実が、狩夜に希望をもたらした。

そう、狩りだ。狩りで生計を立てるのだ。祖父から受け継《つ》いだマタギの血が騒《さわ》ぐ。叶わぬ夢と諦《あきら》めていた、狩猟《しゅりょう》生活の幕開けだ。

沈んでいた気分が高揚《こうよう》しているのがわかる。むしろ興奮しているくらいだ。思わぬ形で夢が叶い、異世界生活に希望が見えたのだから、無理もない。

小躍《こおど》りの一つもしたい気分の狩夜だったが、今はお金や夢より先にするべきことがある。そう、空腹を満たすのが先決だ。腹が減っては軍《いくさ》ができぬ。

「イルティナ様、お金うんぬんは明日でいいですよ。今は食事にしましょう」

「そうだな。メナドは村民の皆にラビスタを届けてこい。我が家の取り分は私が解体しよう。カリヤ殿はここで楽にしていてくれ」

イルティナはそう言いながら立ち上がり、ラビスタの山から一匹を選んで片手で掴《つか》み上げた。一方のメナドは「承知いたしました」と頭を下げると、持てるだけのラビスタを両手に抱《かか》え、足早に去っていった。

待つように言われた狩夜は、台所に向かうイルティナの背中をなんとなく見つめていたのだが、不意にある質問が思い浮かんだ。

「あ、すみません。イルティナ様、ちょっと待ってください」

「ん？　なんだ、カリヤ殿？」

「今日最後の質問です。この世界に、マンドラゴラという魔物は存在しますか？」

狩夜は、頭上にいるレイラを右手で撫でた。

「マンドラゴラ……カリヤ殿がイスミンスールにやってくる切っかけになったという、地球という世界の魔物だな？」

「はい」

「私が知る限りでは、存在しない。マンドラゴラという名を、私は今日はじめて聞いたよ」

こう言い残し、イルティナは再び歩き出した。


「ではカリヤ殿、これが約束の対価だ」

異世界活動三日目。メナド手製の焼きラビスタと、空豆のスープで朝食をすませると、イルティナが話を切り出してきた。

テーブルの上に置かれる拳大《こぶしだい》の布袋《ぬのぶくろ》。狩夜はその袋を「ありがとうございます」と手に取り、無礼を承知でその場でなかをあらためる。

布袋のなかには、光沢《こうたく》を帯びた長方形の物体が十数枚入っていた。

「これがこの世界のお金か……」

狩夜は右手でそれを取り出し、まじまじと観察する。

色は白。大きさは横十五ミリ、縦三十ミリほどで、厚さは三ミリぐらいである。中央には複雑な模様の印が押されており、妙に軽い。

狩夜は思案顔をした。軽さ、色艶《いろつや》、手触《てざわ》り。そのどれもが金属と異なっていたからである。

これは——そう、骨だ。そして、エナメル質に覆《おお》われている。つまり——

「歯？」

「そうだ。この世界の通貨は、ラビスタの前歯を加工して作られている」

「ってことは歯幣《しへい》ですか⁉　珍《めずら》しいですね！」

世にも珍しい歯でできたお金。つまりは『歯幣』。それがイスミンスールの通貨らしい。

「ラビスタ五十七匹で950ラビス。血抜きがきちんとされておりましたので二割増しの1140ラビスでの買い取りとなります。お納めください、カリヤ様」

メナドが買い取りの内訳を丁寧《ていねい》に説明してくれた。ラビスというのは、イスミンスールの通貨単位らしい。

「ラビスタの前歯だからラビスか。うん、わかりやすい」

狩夜は布袋をひっくり返し、布袋の中身をテーブルの上に並べてみた。

布袋のなかには、四種類の歯幣が十五枚入っていた。

太陽のような光を放つ歯幣が一枚。同じく光を放つが、大きさが半分くらいの歯幣が一枚。さっき手に取った白の歯幣が三枚。色艶は同じだが、大きさが半分くらいの白の歯幣が十枚である。そして、それら歯幣には、それぞれ違う模様の印が押されていた。

「陽の光を放つ大きな歯幣が1000ラビス。サイズが小振りな歯幣が100ラビス。先ほどカリヤ様が手に取ったものが10ラビス。同じ色合いでサイズが小振りなものが1ラビスとなります」

「えっと……具体的にこれらはなにが違うんですか？」

「加工に使用される前歯を持つラビスタの種類が違います。ミズガルズ大陸に生息するラビスタの上位種、ラビスタンの上前歯と下前歯が1000ラビスと100ラビスに。ここユグドラシル大陸に生息するラビスタの上前歯と下前歯が、10ラビスと1ラビスにと、それぞれ加工されます」

つまり、まとめると――


1000ラビス＝ラビスタンの上前歯……生息地・ミズガルズ大陸。特徴・陽の光を放つ。大きい。

100ラビス＝ラビスタンの下前歯……生息地・ミズガルズ大陸。特徴・陽の光を放つ。小さい。

10ラビス＝ラビスタの上前歯……生息地・ユグドラシル大陸。特徴・白い普通の歯。大きい。

1ラビス＝ラビスタの下前歯……生息地・ユグドラシル大陸。特徴・白い普通の歯。小さい。


「でも、歯幣なんて意外です。イルティィナ様、なんで貨幣――金属じゃないんですか？」

「理由は簡単。我々にとって、金属がこの上なく貴重だからだ。ユグドラシル大陸は生物資源こそ豊富だが、鉱物資源は非常に乏《とぼ》しい。通貨に金属を使うなど、できることではない」

言われてみれば、金属が使われていないのは通貨に限ったことではない。これまで目にしてきた食器類はすべてが木製であり、調理器具は土鍋《どなべ》や石鍋、石包丁であった。

狩夜は、テーブルの上に並べた歯幣を再び布袋のなかに戻しながらリビングをぐるりと見回してみたが、金属の類はまったく見当たらない。この家と家具は、すべてが木と土、石や皮でできている。

嘘偽《うそいつわ》りなく、金属類はかなりの貴重品であるようだ。村の代表であり、王族であるというイルティナの装飾品《そうしょくひん》ですら、貝殻《かいがら》や珊瑚《さんご》から削《けず》り出されたものであり、金属類の装飾品をまったく身に着けていないことが、それを裏づけている。

「えっと……なら、これって凄い値打ちものだったりします？」

狩夜は、腰にぶら下げていた剣鉈《けんなた》をテーブルの上に置いた。瞬間、イルティナとメナドが目を見開き、生唾を飲む。

「こ、これは……カリヤ殿、手にとってもいいだろうか？」

「どうぞ」

イルティナは、恐《おそ》る恐る剣鉈を手に取った。一方のメナドは、身を乗り出してイルティナの手元を覗《のぞ》き込む。

ほどなくして、二人の口から驚嘆《きょうたん》の声が上がった。

「ひ、姫様！　わたくし、こんな見事な鋼《はがね》を見たのははじめてです！」

「ああ、見事な鋼だ。私も、これ以上のものは数点しか記憶にない……」

狩夜は胸中で「ええ……」と声を漏らした。

確かにその剣鉈は、現役《げんえき》のマタギである狩夜の祖父が「使い勝手がいい。それに丈夫だ。山で迷っても、これ一本あれば生きのびることができる」と愛用するもので、日本の鍛冶師《かじし》が鍛《きた》えたそれなりの業物《わざもの》である。だが、一品ものではなく、金さえ出せば誰でも買える量産品だ。大騒ぎする二人の反応に、狩夜は困惑《こんわく》した。

というか、鉈一つでこの騒ぎ——となると、少し気になることがある。

「あの、それじゃあこの世界の人たちは、どんな武器で魔物と戦っているんですか？」

「うん？　ほとんどの人間は、削った石や骨を、短剣、斧《おの》、槍《やり》などに加工して使っているな。竹の槍や、棍棒《こんぼう》で戦う者もいる。私は父上に譲《ゆず》ってもらった青銅の剣を使うが……恵《めぐ》まれているなといつも思うぞ」

「ユグドラシル大陸に現存する金属装備は、そのすべてが国によって厳重に管理されております。金属製の装備を持てるのは、王族、もしくは王族に認められるほどの功績をあげた、一部の者だけですね。金属装備は開拓者の憧《あこが》れであり、目標の一つであると言えます」

まじか——と、狩夜は思わず絶句した。

尖った骨や、石の斧、竹の槍や棍棒が、この世界の主力武器だというのか？　王様から銅の剣《つるぎ》でももらえれば、感動に打ち震《ふる》える世界だというのか？

狩夜は、どうしてこの世界が、数千年もの長きにわたり停滞していたのか理解した。〈厄災〉の呪いと、魔物だけじゃない。圧倒《あっとう》的なまでの金属不足も、停滞の理由の一つなのだ。

十分な量の金属がなければ、人類の発展速度は亀《かめ》の如く鈍化《どんか》する。それは、地球の歴史を振り返れば一目瞭然《いちもくりょうぜん》だ。

武器もない。情報もない。ついでにいえば魔法もない。

イスミンスールの魔法は、精霊の力を借りる精霊魔法なので、精霊が封印されると同時に使えなくなってしまったそうだ。

そう。この世界、イスミンスールは、劣悪《れつあく》なまでに人類が生き辛《づら》い。

「っと、すまない。つい興奮してしまった。これは返そう」

そう言って、イルティナが剣鉈をテーブルの上に置く。

この剣鉈は、イスミンスールではかなりのお宝のようだ。盗《ぬす》まれないように気をつけたほうが良さそうである。

「で、カリヤ殿はこの後どうするつもりだ？　私は村民を一堂に集め、今後のことを話し合うつもりだが」

「あ、そのことなんですけど、レイラと一緒に魔物狩りにいこうかと思います」

剣鉈を鞘《さや》に収めた狩夜は、部屋の隅でラタトクスとにらめっこをしているレイラを一瞥《いちべつ》する。一見仲良くしているように見えるが、ふとしたきっかけでレイラがケージごとラタトクスを食べてしまうのではないかと、正直不安だった。

「ほう、狩りか」

「はい。イルティナ様に養われているだけでは心苦しいので……そこで相談なのですが、僕たちが狩った魔物の肉を、また買い取っていただけないでしょうか？　今はお金が必要なんです。きちんと自立したいですし……」

イルティナは「一生ここにいてくれてもかまわないぞ」と言ってくれたが、それを真に受けてずっと居座るわけにはいかない。お金と情報、そして知識を蓄《たくわ》えて、いつかは自立しなければならないのだ。

狩夜の申し出に、イルティナは右手を口元に当てて考えるそぶりをする。

「ふむ……つまりカリヤ殿は、魔物狩りで生計を立てたいというのだな？」

「はい。ご迷惑《めいわく》でなければ、ぜひ」

「迷惑？　はは、まさか！　そのようなことを思うはずがない。カリヤ殿が魔物を狩ってくれれば、ティール周辺の魔物が減り、食料は増える。願ったり叶ったりだ。しかし、そういうことならもっといい方法があるな」

そう言うと、イルティナが身を乗り出してきた。

「カリヤ殿。君は開拓者になるべきだ」

開拓者。イルティナの口から飛び出したその言葉に、狩夜は息を呑《の》む。それがなにを意味するのかを、狩夜はすでに知っているからだ。

魔物をテイムし、ソウルポイントで自身を鍛え、魔物に奪われた大地を人類の手に取り戻し、開拓する。それが開拓者だ。猟師や、食肉生産者とはわけが違う。死と隣《とな》り合わせの、過酷な職業なのである。

開拓者という仕事の過酷さに、内心ビビリまくりの狩夜。それを見抜いているのか、イルティナが言う。

「昨日の夜も、白い部屋にはいけたのだろう？」

「あ、はい」

一昨日《おととい》と同じく、昨日の夜も白い部屋の夢を見た。ソウルポイントが0だったので、なに一つ強化できなかったが、意味はあった。これで、一つの事柄《ことがら》がはっきりしたのである。

狩夜がレイラを──マンドラゴラという魔物をテイムしているということ。そしてこれは、叉鬼狩夜という人間が、開拓者になる資格を有していることを意味する。

「開拓者ギルドには、魔物狩りをはじめとした様々なクエストが日々発注される。それらクエストをこなしていけば、生活費は十分に稼げるだろう。それに、異世界人であるカリヤ殿に告げるのは心苦しいが……現状この世界では、魔物をテイムできた人間は、開拓者になることが半ば義務となっている」

「義務……ですか？」

「そうだ。今は大開拓時代。魔物に奪われた大地を人の手に取り戻すのだ！　と、皆が声を張り上げる時代だ。魔物がテイムできたのに開拓者にならない者は、恥知《はじし》らず、臆病者《おくびょうもの》と、白い目で見られてしまう。たとえ王族であろうとも──な」

「そんな理不尽《りふじん》な！」

「申し訳ないが事実だ。もちろん、ティールの村民はカリヤ殿をそんな目で見たりはしないだろう。だが、この村が奇病から解放されたことは、すでに都に伝わっている。じきに商人や開拓者、開拓者志望の者たちが、この村にやってくるだろう」

職業選択《せんたく》の自由という考えは、異世界では通用しないらしい。まあ、魔物狩りのクエストがあるのなら、狩夜のやることは大して変わらないだろう。肩書が猟師か、開拓者かの違いだけである。開拓者になるのは正直怖い。だけど、不特定多数の人間に白い目で見られたり、陰口《かげぐち》をたたかれるのはもっと怖い。法的保護のない異世界ならば尚更だ。

「よし、決めた！」

狩夜はイルティナの目を真っ直ぐに見つめて宣言する。

「わかりました。僕、開拓者になります！」

「そうか。カリヤ殿がそう言ってくれると、私も助かる」

「助かる？」

「あの奇病のせいで、私とメナド以外の開拓者が村を出ていってしまったのでな。この村は現在、深刻な開拓者不足なのだ」

イルティナは「カリヤ殿が開拓者になってくれて、本当に助かる」と、苦笑《くしょう》する。

「はあ、なるほど……それで、開拓者ってどんなことをするんです？」

「それは開拓者ギルドで聞いてくれ。登録の際に職員が説明してくれるだろう」

「そうですか。なら、早速《さっそく》いってみようと思います」

狩夜は席を立ち、レイラを促《うなが》した。

「レイラ、いくよ」

するとレイラは、すぐさまラタトクスとのにらめっこを切り上げ、たどたどしい足取りで狩夜のほうに歩き出した。

遅《おそ》い。

まどろっこしく感じた狩夜は、自分からレイラに近づき、両手で抱え上げ、定位置となっている頭上に乗せる。レイラは嬉しそうにペシペシと狩夜の頭を叩いてきた。

レイラをテイムしたということがわかり、狩夜のレイラに対する警戒心《けいかいしん》はある程度だが薄《うす》れている。異世界に引きずり込まれたことを許したわけではないが、レイラとうまくやっていければいいな——と、狩夜は考えていた。

「それじゃ、いってきます」

「いってらっしゃいませ、カリヤ様」

「ああ、いってこい。開拓者ギルドは、村の入り口から見てすぐ右側の建物だぞ」

「はい。わかりました」

狩夜は引き戸を開け、家の外に足を踏み出した。

目指すは大開拓時代を支える重要機関、開拓者ギルドである。

イルティナ邸から歩くこと数分。狩夜は村で二番目に大きい建物の前に立っていた。

木造平屋なのは他の建物と同じだが、出入り口がかなり広い。引き戸二枚を左右に開けるタイプで、その上には大きな看板がかけられていた。

そこには、世界樹を簡略化したと思《おぼ》しき絵が描《か》かれており、ある文字がでかでかと彫《ほ》りこまれている。

そう『開拓者ギルド』と。

なぜ日本人である狩夜がイスミンスールの文字を読めるのかというと、異世界活動初日に習得した〔ユグドラシル言語〕スキルのおかげである。

このスキルは、習得するだけでこの世界の共通語が話せるようになり、文字も読み書きできるようになるという、異世界人の狩夜にとって、かなりの便利スキルなのだ。イルティナやメナドといきなり会話ができたのも、このスキルのおかげである。

この〔ユグドラシル言語〕スキルは、魔物との戦闘《せんとう》や、不慮の事故で開拓者を続けることが困難になった者に人気があるらしい。習得するだけで文字の読み書きが完璧《かんぺき》になるので、他の職に就《つ》いたときに重宝されるのだとか。

だが、このスキルの本来の用途《ようと》は別にある。それは、魔物に人語を理解させ、会話を可能にさせることだ。

テイムした魔物との意思疎通《そつう》を明確化し、絆《きずな》を深める。それこそが、このスキルの本来の活用法なのである。

野生の魔物のなかにも、このスキルを習得し、人語を話す魔物がいるとのことだ。

開拓者が連れている魔物が人語を話していたら、このスキルを習得していると考えればいい。

「それじゃ、いこうかレイラ」

頭上のレイラがコクコクと頷く。狩夜が開拓者ギルドの出入り口を潜《くぐ》ると、そこには酒場のような空間が広がっていた。

木製のテーブルが八卓《たく》と、イスがたくさん。カウンター奥《おく》の棚《たな》には無数の酒壺《さけつぼ》や瓢箪《ひょうたん》が並べられ、壁《かべ》のあちこちには様々な掲示物《けいじぶつ》が貼《は》られている。

ギルド内の人の数は非常に少ない。カウンターの向こうで事務に勤《いそ》しむ職員が一人、それだけだ。狩夜以外の利用者の姿はなく、大開拓者時代を支える重要施設《しせつ》とはとても思えない静けさである。だが、それも仕方のないことだろう。なにせこの村は奇病が蔓延《まんえん》し、ほとんどの村民が臥《ふ》せっていたのだ。イルティナが奇病は収まったと都に連絡《れんらく》したようだが、村に活気が戻るのは当分先のことだろう。イルティナとメナド以外の開拓者が、全員村を出ていってしまったのなら尚更である。

狩夜はギルドの出入り口付近で何度も室内を見回した。すると――

「いらっしゃいませ。開拓者ギルドにようこそ。本日はどのようなご用件ですか？」

事務仕事をしていた職員が顔を上げ、声をかけてきた。

「開拓者として登録するためにきたんですけど……」

「はい、ご登録ですね。どうぞこちらに」

職員は、狩夜の頭上にいるレイラを一瞥して笑顔を浮かべると、カウンターの前にあるイスに座るよう促してくる。

金髪《きんぱつ》をアップにした真面目《まじめ》そうな女性だった。切れ長の瞳《ひとみ》が狩夜を見つめている。

整った容姿で、耳が横に長い。露出《ろしゅつ》が少なく、森のなかでも動きやすそうな服装。典型的な木の民のようだが、イルティナをはじめとした他の村民と違い、肌が雪のように白かった。どうやら初代勇者の血筋であるブランではなく、純血の木の民であるらしい。

「登録作業の前にお礼を言わせてください、カリヤ・マタギ様。このたびは私を、ひいてはこのティールを救っていただき、心から感謝いたします。私の名はタミー。タミー・カールソン。この開拓者ギルドで職員をしております。以後お見知りおきを」

　ギルド職員――タミーは、狩夜に深く頭を下げてきた。

「あれ？　どうして僕の名前を？」

「昨晩、ラビスタを届けてくれたメナドさんからうかがいました。そういえば、あのラビスタもカリヤ様が提供してくれたものだそうですね。重ねてお礼申し上げます」

　タミーが再び頭を下げる。そして、頭を上げると同時に表情を引き締めた。

「では、これより登録作業をはじめます。まず、テイムした魔物をご提示ください」

「こいつです」

　狩夜は頭上を指差した。そこには、狩夜の頭を腹這《はらば》いになって占拠《せんきょ》するレイラがいて「私でーす」と手を振っている。

　タミーは、レイラを見つめながら両目をほんの少し細めた。

「昨日も思いましたが、随分《ずいぶん》と珍しい魔物をお連れですね。私もはじめて見ます。植物系なのはわかりますが……あの、触《さわ》ってもよろしいですか？」

「え？　僕はいいですけど……」

　狩夜は頭上のレイラの様子を上目で窺《うかが》った。するとレイラは「いいよ～」と、コクコクと頷く。

「では、失礼します」

　タミーは右手を伸ばし、頭頂部の葉っぱに触れた。すると、タミーの指が仄《ほの》かに光る。

「名称《めいしょう》はマンドラゴラ。木属性。限界パーティ人数は三人。やはり、リストに載っていない……今まで発見されたことのない魔物ですね」

レイラがマンドラゴラであると、タミーは予備知識なしにズバリ言い当てる。つまり、さっきの光は――

「あの、先ほどの光はなんらかのスキルですか？」

「はい。〔鑑定《かんてい》〕スキルを使用しました。まだLv1ですので、直接触らないと発動しませんし、鑑定対象が生きものの場合は、名称と簡単なステータス情報しかわかりません」

「スキルが使えるということは、あなたも白い部屋に？」

「はい。私はギルドマスターのパーティに所属し、何度か白い部屋のほうにいっております。ユグドラシル大陸各地で働くギルド職員全員が、一度はギルドマスターのパーティメンバーを経験し、ある程度の身体能力の強化を終え、いくつかのスキルを習得しております」

そう言うと、タミーはほんの少し得意げに微笑んだ。が、それは一瞬のことで、すぐに表情を引き締め、真剣な声色《こわいろ》に戻る。

「このマンドラゴラという魔物ですが、いったいどこで、どのような経緯《けいい》でテイムされたのですか？　詳《くわ》しく教えてください」

「それは……言わなきゃダメですか？」

「はい。なにぶん新種の魔物、もしくは別大陸からの外来種の可能性があります。ことと次第によっては、現地に調査団を派遣《はけん》しなければなりません」

タミーの顔は真剣そのものだった。はじめて見た一匹の魔物に、随分と過剰《かじょう》な反応を見せている。大げさすぎやしないか？　とも思ったが――違う。これは狩夜の認識が甘《あま》いのだ。この世界の住人にとって、魔物とはそれだけ畏怖《いふ》の対象。開拓者ギルドの職員であるタミーは、そのことを誰よりも理解しているのだ。

この世界の住人は、過去に魔物に負けて、負けて、負けて、負け続けて、このユグドラシル大陸に泣く泣く押し込められたのだ。そして、それ以来一度も勝っていないのである。いくら警戒しても、警戒しすぎということはないのだ。

狩夜はしばし悩《なや》み、素直に答えることにした。もちろん、狩夜が異世界人であるということは秘密にして。

狩夜は、自分の素性《すじょう》は黙《だま》っていてほしいと、イルティナとメナドにも口止めをしていた。異世界人であると説明するたびに勇者かと勝手に期待され、勝手に落胆されるのは御免《ごめん》である。

「えっとですね、こいつはじいちゃん——祖父の家の裏手にある広場に生えていたんです。それを僕が引っこ抜いて、そのときにテイムに成功しました」

「ふむ……その周辺にはこの魔物、マンドラゴラの姿は他にも確認できましたか?」

「いえ、僕が見つけたのはこいつだけです。それに、他にいるとも思えません。こんなのがたくさんいたら、とっくの昔に騒ぎになっていたと思いますから」

「確かにそうですね。今まで発見されなかったことを考えると、以前からユグドラシル大陸に生息していた魔物とは考えにくいですし。新種や突然変異の線も——薄いですね。ユグドラシル大陸に生息する他の魔物とは、姿形があまりに違いすぎます。となると、別大陸からの外来種……でも、別大陸の魔物がテイムされた事例はないし……なんらかの方法で、この子の種が大陸に持ち込まれた?　それとも……」

ぶつぶつと独り言を続け、自分の考えに没頭《ぼっとう》していくタミー。狩夜そっちのけで、思考の海へと沈んでいく。

「あの、登録をお願いしたいんですけど？」

声をかけると、タミーは「し、失礼しました！」と驚きに体を震わせた。そして、背筋を伸ばし、仕切り直すように咳払《せきばら》いをする。

「コホン。では、登録作業を再開します。次に、開拓者とはどういった職業なのかを、口頭にて説明させていただきますが、よろしいですか？」

「お願いします」

「はい。開拓者とは――」

タミーの説明を要約するとこうだ。

開拓者とは、ソウルポイントの発見と解明のおり、八種の民すべての王の連名にて制定された、新たな職業である。

開拓者は、村、町、砦《とりで》、関所等に自由に出入りでき、その際に発生する通行料が全面的に免除《めんじょ》される。

開拓者は、ユグドラシル大陸全土の魔物を自由に狩る権利を得る。ただし、保護対象として指定されている魔物や、他の人間にテイムされた魔物にいたっては、その限りではない。

開拓者は、みずからの意思でユグドラシル大陸の外に出る権利を得る。

開拓者が開拓の際に見つけたアイテム、装備品、貴金属、魔物の素材等は、すべて開拓者本人に所有権がある。ただし、なんらかのクエストを受けていた場合は、その限りではない。

開拓者が魔物に支配された土地を開拓し、そこに人が住める環境《かんきょう》を構築した場合、開拓者はその開拓地の支配権を得る。この支配権は、他者に譲渡《じょうと》、又《また》は売却《ばいきゃく》してもよい。

開拓者ギルドは、開拓者の安全、健康面に干渉せず、一切を保証しない。

なるほど。特典と権利の大盤振《おおばんぶ》る舞《ま》いである。これは人気が出るわけだ。

ソウルポイントだけでも魅力的《みりょくてき》なのに、未開の大陸でうまく立ち回れば、自分の領地を手に入れ、王を名乗ることすら可能なのである。

剣一本で名を立てることが男子の本懐《ほんかい》。一国一城の主《あるじ》が男の夢。イスミンスールは、きっとそんな世界だ。目の前にこんな特典ぶら下げられたら、誰もが夢と欲望にギラつくはずである。

説明を聞き終えた狩夜の心にも、若干《じゃっかん》の熱が宿っていた。

当面の稼ぎ口として開拓者になろうと思った狩夜であったが、今は、なぜだかそれ以上のものを感じていた。狩夜も男で、馬鹿《ばか》ということなのだろう。

「では、こちらの登録用紙に必要事項《じこう》をご記入ください。文字が書けない場合は代筆いたしますが？」

「大丈夫です」

〔ユグドラシル言語〕スキルがあるので、読み書きはできる。

狩夜は、タミーから登録用紙と羽根ペンを受け取り、カウンターで登録用紙の上にペンを走らせる。

「そういえば、随分と人が少ないですが、いつもこれくらい——なわけないですよね？」

「まさか……今日は特別です。以前はこの村を拠点《きょてん》とする大勢の開拓者と、開拓者志望の方々がギルド内にひしめき、賑《にぎ》わっていたのですが、あの奇病のせいで……」

「やっぱり、そうですか」

「もちろん、この村の住人にも開拓者志望の方はいらっしゃいます。ですが、今日はティールの今後について話し合う会議がありますので、しばらくは誰もこないかと。私以外のギルド職員も、その会議に呼ばれておりますし」

「あ、だからお一人なんですね。タミーさんはいいんですか、会議？」

「私はティールの村民ではなく、都からの出張扱いですから。村の今後について口を出す権利はございません」

「なるほど。で、さっきの説明を聞く限り、開拓者ギルドは多額の税金が投入されている公的な支《し》援《えん》機関……ですよね？　でも、ギルドは同業者組合を意味する言葉。ちょっと違和《いわ》感ありません？」

「ああ、それは昔の名残《なごり》ですよ。開拓者という職業が制定される以前に魔物のテイムに成功した人間は、魔物と仲良くする変人、奇人扱いされ、迫害《はくがい》されていた時期があるのです。それら人間たちが自衛のために集まり、ソウルポイントで強化された身体能力を生かそうと、なんでも屋をはじめたのです。時間がたつにつれ数を増やし、国の至るところにできたそのなんでも屋は、繋《つな》がりを強めようとギルドを結成。今ある開拓者ギルドの前身となったのです」

「へえ、迫害に、なんでも屋ですか」

魔物は、イスミンスールに生きる全人類共通の敵だ。テイムを知らずに魔物と仲良くしている人間を見つけたら、大多数の人間は色眼鏡で見るだろう。

そういう意味では、狩夜はいい時期にこの世界にきたのかもしれない。

国がソウルポイントの存在を公にして、開拓者という職業が制定された今、魔物のテイムに成功した人間は、迫害どころか、引く手あまたの大人気なのだから。

「よし、書けた」

登録用紙を書き終えた狩夜は、タミーにすっと差し出した。

「これでいいですか？」

「確認します、少々お待ちください。えっと……はい、大丈夫です。この瞬間、カリヤ・マタギ様は正式に開拓者となりました。我々開拓者ギルド職員一同は、貴方様《あなたさま》を心より歓迎《かんげい》いたします」

そう言ってタミーは頭を下げると、笑顔で拍手をしてくれた。なんだか気恥《きは》ずかしい。

「これがカリヤ様のギルドカードになります。再発行の際には１００ラビスの手数料が発生しますので、なくさないようご注意ください」

狩夜は、世界樹を模したマークが焼印された木製のカードを受け取った。表の看板にも描かれていた世界樹の絵。これが開拓者ギルドのシンボルマークなのだろう。

ギルドカード。開拓者である証。

これで狩夜も開拓者である。まさか十四で職に就くことになるとは思わなかった。

受け取ったばかりのギルドカードをレイラと共に眺《なが》めながら、狩夜は感慨に耽《ふけ》った。すると、そんな狩夜にタミーは小さな布袋を差し出してくる。

「こちらが魔物をテイムした新規開拓者全員に支払われる支援金、１０００ラビスになります。お受け取りください」

「え、支援金？」

狩夜は困惑し、タミーの顔を見つめる。

「も、貰っていいんですか？」

「はい、もちろんです。こちらの支援金を活用し、開拓の準備を整えてください」

「あ、ありがとうございます！　助かります！」

自立することが当面の目標である狩夜にとって、これほどありがたいことはない。1000ラビスにどれほどの価値があるのかはいまだよくわからないが、国が後押しする仕事の支援金というぐらいだ。一度や二度の食事で消し飛ぶ額ではないだろう。

狩夜は嬉々《きき》としてタミーから布袋を受け取った。そんな狩夜に、タミーが唐突《とうとつ》に告げる。

「では、早速ではありますが、我々開拓者ギルドは、開拓者カリヤ・マタギ様に、あるクエストを依頼《いらい》したいと思います」

「え⁉　いきなりクエストですか⁉」

「そんなに身構えないでください。町のなかで完結する、とても簡単な依頼ですから。依頼内容はこちらです」

そう言って、タミーが木製のカードを二枚差し出してくる。大きさはハガキサイズで、厚さは五ミリほど。

依頼名【初めてのパーティメンバー】
依頼者・開拓者ギルド
内容・誰とでもいいからパーティを組んで、その人を開拓者ギルドに連れて来よう。
報酬《ほうしゅう》・1000ラビス

依頼名・【パーティ完成！】
依頼者・開拓者ギルド
内容・テイムした魔物の限界人数までパーティを組み、開拓者ギルドにその全員を連れて来よう。
報酬・10000ラビス

「魔物をテイムした開拓者には、随分と美味しい特典があるんですね」

これは、魔物をテイムして開拓者になった人間には、12000ラビスもの支援金が支給されることと、ほぼ同義だった。なにせ、パーティを組むだけなら危険がない。

ソーシャルゲームのチュートリアルを彷彿《ほうふつ》させる、実に簡単な依頼だが、開拓者ギルドとしては、多少お金を払ってでも新規登録者にはパーティを早急に組んでもらい、生存率を上げげつつ、開拓者の人数を少しでも増やしたいというのが本音なのだろう。

「我々開拓者ギルドは、これくらいの優遇措置《ゆうぐうそち》は当然と考えます。魔物のテイムには命の危険が伴《ともな》うのですから」

「まあ、そう言われれば確かに……」

要するに危険手当である。それに、人類の版図拡大のためには、これくらいの資金援助は惜《お》しまないということか。

「いかがでしょう？　今すぐにこちらの依頼をこなし、大金を手に入れてみては？」

タミーが狩夜に期待に満ちた視線を向ける。今は一人でも多く開拓者が欲しいようだ。

「普段なら、開拓者志望の方々から選び放題なのですが……」

タミーは職場をぐるりと見渡した。狩夜もそれにつられる。

異世界なのに、閑古鳥《かんこどり》の鳴き声が聞こえてきそうな有様だ。見事に誰もいない。

――う～ん、どうやら僕は、他の新規開拓者より、パーティメンバー探しに苦労することになりそうだなぁ。

だが、それでいいと狩夜は思う。なにせ狩夜は異世界人。パーティメンバーは慎重《しんちょう》に選んだほうがいいだろう。金は欲しいが、それはそれ、これはこれである。目先のお金に目がくらみ、本当に大切なことを見失ってはいけない。

「どうします？　お昼過ぎになれば、開拓者志望の方々もやってくると思いますが？」

「すみません。パーティメンバーは、よく考えてから決めようと思います」

狩夜は視線を上に向け「それでいいよね？」とレイラに確認を取る。レイラは「狩夜の好きにすればいいよ」と、コクコク頷いた。

レイラの同意を得た狩夜は、タミーに依頼カードを差し出す。しかし、タミーはそれを受け取らなかった。右手を立てて返却《へんきゃく》を拒否する。

「カリヤ様のお気持ちは理解いたしました。ですが、依頼カードはそのままお持ちください。パーティメンバーが決まりましたら、そのときに提出してくだされば結構です。ティール以外の開拓者ギルドでも、報酬は受け取れますので」

「……わかりました。もらっておきます。ちなみに、今すぐ受けられる依頼は、他になにかありますか？」

新規開拓者の殆《ほとん》どが登録した直後にクリアするであろう【初めてのパーティメンバー】と【パーティ完成！】の依頼。その攻略を後回しにした狩夜は、他の新規開拓者と比べて資金的に不利な状況でのスタートとなる。こなせる依頼があるのなら早急にこなしてお金を稼がねばならない。

開拓者になった直後にこの手の質問をする人は多いのか、タミーは営業スマイルを浮かべ、すぐさま五枚の依頼カードをカウンターの上に並べた。

「ございますよ。初心者向けですと、この辺りがおすすめです」

「えっと――」

依頼名【ラビスタ狩り】
依頼者・開拓者ギルド
内容・可愛い顔の憎《にく》い奴、ラビスタを三匹倒して、開拓者ギルドまで死体を持って来よう。可愛いからって油断していると痛い目を見るぞ！　しっかり血抜きをすれば報酬アップだ！
報酬・50ラビス

依頼名【害虫駆除《くじょ》】
依頼者・開拓者ギルド
内容・農民の敵、ビッグワームを五匹倒して、その触角《しょっかく》を持ち帰ろう。ちなみに正式名称はポイズンバタフライの幼虫。成虫になる前に叩け！
報酬・50ラビス

依頼名【ボア狩り】
依頼者・開拓者ギルド
内容・森の大食漢、ボアを一頭倒して、開拓者ギルドまで死体を持って来よう。しっかり血抜きをすれば報酬アップだ！　毛皮に傷が少ないと更にアップ！
報酬・100ラビス

依頼名【ベア狩り】
依頼者・開拓者ギルド
内容・森の暴れん坊《ぼう》、ベアを一頭倒して、開拓者ギルドまで死体を持って来よう。しっかり血抜きをすれば報酬アップだ！　毛皮に傷が少ないと更にアップ！
報酬・300ラビス

依頼名【薬草採取】
依頼者・開拓者ギルド
内容・草原や森のなかに自生する薬草を採取し、開拓者ギルドまで持って来よう。量が多ければ多いほど報酬アップだ。薬草は道具屋で調合されて回復薬になり、君の開拓を助けてくれるぞ！
報酬・出来高払い

「ふむふむ、なるほど」

確かに初心者向けといった感じの内容である。何気に食料に関係する依頼が多い。住人の食料確保も開拓者の仕事ということだろう。

道具屋もあるらしい。回復薬とやらが気になるので「後日顔を出すべし！」と、狩夜は心のメモ帳に記入した。

「これらの依頼は、我ら開拓者ギルドからの依頼であり、いつでも、何度でも受けることができます。ただし、報酬を受け取った次の日にならなければ、同じ依頼を受けることはできません。ご了承ください」

ようは、デイリークエストということらしい。

「他には、町人や農民、商人といった方々からの依頼もございます。こちらは中級者向けが多く、毎日あるとも限りません。報酬は早い者勝ちで、内容は様々ですね」

タミーは、更に五枚のカードを取り出し、カウンターの上に並べた。

依頼名【村の拡張】

依頼者・イルティナ・ブラン・ウルズ

内容・ティールの村周辺の木々を切り倒し、村を拡張せよ。依頼を受けるときは【木の伐採《ばっさい》】とのセットがお得。この森では木を伐《き》るのも命懸け。油断はダメ、絶対。

報酬・出来高払い

依頼名【木の伐採】
依頼者・イルティィナ・ブラン・ウルズ
内容・民家や防護柵《さく》を造るための材料が不足している。村の周囲の木々を切り倒し、木材を手に入れろ。依頼を受けるときは【村の拡張】とのセットがお得。この森では木を伐るのも命懸け。油断はダメ、絶対。
報酬・出来高払い

依頼名【スライム捕獲《ほかく》】
依頼者・イルティィナ・ブラン・ウルズ
内容・スライムを二匹捕獲し、開拓者ギルドまで持って来よう。生け捕《ど》りは想像以上に難しい。スライムとはいえ油断するな。
報酬・500ラビス

依頼名【新人殺しを討《う》て！】
依頼者・開拓者ギルド
内容・新人殺しと名高いベヒーボアを一頭倒《たお》し、開拓者ギルドまで死体を持って来よう。しっかり血抜きをすれば報酬アップだ！　毛皮に傷が少ないと、更にアップ！
報酬・500ラビス

依頼名【グリーンビーの巣の駆除】
依頼者・イルティナ・ブラン・ウルズ
内容・巨大なグリーンビーの巣を発見。放置すると大変危険。早急に駆除しよう。ソウルポイントも大量ゲットだ！
報酬・3000ラビス

「確かに、ちょっと厳しそうですね」

というか、イルティナからの依頼ばかりだった。本当に人手不足のようだ。

「はい。特に、グリーンビーの巣の駆除は大変危険です。参考にと一応お見せしましたが、今のカリヤ様にはおすすめできません」

「ですね、自分でもそう思います」

今は弱い魔物を多く倒して、地道にソウルポイントとお金を貯《た》めることが肝要《かんよう》だ。レイラがいくら強くても、自分が弱いままでは話にならない。当面は近隣《きんりん》の森で狩りに勤しむべきだろう。安全第一だ。

「ベビーボアってどんな魔物なんです？」

新人殺しとはまた、随分と物騒《ぶっそう》な二つ名である。狩夜も新人である以上、他人事《ひとごと》ではない。

タミーは両目をキラリと光らせ、どこか重くるしい口調で説明をはじめた。

「はい。ベビーボアというは、このティール周辺の森に生息する魔物のなかで、最も警戒すべき魔物です。黒い毛並みの猪《いのしし》型《がた》の魔物で、血のにおいにとても敏感《びんかん》なのです」

ああ、あれか——と、狩夜はこの世界にきて早々に襲《おそ》われた、漆黒の四足獣を思い浮かべる。あの四足獣は、そのベヒーボアとやらが主化したものに違いない。襲われた原因は、ラビスタの血のにおいだろう。

「倒した魔物を惜しんで持ち歩いたり、解体に手間取ったりしたハンドレッドの開拓者が襲われ、毎年多数の犠牲者《ぎせいしゃ》が出ております。今年もその例に漏れず、すでに多くの犠牲者が……」

やはりあの四足獣は、かなりやばい魔物だったらしい。もしレイラがいなければ、狩夜もその犠牲者とやらの一人になっていたに違いなかった。

「ついた仇名《あだな》が新人殺し。カリヤ様も、ベヒーボアには十分お気をつけください。近隣の森では、水辺以外では魔物の解体をしないほうがよろしいでしょう」

「マナが豊富な水辺なら、ベヒーボアも寄りつかないってことですよね？」

これはベヒーボアだけでなく、イスミンスールに生息するすべての魔物に当てはまる基本的な知識だ。ずっと川沿いを歩いていた昨日、狩夜が一度も魔物と遭遇しなかったのがその証拠《しょうこ》である。

水辺は安全。魔物に襲われたら水に飛び込め。この世界の人間は、そう言い聞かされて育つのだとか。そして、ユグドラシル大陸に存在するすべての町、村は、湖や泉といった、水辺のそばに造られるという。

「その通りです。カリヤ様も、当面は水辺から離れすぎないように行動するのがよろしいかと。危険を感じたら、迷わず水のなかに飛び込んでください。それで大抵の危機は乗り切れます。マナには傷を癒《い》やす効果もありますから、大怪我《おおけが》をしていても大丈夫ですので」

狩夜はタミーの言葉に目を丸くする。

——傷まで治るのか⁉　マナって本当にすごい。この大陸の水すべてが、回復アイテムみたいなものじゃないか！

「わかりました、ベヒーボアには特に注意したいと思います。それで、これで中級なら、上級にはいったいどんな依頼が？」

「お見せするのはかまいませんが……」

不安げな視線を向けるタミーに、狩夜は苦笑いする。

「見るだけですよ」

「そうしてください。私の権限では、止めることはできても、拒否することはできないのです」

そう言うと、タミーは一枚の依頼カードを取り出した。

「上級の依頼は、立場のある方々からの無理難題といったところですね。今からお見せするのは、木の民の王であらせられる、マーノップ・セーヤ・ウルズ陛下直々《じきじき》の依頼です。ですが、受ける開拓者はほとんどいないのが現実です」

「国王陛下直々の依頼……ですか」

国王陛下。つまりはイルティナの父親である。狩夜は、顔を真剣なものに変えながら、そのカードに書かれた内容に目を通した。

依頼名【主の討伐】
依頼者・マーノップ・セーヤ・ウルズ
内容・生息地、固体名は問わない。ユグドラシル大陸に生息する主を討伐せよ！

## 報酬・50000ラビスと《魔法の道具袋》

——もったいないことしたぁぁあぁぁ‼

狩夜は心のなかで絶叫《ぜっきょう》する。

狩夜の脳裏《のうり》に再度浮かび上がるのは、昨日襲ってきた漆黒の四足獣。あの森一帯を支配していたと思しき、強大な主の姿だ。

そう、狩夜とレイラはすでに主を倒している。この依頼の達成条件を、知らず知らずの内に満たしていたのだ。しかし、その証拠がない。狩夜たちが主を倒したと、ギルドに証明できないのだ。

あの四足獣は、とっくにレイラの腹のなかである。

狩夜は、わずかな期待を込めて、頭上に居座るレイラを見上げた。

フルフル。

レイラは「ごめん、無理だよ～」と、首を振る。

狩夜は、がっくりと両肩を落とし、うな垂れた。

——だろうな。そうだと思ったよ。口で丸呑みじゃなく、肉食花で咀嚼《そしゃく》してたもんな。

レイラの体には二つの口がある。一つは顔にある口。もう一つは、普段は隠《かく》している肉食花だ。

顔の口は、恐らくレイラの本当の口ではない。大きさ不問、重量制限なしの、四次元ポケットのような器官に繋がる入り口だ。その倉庫のような器官も、血液や体液を吸い上げ、養分にしているようだが、それ以外はそのまま残る。

レイラの本当の口は、頭頂部から現れる肉食花のほうなのだろう。ハエトリグサとバラを足して二で割ったような、禍々《まがまが》しくも美しい肉食花。それこそが、魔草・マンドラゴラの口なのだ。

漆黒の四足獣を食《く》らったのは肉食花のほうである。顔の口と違い、吐き出すのは無理らしい。

狩夜は「しかたない」と、少し肩を落とす。50000ラビスもの大金と、《魔法の道具袋》とやらは確かに惜しいが、ここはすっぱり諦めたほうがいい。ないものはない。ここは気持ちを切り替《か》えて、今すぐできる依頼をこなすべきだ。

狩夜は「ありがとうございます。参考になりました」と【主の討伐】の依頼カードをタミーに返却する。この依頼はまだ早い。初志貫徹《しょしかんてつ》。安全第一だ。

「他になにか質問はございますか？」

「あの、実は昨日から気になってたことがあって。何度か耳にした言葉なんですけど、ハンドレッドとか、サウザンドってなんなんですか？　百と千って意味ですけど、開拓者となんの関係が？」

先ほどタミーが口にした「ハンドレッドの開拓者」。そして、イルティナとメナドが昨晩言っていた「サウザンドの開拓者」。階級のようにも聞こえるが、いったいどのような意味があるのだろう？

「それは、開拓者の大雑把《おおざっぱ》な実力を示す言葉ですね。ハンドレッドは、開拓者用語で『駆《か》け出し』を意味します。そして、白い部屋での基礎《きそ》能力向上に必要なソウルポイントが、一以上、百未満の開拓者を指します」

やはり、階級に近い意味の言葉であった。

魔物をテイムした人間は、白い部屋でソウルポイントを使い、自身を自由に強化できる。そして、そのなかには基礎能力向上ともいうべき、四つの選択項目《こうもく》があるのだ。

そう『筋力UP』『敏捷《びんしょう》UP』『体力UP』『精神UP』の四つである。

これら四項目は、はじめは1SPで選択できるが、どれか一つを選択し、基礎能力を向上させると、四項目すべてが一律で1SP数値が上がる。

狩夜は1SPで『筋力UP』を、2SPで『体力UP』を選択、向上させている。つまり、次になにかしらの基礎能力を向上させたければ、3SPを消費しなければならない。そして、その次は4SP、さらに次は5SPと、際限なく増えていくのだ。

狩夜の基礎能力向上に必要なソウルポイントは、現在3SPであり、一以上百未満。つまり、叉鬼狩夜はハンドレッドの開拓者で、『駆け出し』なのである。

「それじゃあ、サウザンドは……」

「はい。開拓者用語で『一人前』。基礎能力向上に必要なソウルポイントが、百以上、千未満の開拓者を指します」

予想通りだった。こうなると、その上を意味する言葉はおのずと想像できる。

「つまりその後は、テンサウザンド、ハンドレッドサウザンド、ミリオンって続くんですね？」

「その通りです。それらは開拓者用語で『ベテラン』『最高峰《さいこうほう》』『未到達領域《みとうたつ》』という意味があります」

「『未到達領域』ってことは、ミリオンの開拓者は……」

「はい。いまだかつて、ミリオンの高みに上り詰《つ》めた開拓者は、誰一人として存在しません。そもそも、テンサウザンドですら数十人。ハンドレッドサウザンドにいたっては、一人しか存在しません」

「ズバリ、その一人とは？」

「水の民にして、世界最強の剣士。『流水』のフローグ・ガルディアス様です」

「フローグ・ガルディアス……」

それが、イスミンスール最強の開拓者の名前。『流水』というのは二つ名だろう。

――二つ名とかまじかっけー。燃える。いつかは僕も、二つ名がもらえるような開拓者になりたいものである。

叉鬼狩夜。十四歳《さい》。中学二年生真《ま》っ盛《さか》りであった。

「それにしても、開拓者の階級は基礎能力ありきなんですね。スキルは関係ないんですか？　スキルも開拓者の強さを測る重要な判断材料だと思うんですけど？」

「そうですね……現状の開拓者は、スキルよりも基礎能力を重視します。どれほどすぐれた技《わざ》を持っていても、ハンドレッドの開拓者では、主や、ユグドラシル大陸の外に生息する魔物にはかないませんから」

タミーは、高度な技よりも単純な力だと力説した。スキルなど飾《かざ》りだと言わんばかりである。きっと、魔法がないのも基礎能力を重要視する要因の一つになっているのだろう。金属不足で魔法がない。となれば、魔物への攻撃手段は、原始的な武器での近接戦闘がメインになるはずだ。そうなると、やはり身体能力がものをいう。

「先ほど名前が出たフローグ様ですが、彼はこのような言葉を口にしています。『開拓者にとって重要なのは、一に勇気。二に基礎能力。三にスキルだ』と」

似た言葉が地球にもある。『一胆《いったん》、二力《にりき》、三功夫《さんくんふー》』というやつだ。武術において重要なのは、勇気、力、技の順という意味である。

「カリヤ様も、しばらくは基礎能力を向上させることに注力したほうがよろしいかと。それに、スキルを使わなければ絶対に倒せないような魔物は、少なくともユグドラシル大陸には存在しません」

タミーは「棍棒で頭蓋《ずがい》をかち割れば、大抵の魔物は死にますわ」と笑顔で言う。物騒な物言いに、狩夜の顔が若干引きつった。

まあ言っていることはもっともだ。生き物を殺すのに技など要《い》らない。ほとんどの生き物は、なにかしらの鈍器で力の限りぶっ叩けば、大抵死ぬ。

先人に倣《なら》い、当面は基礎能力向上に全ソウルポイントを注《つ》ぎ込もうと、狩夜は心に決めた。

「他になにか質問はございますか？」

「えっと……いえ、特にありません。クエストはとりあえず、この四つを受けてみようかと思います」

タミーがすすめてくれたデイリークエスト。狩夜は、その依頼カード四枚を手に取った。

【ラビスタ狩り】【害虫駆除】【ボア狩り】【ベア狩り】。これらの依頼をこつこつこなし、ソウルポイントとお金を地道に稼ぐ。それを当面の行動指針とした。

【薬草採取】は今日のところはやめておく。狩夜には、この世界の薬草についての知識がまるでない。間違って毒草を採取したらことだ。

「いろいろありがとうございました。それじゃあ、僕たちは森に――」

「あ、カリヤ様、少々お待ちを。最後に、もう一つだけ」

頭を下げ、背中を向けようとした狩夜をタミーが引き留める。

「基礎能力の向上ですが、特別な事情がない限り、まずは『筋力UP』『敏捷UP』『体力UP』『精神UP』を一度ずつ選択することをお勧《すす》めいたします」

「え？　なぜですか？」

「一と零《ぜろ》では大違いということです。人間の壁を破るためとでも言いましょうか……とにかく、すべての基礎能力を一度ずつです。いいですね？」

タミーが、真剣な顔で念を押してくる。

「……わかりました。それじゃあ、今度こそ森に向かいます。また来ますので」

再び頭を下げ、今度こそ背中を向ける狩夜。タミーは「またのお越しをお待ちしております」と、笑顔で狩夜とレイラを送り出してくれた。

「それじゃ、いこうかレイラ」

「……（コクコク）」

ついに開拓者として活動開始である。さっそく依頼をこなそうと、狩夜はレイラと共に森に向かった。


「これはカリヤ様。どうかなさいましたか？　休憩《きゅうけい》ですか？　それともなにか問題でも？」

開拓者の登録を済ませ、ギルドを後にしておおよそ三時間。狩夜とレイラは再び開拓者ギルドを訪れていた。

すると、二人を見つけたタミーがさっそく声をかけてきた。すでにイルティナとの会議は終わったのか、カウンターの向こうにはタミー以外にも二人のギルド職員がいて、狩夜の姿を見るなり「昨日はありがとうございました」「本当に助かりました」と頭を下げてくる。

狩夜は胸中で「僕はほとんどなにもしてないんだけどなぁ」と呟いた。

感謝の視線に良心を痛めながら、狩夜は【ラビスタ狩り】【害虫駆除】【ボア狩り】【ベア狩り】の依頼カードをカウンターの上に並べる。すると、タミーが不安げな表情を浮かべた。

「もしかして、依頼のキャンセルですか？　やはり、お一人では厳しいのではないですか？　ソロ活動などという無理はせず、パーティを組まれたらいかがです？」

どうやらタミーは、狩夜が狩りに失敗し、依頼をキャンセルしにきたと思ったようである。まあ、傍《はた》から見たら手ぶらに見えるのだから、無理もない。

「いえ、そうではなく……レイラ、出して」

狩夜の頭上を陣取《じんど》っていたレイラが大きく口を開けた。そしてポンという小気味の良い音と共に、ラビスタ三匹と、ビッグワームの触角五本、ボア一頭、ベア一頭がレイラの口から吐き出され、足元の床に積み上がる。

タミーを含めたギルド職員三人が「おお！」と感嘆の声を上げた。

狩夜は、カウンターの上に並べた四枚の依頼カードを見つめる。

「これで依頼達成ですね」

弱い魔物を数多く倒して、ソウルポイントとお金を地道に貯める。安全第一。

そんなふうに考えていたときが、狩夜にもあった。いや、今でも安全第一と考えている狩夜であったが、地道にソウルポイントとお金を貯める必要が、本当にあるのだろうか？　と、どうしても思ってしまう。

理由は簡単。レイラがあまりに強すぎるからだ。

開拓者としての第一歩。はじめての依頼である森での狩り。しかし、それも——

レイラが無双《むそう》した。以上終わり。さようなら。

これにつきる。他に表現のしようがない。

自我を持ち、みずからの意思で動き回るマンドラゴラは、強大な力を有するというが、レイラは本当に強い。ユグドラシル大陸に生息する魔物を、文字通り圧倒してみせた。

日本国内最大最強の陸上動物は熊《くま》である。が、そんな熊の魔物版であるベアを、レイラは当然のように一撃で仕留め、完勝した。

ラビスタも、ビッグワームも、猪型の魔物であるボアも、遭遇するなりレイラは屠《ほふ》り、瞬く間にその腹のなかに納めてしまう。まさに見敵必殺だった。当のレイラはホクホク顔であり、疲《つか》れた様子など微塵《みじん》もない。

一方の狩夜はというと、ただレイラを頭の上に乗っけて森のなかを歩き回っただけ。他にしたことといえば、剣鉈で草木を切り、道を切り開いたくらいである。だというのに、そこそこの疲労《ひろう》を全身に感じていた。

力の差をまざまざと見せつけられ、狩夜は自分の無力を嘆《なげ》いた。レイラに依存《いぞん》しすぎるのはよくないとわかってはいるのだが、能力に差がありすぎて、自然とレイラに頼ってしまう。そもそも狩夜一人では、ベアはおろか、ボアにも勝てはしない。おんぶに抱《だ》っことはまさにこのことである。

だが、その状況に流され、甘受《かんじゅ》してしまえば男がすたる。接待プレイも、パワーレベリングもお断り。狩夜は、極力自分の力で強くなりたいと強く思った。

——明日だ。明日は僕の力だけで魔物を狩ろう！

さっきの狩りでソウルポイントは少し溜まったはずだ。今夜、白い部屋で基礎能力を強化し、強くなった自分の力で魔物を狩る。レイラには狩夜の身が危険にさらされるまでは手を出さないよう言い聞かせる。そう決めた。

こうして、狩夜は一人の男として体を張る決意を固めた。そんな狩夜の心情など露《つゆ》知らず、タミーは無邪気に賞賛する。

「あれだけの時間でこれほどの成果を！　さすがはカリヤ様！　この村の救世主！　先ほどの発言は撤回《てっかい》いたします！　申し訳ありませんでした！」

「あ、いや、僕は別に……」

「ご謙遜《けんそん》を！　カリヤ様は、開拓者の才能に溢《あふ》れておりますわ！」

タミーは目を輝かせて、身振り手振りを交えて狩夜を称《たた》えた。他のギルド職員二人も「凄いです」「新人とは思えません」と、賞賛する。レイラはレイラで「カリヤが褒《ほ》められてる。よかった」と、満面の笑みを浮かべていた。

タミーたちの賞賛の言葉を聞くたびに、レイラの功績を横取りしているような気がして、狩夜はなんだか泣きたくなってしまった。でも泣かない。男の子だもん。

「では、魔物の状態を確認いたしますので、少々お待ちください」

タミーはそう言うと、指を光らせながらすべての魔物の死体に触れた。〔鑑定〕スキルで状態を確認しているのだろう。

「血抜きもしっかりされておりますね。カリヤ・マタギ様【ラビスタ狩り】【害虫駆除】【ボア狩り】【ベア狩り】の依頼達成です。血抜きにより【ラビスタ狩り】の報酬が二割増し、血抜きと毛皮の状態がいいので【ボア狩り】【ベア狩り】の報酬が三割増しとなり、合計で630ラビスです。お確かめください」

報酬をカウンターの上に並べるタミー。狩夜はそれを受け取ると、財布《さいふ》代わりにしている布袋に入れる。

これで所持金は、2770ラビスとなった。

「それにしましても、マンドラゴラもアイテム保管系スキルを有しているのですね。まるでラビスタの〔魔法の頬袋〕のようです」

タミーは「少し驚いてしまいました」と、狩夜の頭上にいるレイラを見つめた。

「なんです？　その〔魔法の頬袋〕というのは？」

「はい。ラビスタの頬袋はですね、古代アイテムの《魔法の道具袋》と同じく、アイテムを際限なく保管できるのです。もっとも〔魔法の頬袋〕は、すべてのラビスタが有しているわけではありません。多くのソウルポイントと引き換えにラビスタだけが習得できる、固有スキルという扱いになります」

「あのラビスタに、そんな有用なスキルが……」

「古代アイテムである《魔法の道具袋》は、現存数が少なく、製法が失われています。とてもじゃありませんが、すべての開拓者に支給することはできません」

国王直々の依頼、その成功報酬になるくらいだ。相当なレアアイテムなのだろう。

「ですので、ラビスタの〔魔法の頬袋〕スキルは、開拓者の間で大変重宝されております。開拓者になろうとする多くの者が、テイムするならラビスタがいいと口を揃えるくらいなんですよ」

タミーは鑑定を終えたラビスタの死体を見つめ、続けた。

「まあ〔魔法の頬袋〕スキルにも欠点がないわけではありません。食べ物や、食材系アイテムを保管していますと、腐《くさ》りはしないのですが、ラビスタが我慢《がまん》できずに食べてしまうことがありますし、重さは変わりませんので、溜め込み過ぎると動けなくもなります」

「それはまた……」

アイテム保管庫としてはかなりの欠点である。だが、仕方のないことなのかもしれない。

ラビスタも生き物である。そして、頬袋とは食物を一時的に保管したり、運んだりするための器官だ。テイムした魔物であっても、本能には逆らえないということだろう。

「《魔法の道具袋》か」

RPGではお約束のアイテムだが、あるとやはり便利である。

「レイラ、君もアイテムとか保管できたりするの？」

狩夜が視線を上に向けると、レイラはコクコクと頷き「任せてよ～」と言っているような顔で、狩夜の頭をペシペシと叩いてきた。

やれるというなら早速実験だ。

「よし、なら今すぐやって見せて」

狩夜は布袋のなかから1ラビス歯幣を取り出し、レイラに放《ほう》り投げる。レイラは大口を開け、歯幣を飲み込んだ。

そのまま五秒ほど待つ。

「出してみて」

レイラは再び大きく口を開け、ポンと、1ラビス歯幣を吐き出す。

成功だ。レイラの体は《魔法の道具袋》の代わりとして、十分に機能する。

狩夜はよくやったとレイラの頭を撫でる。レイラは嬉しそうに目を細め、狩夜の手にされるがままだ。

それにしても、レイラは本当に多才である。

狩夜は「もっと撫でて」と言わんばかりに頭をペシペシ叩いてくるレイラを見つめた。

高い戦闘能力に加え、水場の察知。野営のときは寝床《ねどこ》を出し、火の番もしてくれる。そして、極めつきはこのアイテム保管能力だ。まさに至れり尽《つ》くせりである。

まるで、開拓者のパートナーになるために生まれてきたような魔物だ。こんなにも開拓者にとって都合のいい魔物が存在していいのだろうか？

「レイラ、この後どうしようか？」

狩夜たちでもできそうなデイリークエストが早々に終わってしまい、やることがなくなってしまった。

「今日達成した依頼は、明日にならないと受けられないんですよね？」

「はい。申し訳ありませんが、規則ですので。明日にならなければ【ラビスタ狩り】【害虫駆除】【ボア狩り】【ベア狩り】の依頼カードはお渡しすることができません」

タミーが申し訳なさそうに頭を下げる。狩夜は「やっぱりだめか」と頬をかいた。

生け捕りの【スライム捕獲】と【新人殺しを討て！】は、狩夜自身がもう少し強くなってからでないと、レイラがいても不安がある。となると――

「それじゃあ【薬草採取】の対象になる薬草が載っている本はありませんか？　今後のために勉強したいと思います」

「植物図鑑《ずかん》ですね。ございますよ。すぐにご用意いたします。ですが、持ち出しは厳禁ですので、読むならギルド内でお願いいたします」

「わかりました。それじゃあ、あそこのテーブルをお借り――」

「うわぁぁぁぁ！」

狩夜の言葉を遮るかのように、ギルドの外から悲鳴が聞こえてきた。狩夜は弾《はじ》かれたように視線を出入り口に向ける。突然の出来事に頭上のレイラは振り落とされそうになっていたが、気にしてはいられない。

すると、外から叫《さけ》び声が聞こえてきた。

「魔物だ！　魔物が村のなかに入ってきたぞ！」

「種だ！　さっき畑に植えた、種を狙《ねら》ってるんだ！」

「見張りはなにをやっている！」

「狼狽《うろた》えるな！　いつも通りに対処しろ！　大丈夫だ！」

気がついたときには狩夜は駆け出していた。

「すみませんタミーさん！　図鑑はまた今度！」

開拓者ギルドの外に飛び出すと、二、三時間前に狩夜も森のなかで遭遇した猪型の魔物、ボアの姿が目に飛び込んできた。

体長一メートルほどのボアが、威嚇《いかく》するように唸《うな》り声を上げながら地面を前脚《まえあし》でかいている。そして、畑を守るように布陣したティールの男衆を睨《にら》みつけていた。

一方のティールの男衆は、耕されたばかりの畑の前で陣形を組み、ボアを迎撃《げいげき》する構えだ。

イルティナの話では、今のティールには狩夜とイルティナ、メナド以外に開拓者はいない。つまり、あそこでボアと向き合っている男衆は、ソウルポイントでの強化がされていない一般人のはずだ。

一般人ではボアにはかなわない。魔物でない普通の猪ですら、人間が真正面から戦うのは自殺行《こう》為《い》である。

——助けなきゃ！

そう思った狩夜は、腰の剣鉈に手を伸ばし、足を前に踏み出した。だが、時すでに遅し。狩夜が前に出るよりも早くボアは駆け出し、ティールの男衆に向けて突進をはじめた。

間に合わない。今から全力で助けに入っても、間違いなくボアのほうが速い。

レイラならどうにかなるか？　狩夜がそう思った、そのとき——

「全員、構え！」

男衆のなかでも特に厳《いか》つい風貌の一人が、威厳のある声で叫んだ。その声に従い、男衆が一斉《いっせい》に筒状《つつじょう》の細長い物体を手に取り、それをボアに向ける。すると、再び男が叫んだ。

「まだだ！　まだ撃《う》つな！　もっと引きつけろ！　無理に狙おうとするなよ！　ただ前に飛ばせば

いい！」

『はい！　ガエタノさん！』

「あれは……まさか⁉」

狩夜は、ボアに向けられた武器の姿に目を奪われ、驚愕《きょうがく》する。

間違いない。狩夜の世界、地球にもあったもの。その名は――

「よし。撃て――‼」

水鉄砲《みずでっぽう》。

ガエタノと呼ばれた厳つい男の号令と共に、男衆が木の棒を筒のなかに押し込む。次の瞬間、竹製の筒がうねりを上げ、火――ではなく、水を勢いよく吐きだした。

ティールの男衆による、ボアへの一斉放水。でかい図体《ずうたい》で突進をしていたボアは、当然それを避《よ》けることができず、真正面から水をひっかぶった。

「ぶひぃぃいいぃ⁉」

なんの変哲《へんてつ》もないただの水。にもかかわらず、その効果は抜群《ばつぐん》だった。水に触れた瞬間、ボアは悲痛な叫びを上げ、苦しみ、もがく。水をかぶった体からは、黒い煙《けむり》のようなものが上がっているのが見てとれた。

溶けている？　いや、血は流れていないし、傷ついてもいない。おそらくこれが、マナで魂が浄化されるという現象なのだろう。

男衆からの放水は止まらない。苦しみ、もがくボアに向けて、夏の夕立のように水が降り注いだ。ほどなくして「こりゃたまらん」と言いたげにUターンするボアがティールを飛び出し、森のなかへと消えていく。

ボアの姿が見えなくなると同時に、ティールのあちこちから安堵《あんど》の溜息が聞こえてきた。狩夜も小さく息を吐き、剣鉈を鞘に戻す。狩夜の焦《あせ》りを察してか、若干身構えていたレイラも体を弛緩《しかん》させた。

「出番なし」

一時はどうなることかと思ったが、怪我人が出なくてなによりである。

あれがこの大陸の水、つまりはマナの力。本当に魔物はマナを嫌《いや》がるらしい。

〈厄災〉後の人間たちは、こうやって魔物を退け、その命脈をなんとか繋いできたのだろう。

「水鉄砲、侮《あなど》りがたし」

魔物との戦闘を避けるという意味では、非常に有効な武器だ。粗悪《そあく》な鈍器などよりよほど効果的である。

「よし、全員仕事に戻れ。水の補給を忘れるなよ。作業再開だ」

ガエタノの声で、陣形を組んでいた男衆が動き出した。村の中央にある泉で水鉄砲に水を補給する。

直径五センチ、長さ三十センチほどの竹製の水鉄砲。よく見れば、ティールの村民全員がそれを常時携帯《けいたい》しているようだ。なかには三、四本もの水鉄砲を腰にぶら下げている者もいて、ガエタノにいたっては十本以上の水鉄砲を、全身の至るところに装備している。

水の補給を終えた男衆は、木製の鍬《くわ》や、骨でできたと思しき白い斧などに持ち替える。そして、鍬を手にした男衆は畑へ、斧を手にした男衆は、村のはずれへとそれぞれ向かった。

「随分と重武装ですね」

狩夜は歩きながらガエタノに話しかけた。

「ん？　おお！　これは救世主殿。見ておられたのですかな？」

笑顔のガエタノから「救世主」と呼ばれ、狩夜は顔を引きつらせる。

「救世主はやめてください。狩夜でお願いします」

「はは、わかりました。では、カリヤ殿とお呼びしましょう。私は、ガエタノ・ブラン・マイオワーン。イルティナ様より、このティールの防衛を任されています」

「はい。よろしくです、ガエタノさん」

線の細い人が多い木の民だが、ガエタノは違う。しなやかな筋肉の鎧《よろい》を纏った細マッチョだ。エラの張った四角顔で、美男美女揃いの木の民では珍しく、かなり厳つい顔をしている。耳は横に長く、ブランの名が示す通り、青みがかった銀髪で褐色の肌をしていた。露出が少なく、森のなかでも動きやすそうな服装なのは他の村民と同じだが、革製のガンホルダーで全身の至る所に多種多様な水鉄砲を携帯し、魔物の襲撃《しゅうげき》に備えている。

「凄い数の水鉄砲ですね。重くありませんか？」

「はっは！　なーにこのくらい、この村と村民を守るためなら軽いものです。それに、これからキコリの皆《みな》と木を伐らねばなりませんからな。これでも足りないくらいですよ」

「木を……」

狩夜は、開拓者ギルドで見た二つの依頼を思い出した。

そう【村の拡張】と【木の伐採】である。

両方ともイルティナからの依頼であり、報酬は出来高払いであった。そして、とある共通の注意書きがあったはずである。

〝この森では木を伐るのも命懸け〟

「木を伐るって……あれですか？　命懸けっていう？」

「おや、ギルドで依頼をご覧になりましたかな？　はい、そうです。この森では木を伐ることすら命懸けの仕事ですな」

人間を躊躇《ちゅうちょ》なく襲う魔物が我が物顔で闊歩する場所での作業。しかも相手はビルのように巨大な大径木だ。一本切り倒すのも一苦労——いや、そんな言葉ではすませられない労力と、危険がつきまとう仕事である。

その言葉に誇張《こちょう》はない。嘘偽りもない。この森での伐採作業は、文字通り命懸けだ。

「過酷な世界だなぁ」と狩夜が胸中で呟くと、ガエタノが小さく溜息を吐いた。

「しかし、だからといって伐らぬわけにはまいりません。このティールを、ひいては人間の版図を広げなければなりませんし、なにより我々には木材が必要なのです。あれをご覧ください」

ガエタノは村を囲む柵を指さした。背が低いうえにスカスカの、あの柵である。

「あれでは畑で作物を作るどころか、安心して眠《ねむ》ることすら叶いません。泉のおかげで村のなかまで入り込むことは稀《まれ》ですが、先ほどのように腹を空《す》かせた魔物や、住むところを追われた魔物などが、餌《えさ》を求めてやってくることがありますからな」

「なるほど」

「ですから、早急に木材を確保し、頑丈《がんじょう》な柵を造り直さなければなりません。私には、この村の住人を守る義務があるのです！」

　そう言って、ガエタノは誇らしげに胸を張った。その瞳は、己《おの》が使命をまっとうしようと燃えている。

「造り直すということは、以前はもっと大きな柵が？」

「はい。以前は見上げるほどに立派な柵があり、この村を守っておりました。今は……この有様ですが」

「なにがあったんですか？」

「とある魔物にことごとく破壊《はかい》され、泣く泣く薪《まき》に。あれは──そう、あの奇病が村に蔓延する少し前でしたな」

「そうですか。魔物に……」

「巨大な蟲《むし》の魔物です。イルティナ様や、メナド。もちろん私たちも懸命《けんめい》に戦いましたが、まるで歯が立たず……あれは、間違いなく主でありました。まあ、人的被害《ひがい》が少なかったことが、不幸中の幸いです」

「そんな凄い魔物に襲われたのに、よく皆さん無事でしたね」

「ええ、泉に飛び込んで難を逃《のが》れました。さしもの主も、水のなかまでは追ってきませんからな。その後は、泉の外から悔《くや》しげに我らを睨む主に向けて、村民全員で一斉放水です。ほどなくして、かの主は我々の放水に屈《くっ》し、森のなかに消えていきました」

　主であっても魔物は魔物。マナの浄化作用にはかなわないということか。

「奇病が蔓延していたときにあの主が襲ってきていたらと思うとぞっとします。カリヤ殿には本当に感謝しております」

　ガエタノが狩夜に向かって深々と頭を下げてくる。自分に意図せず向けられ続ける賞賛を、少しでもレイラに返そうと、狩夜はレイラの頭を優しく撫でた。

「そんな魔物がいるなら、尚更柵が必要ですね」

「はい。我々は今すぐ防備を整えなければならないのです。本来ならイルティナ様に作業中の護衛をしていただきたいところなのですが、生活必需品《ひつじゅひん》等の手配で忙《いそが》しいご様子。今日のところは、我々だけでどうにかしなければなりません。そろそろ作業をはじめたいので、これにて」

　斧を手にした男衆の後を追うように踵《きびす》を返すガエタノに、狩夜は声をかけた。

「あの、僕も見学していいですか？　後学のために見ておきたいんですけど。イルティナ様の代わりってわけじゃありませんが、なにかお力になれるかもしれませんし」

「おお！　それは願ってもないことです！　カリヤ殿が一緒なら心強い！」

　ガエタノは「では一緒にいきましょう」と、狩夜と並んで歩き出した。

「あ、そういえば……今更ですけど、その武器の名前は水鉄砲でいいんですよね？」

　狩夜は、ガエタノが装備している水鉄砲の一つを指さす。

「え？　ええ、もちろん」

「名前が水鉄砲ってことは……普通の鉄砲もあるんですよね？」

「ああ、鉄砲ですか。〈厄災〉以前はあったそうですよ。地の民の資料に記録が残っているそうです。もちろん、実物はおろか、その資料すら見たことはありませんが」

　どうやらイスミンスールにも、〈厄災〉以前には鉄砲があったらしい。

「地の民が統治していたニダヴェリール大陸。もしくは、ニダヴェリール大陸と交流が盛《さか》んだったという、ミズガルズ大陸にならば実物が残っているかもしれませんが、〈厄災〉からすでに数千年。今も使用できる状態の鉄砲など、もうイスミンスールには存在しないのでしょうな」

「まあ……そうですよね」

狩夜とレイラは、ガエタノと共に村の外れへ向かう。ほどなくしてキコリの男衆と合流し、村を囲む柵を越え、ティールの外へくり出した。

開拓地と森。人の領域と魔物の領域。その境を狩夜は目指す。


「よし、準備はいいな！　はじめるぞ！」

ガエタノの号令に、四人のキコリが『おう！』と返事をして、骨でできた斧を振りかぶる。

この斧は、ユグドラシル大陸に稀に打ち上げられる鯨《くじら》や海竜《かいりゅう》の骨を加工して作られるものらしい。一般人でも購入《こうにゅう》可能だが、かなりの高級品であるとのことだ。

その斧が、直径二十センチほどの、この森ではやや小振りな木に叩きつけられる。気持ちのいい乾《かわ》いた音が森に響《ひび》いた。

二本の木に二人ずつ割り当てられたキコリが、斧を交互《こうご》に振るう。小気味の良いリズムが刻まれ、木の幹が徐々に削られていく。

そんな木の周囲には水鉄砲をかまえた六人の男衆が、鋭《するど》い視線を森に向けている。彼らの中央にはティールの村から運んできた巨大な水瓶《みずがめ》が置かれており、マナを含んだ水がなみなみと湛《たた》えられていた。

「魔物発見！　ラビスタです！」

男衆の一人が叫ぶ。彼の視線を辿ると、確かにラビスタがいた。二十メートルほど先の茂《しげ》みのなかから、斧を振るうキコリを睨みつけている。

「構えよし！　撃ちます！」

発見した男衆が水鉄砲をかまえ、素早く近づき発射。しかし、放たれた水はラビスタに届かず手前の地面を濡《ぬ》らす。すると、マナを嫌《きら》ったラビスタが脱兎《だっと》のごとく逃《に》げ出した。森の草木に紛《まぎ》れ、すぐに見えなくなってしまう。

「ラビスタ逃走《とうそう》！　見失いました！」

「よーし、よくやった！　皆も聞け！　魔物を無理に倒す必要はないぞ！　森に追い返せばそれでいい！」

『はい！』

男衆の返事から、何度も繰《く》り返された訓練の跡《あと》がうかがえる。

ガエタノの統率《とうそつ》は見事であり、全員から信頼《しんらい》されていることがよくわかる。魔物発見の報告がされた後、斧が木に叩きつけられる音が一切途切れることがなかったのがその証拠だ。

優秀な指揮官に、高い士気と練度。そして信頼。狩夜の目には万全《ばんぜん》の布陣に見えた。

これなら危険なことなんてないのでは？　と、狩夜が迂闊なことを考えた瞬間、頭の上にいるレイラが、なにかに気がついたように顔を斜《なな》め上に向けた。

そして――

「――っ！　ガエタノさん！　遠方の木々から、一斉に鳥たちが飛び立ちました！」

レイラに遅《おく》れること数秒、男衆の一人が、焦りを含んだ声で叫んだ。一気に緊張《きんちょう》が走り、斧から放たれていた小気味の良い音が途切れる。

「くそ！　作業をはじめたばかりだってのに！」

「狼狽えるな！　警戒態勢！」

ガエタノの号令に男衆が一斉に水鉄砲をかまえた。キコリも斧から水鉄砲に持ち替える。

男衆を緊張と不安が包み込み、狩夜はしきりに周囲を見回す。

――いったいどうしたんだ？　なにが起きている？

「魔物発見！　ワイズマンモンキーです！　数多数！」

「くそ、やっぱりか！」

「作業中断！　全員構えろ！　対空戦闘用意！　カリヤ殿もお気をつけて！」

――ワイズマンモンキー⁉　魔物か⁉　というか対空戦闘⁉

「きました！」

男衆の一人がこう叫んだ直後、そいつらは群れを成して現れた。

チンパンジーに似た、黒い毛並みの猿《さる》である。腕と脚が長く、両腕を広げれば二メートル近くはありそうだった。

「あれが、ワイズマンモンキー？」

ワイズマンモンキーは、長い両腕を器用に使い、森の木々を次々に飛び移りながら、高速で狩夜

たちに近づいてくる。しかも数が多い。確実に十四以上はいるだろう。

　ガエタノたちが陣形を組み終わるころには、頭上はすっかり制圧されてしまっていた。この辺りで一番の大径木。その枝、高さにして二十メートルはありそうな高所から、ワイズマンモンキーの群れが狩夜たちを見下ろしている。

　一匹のワイズマンモンキーが「キーキー」と、耳障《みみざわ》りな鳴き声を上げながら狩夜たちを指さす。ずいぶんと興奮――いや、怒《おこ》っているようだ。

「縄張りの木を少し傷つけただけでこれか。相変わらずだな」

　ガエタノが小さく呟く。どうやらワイズマンモンキーは、縄張りの木を傷つけられることを酷《ひど》く嫌うらしい。

「が、ガエタノさん……」

「数が多すぎる……か。全員、村まで後退。だが、背中は見せるなよ。敵の目を見ながら、ゆっくりと後退だ」

　ガエタノがワイズマンモンキーを刺激しないように、小声で後退を指示する。男衆は一斉にすり足で後退をはじめた。狩夜も頭上のレイラと共に、後ろ歩きでゆっくりと後退する。気分は、森のなかで熊と遭遇したときのそれだった。

　徐々にだが、確実に広がるワイズマンモンキーとの距離《きょり》。だがワイズマンモンキーは、狩夜たちの撤退《てったい》を黙って見過ごしはしなかった。

　一匹が、右腕を豪快に振りかぶる。その直後――

「うわ⁉」

「ひぃ！」

目の前の地面が、轟音《ごうおん》と共に爆発《ばくはつ》した。

巻き上がる砂埃《すなぼこり》。その中心には、地面にめり込む拳大の石の姿があった。

「投石⁉」

狩夜は叫ぶ。凄《すさ》まじい投石であった。速度が半端《はんぱ》じゃない。学校の球技大会で対戦した、野球部のエースより速かった。

その場にいる全員に戦慄《せんりつ》が走る。先ほどの投石は、当たれば重傷。最悪即死である。

「ちくしょう！　いつもいつも邪魔しやがって、猿どもが！」

キコリの一人がワイズマンモンキーを憎々《にくにく》しげに睨み、悪態をつく。どうやらこのような妨害《ぼうがい》は、一度や二度じゃないらしい。

生唾を飲む狩夜。そして、この作業が命懸けであるということを再認識した。いくら対策を立てても足りないくらいである。開拓者ギルドに依頼がいくのも納得《なっとく》であった。

「キキャァアァ！」

さっき投石をしてきたワイズマンモンキーが、甲高《かんだか》い雄叫《おたけ》びを上げた。それを合図にして、頭上のワイズマンモンキーの群れが一斉に投石をはじめる。

最初の一匹ほどの速度はなかったが、十分に人間を殺傷しうる攻撃が狩夜たちに降り注ぐ。コントロールは悪いようだが、死傷者が出るのは時間の問題だろう。しかもワイズマンモンキーの群れのなかには、石を大量に抱えた補給係が二匹おり、そいつらが他の猿に石を手渡しているので、弾《たま》切《ぎ》れの気配がまるでない。

ワイズマン。賢者《けんじゃ》という名前だけあって、頭もいいようだ。

「くそったれがぁ！」

やられっぱなしでたまるかと、さっき悪態をついたキコリが前に出て、ワイズマンモンキーめがけ水鉄砲を発射する。しかし――

「きゃっきゃ！」

届かない。射程が絶望的に不足していた。水鉄砲から発射された水は道のり半ばで失速し、地面と木の幹を濡らすだけに終わる。それを見たワイズマンモンキーが「無様、無様」と言いたげに、男衆を見下ろしながら笑い声を上げた。

「畜生《ちくしょう》！　馬鹿にしやがって！　弓矢さえ使えればてめーらなんかなぁ！」

「馬鹿野郎《やろう》！　下手に傷をつけたら、もっと厄介《やっかい》なベヒーボアがくるだけだろうが！」

「くそ、撤退だ！　全速後退！　カリヤ殿も！」

ガエタノが叫ぶと、男衆が我先にと逃げ出した。大きな水瓶も、高級品である斧も放り出し、全力で走り出す。

逃げ遅れたのは――

「うえ⁉」

訓練をしていない狩夜だけだった。

その場に取り残された狩夜に、自然とワイズマンモンキーの視線が集中する。そして、その視線には純然たる殺意があった。

――ま・ず・い！

ワイズマンモンキーが一斉に腕《うで》を振りかぶり、躊躇なく振り抜いた。十数個の石が狩夜に向かって放たれる。

大半は外れたが、三個が命中コース。しかも、うち一個が顔面直撃コースだった。

異様に長く感じる時間のなか、狩夜が迫《せま》りくる死に対してなにもできずにいると、眼前で緑色の閃光《せんこう》が走る。

その閃光は、迫りくる石を難なく捉《とら》え、倍以上の速度で打ち返した。

「え？」

打ち返された石に顔面を潰《つぶ》されたワイズマンモンキー三匹が、力なく地面に落下する最中、狩夜は間の抜けた声を漏らした。直後、緑色の閃光の正体が、レイラの蔓《つる》であったことを理解する。

そう、レイラが蔓で投石を弾《はじ》き、狩夜を守ってくれたのだ。

レイラは蔓を伸ばし、ワイズマンモンキーが地面に落ちる前にキャッチ。次いで、頭上から肉食花を出現させ、そこにワイズマンモンキー三匹を放り込んだ。

肉食花でワイズマンモンキーを咀嚼しながら、頭上に布陣する群れを見据《みす》えるレイラ。一方のワイズマンモンキーたちは、呆然《ぼうぜん》と狩夜とレイラを眺めている。

レイラは、その隙《すき》を見逃さない。

石を補給している二匹のワイズマンモンキーに向けて、レイラは高速で蔓を伸ばした。左右の蔓で補給係の眉間《みけん》を貫《つらぬ》き、二匹同時に絶命させる。

補給係が抱えていた無数の石が地面に落下するなか、レイラは蔓を動かし、補給係の死体を回収。また肉食花へと放り込む。

レイラは止まらない。今度は右の蔓を地面に対し水平に振るう。

狙いは、ワイズマンモンキーが足場としている大径木だ。振るわれた蔓がその幹を一瞬で通過。刹那《せつな》の静寂《せいじゃく》の後、大径木が他の木を巻き込みながら倒れはじめる。

――レイラの奴、直径二メートル近い大径木を、あっさり切り倒しやがった！

愕然《がくぜん》とする狩夜の目の前で、ようやく我を取り戻したワイズマンモンキーたちが、一斉に動いた。倒れゆく大径木から我先にと離脱《りだつ》し、別の木々へ飛び移る。だが、すべてのワイズマンモンキーが離脱を成功させたわけではない。三匹のワイズマンモンキーが失敗し、大径木に押し潰された。

数を減らしたワイズマンモンキーが、怒気《どき》をはらんだ視線で狩夜とレイラを睨みつける。だが、レイラはそんな視線を無視し、倒れた大径木に向けて蔓を伸ばした。そして、潰れたワイズマンモンキー三匹を力ずくで引っ張り出し、回収。うち一匹にはまだ息があったが、レイラはかまわず肉食花のなかに放り込んだ。

追加された三匹を咀嚼しながら、レイラは視線を動かし、ワイズマンモンキーの群れを見つめる。

そして――

「……（にたぁ）」

口裂《さ》け女のような顔で、凄絶《せいぜつ》に笑った。

怒《いか》りに歪《ゆが》んでいたワイズマンモンキーの表情が、恐怖《きょうふ》一色に染まる。

次の瞬間、ワイズマンモンキーは躊躇なく、全力で逃走をはじめた。見事な引き際《ぎわ》である。勝てない相手とは戦わないということだろう。やはり頭がいい。

逃げていくワイズマンモンキーを見送った後、レイラは頭上の肉食花とオリジナル笑顔を引っ込め、のほほんとした表情に戻る。

――終わり……かな？

「はぁあぁ～」

狩夜は深々と息を吐き出し、脱力した。

また死にかけた。というか、レイラがいなかったら絶対に死んでいただろう。

正直、あんな高い所から投石されたら打つ手がない。水鉄砲の水なんて絶対に届かないし、木をよじ登るなどは論外だ。有効な攻撃手段があるとすれば、せいぜい弓矢ぐらいなものだろう。

もっとも、木の上を高速で移動するワイズマンモンキーに矢を当てるには、とんでもない技量が必要な上に、下手に傷つけて血をまき散らしてしまうと、この森で最も警戒すべき魔物であるベヒーボアを呼び寄せてしまう。

「ワイズマンモンキー。厄介な魔物だなぁ」

魔物はこっちの事情を考えてくれるわけじゃない。厳しい現実を、狩夜は今回の戦闘で嫌というほど味わった。

「ありがとね、レイラ」

狩夜はそう言って右手でレイラの頭を撫でてやる。レイラは嬉しそうに目を細め、狩夜の頭をペシペシ叩いてきた。

「カリヤ殿！　ご無事ですか！」

退避《たいひ》していたガエタノと男衆が、大声を上げながら狩夜のもとへと駆け寄ってくる。

「あ、皆さん。はい、とりあえず大丈夫です」

「それはよかった。しかし、見事な戦いぶりでしたな！　あのワイズマンモンキーをああも容易《たやす》く撃退するとは！　このガエタノ、感服いたしましたぞ！」

ガエタノは子供のように興奮しながら狩夜を褒め称えた。狩夜としてはレイラに助けてもらっただけでなにもしていないので、なんとも身につまされる展開である。

「さすがは村の救世主！」

「カリヤ殿がいれば、この村は安泰《あんたい》だな！」

ガエタノに負けじと他の男衆も狩夜を賞賛した。こうなってくると、狩夜としては愛想笑いを浮かべるしかない。

「お連れの魔物も凄かったですな！　前々から気になっていたのですが、それはいったいなんという魔物なのです？」

「えっと、マンドラゴラって名前の魔物です。僕はレイラって呼んでますけど」

「ほう、マンドラゴラ。はじめて聞く名前です。ですが――なぜでしょうな。どこかで見たことがあるような気がするというか、親近感がわくというか……」

「え？　それはどういう――」

「ドリアード様ですよ、ガエタノさん。レイラちゃんは、ドリアード様に似てるんすよ。だからそんな気がするんじゃないですかね」

狩夜の言葉を遮るように男衆の一人が声を上げ、ガエタノも「ああ、なるほど」と頷いた。

「そうか、ドリアード様か！　なるほど、言われてみると確かに！」

他の男衆も「ほんとだ、よく見ると似ている」「そっくりだ」と声を上げた。

ドリアードとは、木の民が信仰する木精霊のことである。その精霊の姿が、どうやらレイラに似ているらしい。

「そんなに似ているんですか？」

「ええ、似ています。気になるようでしたら、後でイルティナ様に教典を見せてもらうのがよいかと。ドリアード様の姿絵が載っておりますので」

「これは偶然《ぐうぜん》じゃないですよ、ガエタノさん。きっとドリアード様が、俺《おれ》たちを助けるために、カリヤ殿とレイラちゃんをこの村に導いてくれたんですよ」

他の男衆も沸《わ》き立った。そして「ドリアード様が俺たちを助けてくれたんだ」「ドリアード様は、封印された今も私たちを見てくれているんだ！」と声を上げる。

「あの、皆さん？　ちょっと落ち着いて……」

狩夜が窘《たしな》めるが、誰も聞いていない。

終《しま》いには、男衆が両手を組み、レイラに向かって頭を下げはじめた。拝んでいるのである。

これには、さすがに狩夜も顔を引きつらせた。

「み、皆さん、拝んでないで、早く柵を造りましょうよ！　木材だって沢山《たくさん》手に入ったんですから！ね！」

そう言って、狩夜はレイラが切り倒した大径木を指さす。直径二メートル、高さ三十メートルはあろうかという大径木だ。これだけで相当な量の木材を確保できたはずである。

「ふむ、確かにそうですな……しかし、これだけの大きさですと、加工どころか運ぶのも大仕事ですぞ」

ガエタノはどうしたものかと腕を組んだ。確かにこれだけの大きさだと、運ぶのも、加工するのも一苦労である。チェーンソーも、電動鋸《のこぎり》もない世界だ。こんな大径木、どうやって――

「って、簡単じゃん。レイラ、あの大径木、細かく切り分けてくれない？」

瞬間、レイラが動いた。両手から蔓を伸ばし、高速で振るう。

『おお！』

ティールの男衆が感嘆の声を漏らすなか、瞬く間に切り刻まれていく大径木。見事なまでの拍子木切りだ。見上げるような大径木も、レイラからすれば大根と大差ないらしい。

「レイラちゃんすげぇ！」

「すぐさまティールは復興だ！」

やんややんやと声を上げる男衆を尻目《しりめ》に、黙々《もくもく》と大径木を切り分けていくレイラ。そんなレイラを頭に乗せながら、狩夜は思う。

【村の拡張】と【木の伐採】のクエストもなんとかなりそうだ。

「おお、溜まってる溜まってる」

異世界活動三日目を無事終えた狩夜は、イルティナ邸にて眠りにつき、レイラと白い部屋へとやってきていた。

狩夜の視線の先には、タッチパネルに表示される『45・SP』の文字がある。打倒し、吸収した魔物たちの魂。その総数がこれだ。

このソウルポイントを使い、自身の魂に干渉し作り変えることで、開拓者は強くなっていくのである。

自身の魂と肉体が変質するという事実に、若干の恐怖を覚えながらも、狩夜はタッチパネルを操作する。まずは『敏捷UP・3SP』の項目だ。

狩夜がその項目に触れた瞬間、タッチパネルに『ソウルポイントを3ポイント使用し、叉鬼狩夜の敏捷を向上させます。よろしいですか？　YES　NO』と表示される。

狩夜は「この世界で生きていくためだ」と『YES』をタッチする。すると——

『叉鬼狩夜の敏捷が向上しました』

お馴染《なじ》みの声が白い部屋に響き渡った。そして、基礎能力向上の項目すべてが『4SP』に上がる。

続いて『精神UP・4SP』の項目を見て、ギルドでのタミーの言葉を思い出す。

基礎能力の向上は、特別な事情がない限り『筋力UP』『敏捷UP』『体力UP』『精神UP』を一度ずつ選択するべきである。

一と零では大違い。

人間の壁を破るため。

「人間の壁……か」

狩夜は、レイラに頼りきりだった昨日のワイズマンモンキーとの戦闘を思い出す。

なにもできなかった。ティールの住人は歓喜《かんき》し、賞賛してくれたが、それはすべてレイラのおかげ。狩夜の力ではない。

狩夜は弱い。この過酷な世界イスミンスールにおいて、あまりにも脆弱《ぜいじゃく》で、矮小《わいしょう》だ。

人間の壁を破れば、変われるだろうか？

狩夜は生唾を飲み込んだ。そして、意を決して『精神UP・4SP』の項目に触れ、『YES』をタッチする。

『叉鬼狩夜の精神が向上しました』

お馴染みの声が白い部屋に響き渡る。そして、次の瞬間――

「うわ!?」

狩夜の目の前で変化が起きた。

部屋の中央で直立する、ローポリで半透明《はんとうめい》な狩夜の姿形が変わったのである。

ローポリで、カクカク。叉鬼狩夜だとなんとなくわかるだけだったローポリ狩夜。そのポリゴン数が一気に増加し、造形が複雑になったのだ。

六角だった腕や脚は八角に。肩や顔の輪郭《りんかく》も滑《なめ》らかになっている。まだまだローポリの域を出ないが、これは狩夜だと第三者が見てもわかるくらいには進化していた。

「これが、人間の壁を破ったっていう証拠――なのかな？」

狩夜は試《ため》しに軽く飛び跳《は》ねたり、腕を回したりしてみたが、強くなった実感はない。

ほんとになにか変わったのかなぁ？　と、困惑する狩夜。そんな狩夜の頭を「ねぇ、とりあえず残りのポイント割り振っちゃわない？」とでも言いたげに、レイラがペシペシ叩く。

「そうだね、そうしよう」

狩夜は検証を後回しにし、再度タッチパネルと向き合う。そして、残りのソウルポイントを使用し、自身の基礎能力を向上させていく。

最終的にはこうなった。

叉鬼狩夜　残SP・3
基礎能力向上回数・9回
『筋力UP・2回』
『敏捷UP・4回』
『体力UP・2回』
『精神UP・1回』
習得スキル
〔ユグドラシル言語〕

敏捷重視の山形。それが狩夜が選択した自身のビルドである。

攻撃と防御《ぼうぎょ》はレイラがいればどうにかなる。レイラに不足している敏捷を自分が補おう――と考えた結論がこれであった。

テイムしているという確証があるとはいえ、レイラにはまだまだ得体の知れない部分が多すぎる。頼りになるが、頼りすぎるのは危険というのが狩夜の考えであった。しかし、その強大な力を利用しないのはあまりに惜しい。ここは異世界。真っ先に考えるべきは生き延びること。使えるものはなんだって使うべきだ。

要は、協力はいいが依存はだめということだ。レイラの力に頼り切り、自身の向上を怠《おこた》れば、きっと堕落《だらく》する。最悪レイラに見限られてしまうかもしれない。

レイラとは、互《たが》いに支え合うＷｉｎ－Ｗｉｎな関係がベストだ。だが、その関係を築くためには、まだまだ力が足りない。

強くなるのだ。レイラに負い目を感じないくらい。そうすれば、あの尊敬の眼差《まなざ》しや、賞賛の言葉に心を痛めることもなくなるだろう。

狩夜は強い決意と共に、閉じるボタンをタッチした。そして「レイラ、今日もよろしくね」と言いながら白い部屋を後にした。

「おはよう、カリヤ殿」

「おはようございます、カリヤ様」

目を覚まし、狩夜がリビングに足を運ぶと、テーブルについていたイルティナと、台所で朝食の準備をしているメナドが声をかけてきた。狩夜は「おはようございます」と小さく会釈《えしゃく》してイルティナの向かいの席に向かう。

「聞いたぞ、昨日は大活躍だったらしいな」

狩夜の動きを目で追いながら、イルティナが小さく笑みを浮かべている。狩夜は苦笑いしつつ席についた。

「あのワイズマンモンキーを無傷で撃退し、大量の木材を確保。あまつさえ、ティールの拡張の妨《さまた》げとなっていたあの大径木を切り倒してくれるとはな。感謝の言葉もない」

聞いたところによると、あの大径木はワイズマンモンキーにとって要所の一つであったらしい。縄張りを外敵から守るための狙撃台《そげきだい》のような場所で、イルティナをはじめとした多くの開拓者が、あの大径木からの投石に幾度となく煮《に》え湯を飲まされてきたそうだ。

あの大径木が切り倒されたことで、森の魔物たちとの土地争いは、ティールの住人側に大きく傾くだろう。

この勢いに乗っていっきに森を切り拓《ひら》き、村を拡張。開拓だぁ、開拓だぁ——といきたいが、そうもいかない。マナの源泉たる泉から離れすぎても危険なので、人の領域の拡張にはそもそも限界があるのだ。ある程度村を拡張したところで、村の周囲を丈夫な柵で囲うことになる。そこで開拓は頭打ち。くやしいが、それが人間の限界なのである。

狩夜は「やっぱり人間のほうが不利だよなぁ」と胸中で呟きながら、イルティナを見る。

「いえ、僕はなにも。頑張ったのはレイラです。お礼ならこいつに」

狩夜はそう言って、頭上のレイラを両手で掴み、テーブルの上に置いた。イルティナは、目の前に鎮座《ちんざ》するレイラを見つめながら意味深に笑う。

「この子のことも聞いているぞ。ドリアード様の化身《けしん》、もしくは分身と呼ばれているらしいな？」

「あ、あのですね、それは僕が言い出したことではなく……」

狩夜は慌てて弁解するが、当のレイラはボケーっと首を傾《かし》げている。

「わかっている。村民たちが勝手に言っているだけなのだろう？　別に怒っているわけではない。そんな顔をするな」

イルティナはそう言いながら右手を伸ばし、レイラの頭を撫でた。どうやら狩夜をからかいたかっただけらしい。

「カリヤ殿からしたら迷惑な話だろうが、許してやってくれ。誰もが心の支えを欲《ほっ》しているんだ。それに、そう言い出したくなる気持ちもわかる。確かにレイラは、ドリアード様に似てなくもない」

「そういえば、ガエタノさんから聞いたんですけど、イルティナ様は教典とやらを持っているんですよね？　その、ドリアード様の姿が描かれているっていう」

「ん？　教典か？　あるぞ。見たいのか？」

「はい、差しつかえなければ、ぜひ」

こうまでレイラに似てる似てると連呼されれば、気になって当然である。ぜひとも見たい。するとイルティナは「わかった、少し待っていてくれ」と言い残して自室へと消えた。そして、一冊の本を手に、再びリビングへと戻ってくる。

随分と古びた本であった。年代物だと一目でわかる。

「この御方《おかた》が木精霊ドリアード。木の民の信仰の対象だ」

教典のとあるページを開きながら、狩夜に見えるようテーブルの上に置くイルティナ。狩夜は視界に入ってきた姿絵を凝視《ぎょうし》する。

そこには、半人半樹とでもいうべき女性の姿が描かれていた。

全身の肌は樹皮、髪《かみ》は葉っぱ。木の民と同じく耳が横に長い。体は女性らしい起伏《きふく》に富み、両腕は人間のそれと酷似《こくじ》している。しかし、足は木の根そのものだった。

「これが木精霊ドリアード……」

狩夜は、その姿絵とレイラとを何度も見比べてみる。

狩夜の視線に気がついたのか、レイラは「そんなに見ないで……」と、恥じらいながらも右腕を頭、左腕を腰に当て、シナを作ってみせた。そして、精一杯《せいいっぱい》の色気を振りまきながら、狩夜の言葉を待っている。

そんなレイラを狩夜は鼻で笑った。

「確かに似てなくもない。けど、圧倒的にメリハリが足りない」

瞬間、レイラの表情が凍《こお》りつく。

そのまましばらくシナを作ったまま硬直《こうちょく》していたレイラであったが、ほどなくして再起動。そして「そんなにボンキュッボンが好きかー‼」と、頭頂部の二枚の葉っぱで狩夜を何度も叩いてきた。明らかに怒っている。

「痛い！　痛いって！　ごめんごめん！　大丈夫だよ、レイラのほうがプリティーだよ！　痛い！だからごめんて！」

じゃれ合う狩夜とレイラ。そんな二人をイルティナは笑う。そして「まあまあ、それくらいで許してやれ」とレイラを窘めた。

「それで、カリヤ殿は今日はどうするつもりなのかな？」

「あ、はい。とりあえずギルドに顔を出して、めぼしいクエストを受けたら、森に入ります。人間の壁とやらを破った自分の力を試してみたいですからね。あと、道具屋にもいってみたいです」

狩夜はレイラの葉っぱを両手で防ぎながら答える。

「そうか。無事、第二関門突破だな。だが、慣れるまでは無理をしないほうがいい。水辺から離れすぎないよう常に気を配ることを忘れるな。強くなった自分の全能感に酔《よ》っていると、手酷いしっぺ返しを受けかねない」

「はい、肝《きも》に銘《めい》じておきます」

台所から出てきたメナドが「お待たせしました」と笑顔で朝食をテーブルに並べていく。レイラもようやく気がすんだのか、狩夜を叩くのをやめた。

この朝食を食べたら、まずはギルド。次に道具屋。そして森だ。

強くなった自分への期待に胸を膨《ふく》らませた狩夜の、異世界活動四日目が幕を開ける。

「う～ん」

ギルドでクエストを受けた後、はじめて入店した道具屋。その店内で狩夜は唸っていた。視線の先には、手作り感あふれる店のお品書きが鎮座している。

壁に立てかけられたお品書きには、この店で扱われている様々な商品の名称が大きな文字で記されている。しかし、その横。本来値段が書かれているであろう場所の上には、『品切れ！』と赤字で書かれたプレートが、全商品のおおよそ八割に貼りつけられていた。

どうやらこの店は、深刻な品薄状態であるらしい。

在庫がある商品は――

瓢箪・小　5ラビス
瓢箪・中　50ラビス
瓢箪・大　500ラビス
真水　5ラビス
聖水　100ラビス
水鉄砲　30ラビス
竹の槍　50ラビス

――の、七品目のみであった。

「回復薬は品切れ……か。残念」

一番興味があり、一番欲しかった物は売っていなかった。狩夜が肩を落としていると、カウンターの内側に立っていた木の民――初老の店主が、申し訳なさそうに口を開いた。

「本当にすみません、お客様。我が身どころか、この村を救ってくださった大恩人に対し、この程度の品しかお見せすることができず……」

「あ、いえいえ！　気にしないでください！　事情はわかっていますから！」

狩夜は両手を胸の前で左右に振った。そして、心苦しくなりとっさに話を逸《そ》らす。

「えっと、この瓢箪の大・中・小っていうのは、水筒《すいとう》として使えるよう加工されたもの――で、いいんですよね？」

「はい。水の携帯は、開拓者にとっても一般人にとっても非常に重要なことですからな。瓢箪の在庫は決して切らさぬよう心がけております」

「真水は、水を火にかけてマナを分離《ぶんり》させた、テイムした魔物用の飲料水。聖水は、そのときに分離させたマナを蒸留して、回復力と魂の浄化作用を高めた、マナの割合が高い水……ですよね？」

「はい。その通りです」

真水の重要性と、聖水の知識。これはイルティナから聞いていた。

テイムし、味方にした魔物でも、魔物である以上はマナを嫌い、体内に摂取《せっしゅ》すれば弱体化は避けられない。しかし、生き物である以上、水分補給は必須《ひっす》である。テイムした魔物の弱体化を避けるためには、真水。マナを分離させた魔物用の飲料水が必要なのだ。

水に溶けたマナを分離させる。言葉だけ聞くと難しい気がするが、なんてことはない。マナが気化する温度は水よりも随分と低いらしく、川や泉の水を軽く火にかければ、すぐに真水の出来上がり。野営の最中であっても、少しの手間で作れるのだ。

「5ラビスになってますけど、この値段でどれくらい譲っていただけるんですか？」

「この店では、これ一杯で5ラビスとしております。ちょうど小さい瓢箪が満タンになるくらいの量ですな。聖水も同様。これ一杯で100ラビスです」

そう言って店主が見せてくれたのは、一リットルは入りそうな陶器《とうき》の計量カップだった。

「なるほど……では、瓢箪・小を一つと、水鉄砲を二つください。瓢箪のなかには聖水をお願いします」

「おや？　瓢箪は一つでよろしいので？　瓢箪は二つ以上持っていたほうが、なにかと便利ですよ？」

確かに普通の開拓者なら、真水用に一つと、マナを含んだ普通の水、もしくは聖水用として、二つ以上の瓢箪を携帯したほうがいいだろう。だが、狩夜は普通の開拓者ではない。

「いえ、一つで大丈夫です。こいつはマナを嫌がりませんから。弱体化もしませんし」

狩夜は頭上のレイラを指さした。

そう、地球産の魔物であるからか、レイラはマナを嫌わない。それどころか好む傾向《けいこう》すらあった。イルティナ邸で出された真水は拒否するのに、マナの溶けた水は飲み、両足を川や泉のなかに突っ込んでいるところをよく見かける。「根腐れとか大丈夫なのかな？」と心配になるほどだった。日々多量のマナを摂取しているレイラ。にもかかわらず、弱ってしまった様子は一切ない。当のレイラも「全然平気だよ～」と無邪気に笑っている。

狩夜の言葉に店主は目を見開いていた。そして、興奮した様子で捲《ま》くし立てる。

「なんと、マナで弱体化しないとは！　いやはや、さすがは救世主様がお連れする魔物は一味違いますな！　村の若い連中が噂《うわさ》していたことを聞いたときは、なにを馬鹿なと思ったものですが……こうなってくると、ドリアード様の化身という話も、あながち間違いではないのかもしれませんな！」

前のめりな店主の圧力に、狩夜は若干引き気味になりながら本題を促す。

「あの、お会計をお願いしたいのですが……」

「おお、そうでした！　つい興奮してしまいました。すみません、すぐにご用意しますので、少々お待ちください」

店主はそう言って聖水の入った水瓶を開け、左に瓢箪、右に先ほどの計量カップを手にした。続けて、計量カップを一旦《いったん》水瓶のなかに完全に沈め、持ち上げる。計量カップのなかには、マナが多量に溶けているであろう聖水が、なみなみと湛えられていた。

店主は一杯になった計量カップを狩夜に見せると、漏斗《ろうと》を使って瓢箪のなかに聖水を注いでいく。

「お待たせしました」

「えっと……全部で165ラビスでいいんですよね？」

狩夜がサイフ代わりにしている布袋をポケットから取り出そうとすると、店主はカウンターの上に品物を並べた。

「いえ、今日のお代は結構ですよ」

「え⁉　そんな、駄目ですよ！　ちゃんと払います！」

狩夜は心苦しく思い、手を振って遠慮した。だが、店主は「結構です」と微笑む。

「先ほども言いましたが、お客様は命の恩人です。この程度の品ではお返しとしては不足でしょうが、これくらいはさせてください」

「店長さん……」

狩夜は品物と店主の顔を交互に見た。そして、自分を納得させるように頷く。

「わかりました。ありがたく頂戴《ちょうだい》します」

「ええ、お持ちください。少しでもお客様の手助けになれば幸いです。では、今後とも当店をごひいきに。次回はきっちりお代をいただきますよ？」

そう言って店主が品物を手渡してくる。狩夜は「はい、また来ます」とそれを受け取り、店主の心意気に感謝して店を後にした。

次に向かうは森のなか。人間の壁、それを越えたであろう自身の力を確かめるために、狩夜は歩を進める。


「っし！」

狩夜は、すぐ右隣《みぎどなり》を並走する猪型の魔物、ボアの首めがけ、右手の剣鉈を下から上へと切り上げた。

一筋の銀光となった剣鉈は、ボアの首に埋没《まいぼつ》した後、切り上げたときの勢いそのままに振り切られる。

ボアはその後もしばらく走り続けたが、ほどなくしてよろめき、転倒《てんとう》。首から大量出血しながら数秒間もがき、やがて事切れた。

「レイラ、回収よろしく」

頭上で狩りを見守っていたレイラは右手を突き出して蔓を出現させると、ボアの体を軽々と持ち上げ、口のなかに丸ごと放り込んだ。

レイラの口のなかにボアが消えたことを見届けた狩夜は、足早にその場を離れた。ボアの血のにおいにつられてこの場にやってくるであろう、ベヒーボアとの遭遇を避けるためである。レイラの力を借りればどうとでもなるだろうが、それは今日の狩りの趣旨《しゅし》に反する。長居は無用だ。

川から離れすぎるなというイルティナからの忠告を頭の片隅《かたすみ》に常に置き、狩夜は森のなかを進む。

そして、歩を進めながら思った。

すごい――と。

人間の壁を破る。

一と零では大違い。

この言葉に嘘はなかった。ソウルポイントによって『筋力UP』『敏捷UP』『体力UP』『精神UP』の四項目すべてが強化された狩夜の身体能力は、一般人のそれを遥《はる》かに凌駕《りょうが》していた。

時速五十キロで走ることが可能だという猪。そんな猪と森のなかで並走できてしまっただけでも驚きなのに、疲れをほとんど感じていない。筋力にしてもそう。走りながら切り上げるという、かなり無理のある動きをしたにもかかわらず、ボアの首をあっさりと切り裂いてしまった。どれもこれもが、昨日までの狩夜では逆立ちしても不可能だったはずの動きである。

いや、昨日の時点で『体力』と『筋力』は一回ずつ強化されていたのだから、厳密にいえば可能ではあったはずだ。だが、脳がリミッターをかけていた。これ以上の動きをしては体が壊《こわ》れてしまうという、人間が本能でかけているリミッターだ。それが、すべての項目を一回ずつ強化したことで外れたのだろう。そして、それこそが人間の壁を破るということなのだ。

確信がある。川原で殴《なぐ》りつけたあの岩も、今ならきっと割れるだろう。

もう弱い魔物、ラビスタやビッグワーム、ボアには脅威《きょうい》を感じない。デイリークエスト関連のこの三種以外にも、カタツムリ型のデンデンや、トカゲ型のフォレストリザードなども仕留めているが、やはり脅威とは感じなかった。レイラの力を借りなくても余裕《よゆう》で倒せる。

開拓者になりたての、まだハンドレッドである狩夜でも楽勝ならば、他の大多数の開拓者も同じことができるのが道理だ。やはり、ユグドラシル大陸の魔物はかなり弱いらしい。

この森のなかに生息し、人間の壁を破った開拓者の脅威足りえる魔物は、主を除けば恐らく五種だ。圧倒的巨体を誇る猪型のベヒーボアと、高い知能を持つ猿型のワイズマンモンキー。あとは、飛行能力と毒を持つという蝶型《ちょうがた》のポイズンバタフライと、蜂型《はちがた》グリーンビー。

そして——

「……いた」

今、狩夜が鋭い視線で見据える、熊型のベアだけである。

狩夜は、デイリークエストの最後のターゲットであり、力試しとしてはうってつけの相手であるベアに気づかれないよう、風下から慎重に近づいた。レイラも気をつかって動かないでいてくれている。

森のなかをノシノシと歩くベア。近づくにつれて迫力《はくりょく》を増すその巨体に、狩夜は思わず息を呑む。

正直、怖い。怖くてたまらない。森のなかで熊と遭遇するなど、日本人にとっては悪夢でしかない。加えて、狩夜はマタギである祖父からも、熊の恐ろしさは幼いころより耳にタコができるほど聞かされているのだ。

日本最強最大の陸上動物、それが熊。

狩夜は、今からその熊を独力で狩ろうとしている。一般人には絶対にできないことを成し遂《と》げ、強くなった自分を確認するために。

手のひらから汗《あせ》が噴き出してくる。心臓は跳ねまわり、呼吸が乱れる。レイラが一方的に仕留めるところを見ているだけだった昨日とは、なにもかもが別だった。世界そのものが違って見える。覚悟《かくご》はとうにできていたはずなのに、実物を見たら気持ちが揺らいでしまった。幼いころから刷り込まれた恐怖心は、そうやすやすと克服《こくふく》できるものではない。

なにかきっかけが欲しいと考えた狩夜は、周囲に視線を巡《めぐ》らせた。すると、ついさっき購入した水鉄砲が目に入る。

狩夜は剣鉈を地面に置き、水鉄砲を手に取った。手作り感あふれる竹製の水鉄砲。そのなかには、魔物が嫌い、魂を浄化するマナが溶けたユグドラシル大陸の水が、たっぷりと詰まっている。

水鉄砲を手に、狩夜は「よし、これで」と呟いた。森に乱立する大木の陰《かげ》から上半身だけを出し、ベアに向けて水鉄砲を構える。そして、みずからを鼓舞《こぶ》するかのようにあえて大声を出しながら、水鉄砲を発射した。

「おらぁ！　こっちだ毛玉野郎！」

狩夜の声に反応したベアが、ぐるりと振り返る。その顔面に、水鉄砲から発射された水が直撃した。

「グルゥアァ⁉」

次の瞬間、黒い煙のようなものがベアの顔面から上がりはじめた。

苦し気な声を上げ、両前脚で顔面を覆いながら立ち上がるベア。上半身をがむしゃらに動かしながらたたらを踏み、今にも転びそうである。

隙だらけのベアを前に、狩夜は意を決して剣鉈を手に取り、大木の陰から飛び出した。

もう声を上げたりはしない。無言のまま全力で走り、苦しむベアとの距離を瞬く間に詰めていく。

そして、無防備にさらされたベアの腹部めがけ——

「——ッ‼」

剣鉈を、水平に一閃する。

肉を切り裂く確かな手ごたえと共に、剣鉈を振り抜く狩夜。致命傷《ちめいしよう》を与《あた》えたと確信して、すぐさま距離を取り、ベアの攻撃範囲から離脱する。

「グルゥウアァァァァァァ‼」

ベアはさっきより遥かに大きい絶叫を上げた。そして、いまだに黒煙《こくえん》を上げ続ける顔面から両前脚を放し、再び四足歩行の体勢をとる。凄まじい形相で狩夜を睨みつけてくるベアに、逃げる様子はない。どうやら、手負いのまま狩夜と戦うことを選択したようだ。

切り裂かれた腹部からは、夥《おびただ》しい量の出血に加え、内臓すらも重力に従って垂れ下がっていた。間違いなく致命傷。あと数分の命だろう。

ベアは、残るわずかな命をここで燃やし尽くし、狩夜に一矢報《いっしむく》いようとしている。

その様子に、狩夜は祖父から教えられたある言葉を思い出す。

「手負いの獣が、一番怖い」

狩夜は、剣鉈を逆手に構えてベアを見据え、全身に闘志を漲《みなぎ》らせた。

さっきの一撃で吹《ふ》っ切れた。もう恐怖は感じない。ただただ頭と心臓が熱かった。今、狩夜の目にはベアしか映っていない。

そして、示し合わせたかのように、狩夜とベアが同時に地面を蹴《け》る。

瞬時に詰まる距離。交錯《こうさく》する猛獣《もうじゅう》の爪《つめ》と、鋼の刃《やいば》。

届いたのは——

「——っらあ！」

鋼の刃のほうだった。

決死の覚悟で振るわれた猛獣の爪を掻《か》い潜り、狩夜は銀閃を走らせた。ベアの右脇腹《わきばら》から臀部《でんぶ》にかけて、一直線に深く鋭い傷が刻まれる。

肉と骨だけでなく、いくつもの主要臓器を切り裂いた一撃は、残り少ないベアの命をすべて刈《か》り取るのに十分すぎる一撃であった。

勝利を確信し、相手の最後を見届けようと、狩夜はベアに向き直る。同時にベアは事切れ、巨体を地面へと完全に横たえた。

「……勝った」

その場にへたり込みそうになるが、どうにか踏ん張った。ほどなくして、強い達成感と共に、喜びの感情が爆発する。

「勝った！　僕だけの力で熊に、こんなおっきな魔物に勝ったんだ！」

一般人では絶対になしえない偉業《いぎょう》。強くなったという事実、そして実感に、狩夜は歓喜した。その直後、レイラが頭頂部の二枚の葉っぱを広げ、狩夜を抱き締めるように包み込む。

レイラも祝福してくれている。そう思った次の瞬間——

「え？」

狩夜の全身を包み込んだレイラの葉っぱの外側から、いくつもの衝突音《しょうとつおん》が響いた。

突然の事態に戸惑《とまど》いながら、狩夜は昨晩眠る前にレイラと決めたあることを、『狩夜が助けを求める、もしくは危機に陥《おちい》らない限り、基本的には手出し無用』という、レイラへの依存を打ち切り、狩夜が強くなるための、今後の戦闘における基本方針を思い出す。

このことについて話したとき、レイラは「もっと私に頼ってくれてもいいのよ？」と首を左右に振っていたが、長い時間をかけて説得し、どうにか説き伏《ふ》せた。だからレイラは、今日の狩りで魔物の回収以外では一切狩夜に力を貸していない。

そんなレイラが、動いた。これはつまり――

「……くそ」

葉っぱの隙間から周囲の様子を確認すると、そこにはワイズマンモンキーがいた。いつの間にか頭上に四匹ものワイズマンモンキーがいて、四方から狩夜を包囲している。

さっきの衝突音は、ワイズマンモンキーの投石によるものだろう。ワイズマンモンキーは、狩夜がベアに気を取られている間に接近し、襲撃するチャンスをじっと待っていたに違いない。

間違いなく昨日の意趣返《いしゅがえ》しだった。真正面からでは勝てないと踏んで、このような作戦に出てきたのだ。

レイラは、そんな暗殺者たちの魔の手から、狩夜を守ってくれたのである。

「なんだよ……全然だめじゃないか……」

狩夜は俯《うつむ》き、肩を震わせた。

また守られた。一人だったら、間違いなく死んでいる。

調子に乗った自分が恥ずかしかった。人間の壁を破って、身体能力が上がっても、結局この程度なのである。

弱くて、情けなくて、矮小だ。

こんな体《てい》たらくでは、この先もずっと――

ペシペシ。

頭部に感じる優しい衝撃に狩夜が顔を上げると「ドンマイ！」と言っているようなレイラの笑顔があった。

「レイラ、お前……」

「キー！　キー！」

一方、ワイズマンモンキーたちは笑っていた。仲間の仇《かたき》を討ち損《そこ》ねたというのに、余裕の表情で狩夜とレイラを見下ろしている。

「キャー！」

リーダーと思われる個体が、なにかを放り投げてきた。一瞬投石かと思ったが、軌道《きどう》は山なりで、狙いも狩夜から外れている。

「「「キャー！　キャー！」」」

リーダーに続き、他の三匹もなにかを放り投げてくる。そのどれもが狩夜から少し離れた場所に落下し、地面を転がった。

計四つ。狩夜の周囲に投げられた、そのなにかは――

「……ラビスタ？」

そう、ラビスタだ。しかも、全身傷だらけで、事切れる寸前といった様子のラビスタだった。

　ワイズマンモンキーの意図が読めず、狩夜は血まみれのラビスタを訝《いぶか》し気に見つめる。直後。聞き覚えのある音が狩夜の耳に届いた。

「こ、これって……」

　それは、けたたましい足音。聞き間違いでなければ、狩夜がこの世界にきた直後に聞いた、あの足音に酷似している。しかも一つではない。全方位、至る所から聞こえてくるそれは、まるで地鳴りであった。

　ここにきて、狩夜はワイズマンモンキーの狙いに気がついた。奴らは血まみれのラビスタを使って、ここまであるものを誘導《ゆうどう》してきたのである。この森に生息する魔物のなかで、主を除けば最も強く、恐ろしい魔物を。

　新人殺しの異名を持つ漆黒の四足獣。その魔物は――

　ベヒーボア。

「ブモォオォオォオォ！」

　狩夜が目にした主化した個体に比べて、一回り以上小振りであったが、それでも十分に大きい。軽自動車サイズの黒い暴獣が群れをなし、狩夜とレイラに全方位から突撃してくる。

「キャー！　キャー！」

　ワイズマンモンキーが、木の上で高みの見物をしながら嬉し気に声を上げる。多くの仲間を屠った狩夜とレイラが、誘《さそ》い込んだベヒーボアに潰《つぶ》されるところを、今か今かと待っている。

　真正面から戦って勝てないなら暗殺を企《くわだ》て、それでも倒せないなら、別の魔物を利用し、殺させる。その知能の高さに、狩夜は思わず舌を巻いた。

あらゆる方向から隙間なく迫りくるベヒーボアの大群。それらを避ける術《すべ》など、狩夜にはない。川に向かうのは無理だ。ベアを追いかけているうちに、思っていた以上に森の奥まできてしまっている。正面から戦うなど論外だった。圧倒的な質量の前に、為《な》す術もなく踏み潰されるだけだ。

もはやこの状況は、狩夜一人の力ではどうしようもない。お手上げ。完全に詰んでいる。

狩夜は小さく嘆息した。そして、みずからの無力を胸中で嘆く。

「調子に乗って、本当にすみませんでした……」

——もう二度と、自分が強いなどと思いません。狩りの最中に油断もしません。だから——

「レイラ……お願い、助けて」

瞬間、レイラは狩夜を抱きしめていた頭頂部の二枚の葉っぱを、周囲に向けて無造作に振るいはじめた。すると——

「ウキャ⁉」

狩夜とレイラを中心にして、世界が上下に切り裂かれた。

狩夜に向かって爆走していたベヒーボアの大群も、周囲に乱立する森の大木も、レイラの葉が通過した線上にあったすべてのものが、ものの見事に斬《き》り裂かれ、上下に泣き別れしている。

切り倒されていく大木の上で、ワイズマンモンキーが目をむいていた。まさか状況がひっくり返されるとは思っていなかったのか、反応が遅れて空中に放り出される。

そんなワイズマンモンキーたちを見つめながら、レイラが大笑いしていた。口裂け女のような、狂気を含んだあの笑みだった。

落下途中のワイズマンモンキーの表情が恐怖一色に染まり、そのまま永遠に動かなくなる。

レイラの体から四本の木の枝が出現し、ワイズマンモンキーの頭部を串刺《くしざ》しにしたのだ。

まさに一本一殺。四本の枝それぞれにワイズマンモンキーの死体がぶら下がり、磔《はりつけ》となっている。

狩夜ではどうしようもなかった状況を、ものの数秒で打開し、周囲に死を撒《ま》き散らすと、レイラは頭上に肉食花を出現させ、まずワイズマンモンキーをそこに放り込んだ。次いで、周囲に散乱するベヒーボアの死体も次々と肉食花のなかへと放り込んでいく。

凄惨《せいさん》という言葉がこれほど似合う光景もない。目の前の惨状をものの数秒でつくり上げた怪物《かいぶつ》から逃げ出したい気持ちを「あれは命の恩人。あれは命の恩人」と胸中で何度も呟くことで必死に相殺《そうさい》しながら、狩夜は暴食に耽るレイラに声をかけた。

「レイラ、ベヒーボアなんだけど、一匹だけ食べずに保管しておいてくれないかな？　ギルドに運んで、クエストをクリアしよう」

あの笑みを消したレイラはコクコクと頷くと、ベヒーボアの死体が残り一つとなったところで肉食花を引っ込める。そして、その残り一つと、狩夜が仕留めたベアの死体を回収した。

「よくあるよね。クエストを受注した瞬間に、もうクリアって展開」

叉鬼狩夜。クエスト【新人殺しを討て！】をクリア。

# 第三章　助けられなかったもの

狩《か》りを終え、開拓者《かいたくしゃ》ギルドでクエストの報酬《ほうしゅう》を受け取った狩夜《かりや》は、腕《うで》を組んで考えていた。

現在狩夜の頭のなかは、とてもじゃないが成功とはいえない、さっきの狩りの反省で埋《う》め尽《つ》くされている。

「う～ん」

「やっぱり……戦いに夢中になって、周りが見えなくなったのが失敗だったな」

ベアとの戦いに集中するあまりに、周囲への警戒《けいかい》がおろそかになり、ワイズマンモンキーの接近に気づけず、奇襲《きしゅう》を許した。レイラがいなければ確実に死んでいただろう。

魔物《まもの》との戦いにおいて、正々堂々の一騎《いっき》打《う》ちができるほうが稀《まれ》だ。別の魔物からの不意打ち、横《おう》撃《げき》、挟《はさ》み撃《う》ちを常に警戒しておく必要がある。理解していたつもりではあったが、つもりでしかなかったようだ。

「ギルドがパーティを組むことを推奨《すいしょう》するわけだ……」

人間一人の視野はあまりに狭《せま》く、不安定で、不確かだ。それを数で補うのは、実に理にかなった方法である。

「僕《ぼく》もパーティを組んだほうがいいのかなぁ……」

そう狩夜が考え込《こ》んでいると――

「よし！　次の木材とってくれ！」

「おい！　ここぐらついてるぞ！　もっとしっかり結べ！」

「ゆっくり持ち上げろ、ゆっくりだ」

村の入り口のほうから、なにやら威勢《いせい》のいい声が聞こえてきた。防衛用の柵《さく》の設置作業に従事する、ティールの男衆である。

昨日レイラが切り分けた大径木の木材を使い、早速《さっそく》工事をはじめたようだ。

大木槌《おおきづち》によって地面に対して垂直に、等間隔《とうかんかく》に打ち立てられた木材を、森で採取されたであろう太くて丈夫《じょうぶ》な蔓《つる》で手際《てぎわ》よく連結していく。作業する男衆の周りにはガエタノ率いる護衛が水鉄砲《みずでっぽう》を構えており、周囲に鋭《するど》い視線をめぐらせていた。

汗《あせ》だくになって作業するティールの男衆だったが、辛《つら》い重労働にもかかわらず、皆《みな》の表情は明るい。ティールをこの手で復興するのだと、瞳《ひとみ》が使命感に燃えていた。

「レイラ、僕たちも手伝おうか」

男衆の様子を見つめていた狩夜が、思いついたように言う。

ティールの復興を手伝いたい。そういった気持ちももちろんある。だが、いつまでも失敗を悔《く》いていても仕方ない。今は狩り以外の方法で体を動かし、気を紛《まぎ》らわしたいと思った。

レイラが「いいよ～」と、ペシペシと頭を叩《たた》いた。そのとき――

「魔物発見！　ラビスタです！　数一！」

護衛の一人が大声を上げた。

村全体に緊張《きんちょう》が走る。だが、一匹《ぴき》ということですぐに安堵《あんど》の空気に変わった。

しかし、誰《だれ》にでも苦手というものはあるらしく――

「うえぇぇえ⁉　ラビスタ⁉　どこ！　どこだよ⁉」

脚立《きやたつ》の上で木材を地面に打ち立てる仕事をしていた男衆の一人が、慌《あわ》てふためき目をむいた。そして、手にしていた大木槌を勢いよく放《ほう》り出してしまう。

その大木槌が放物線を描《えが》いて、一人の少年に向かって飛んでいった。

青みがかった銀髪《ぎんぱつ》で褐色《かつしょく》の肌《はだ》。初代勇者の血筋であるブランの木の民《たみ》である。年齢《ねんれい》は十歳《さい》未満、身長は狩夜よりも更《さら》に低い。肩《かた》の露出《ろしゅつ》した緑色の上着と、濃紺《のうこん》のズボンをはいている。どこか陰《かげ》のある彼《かれ》の顔は、美男美女揃《ぞろ》いの木の民のなかでも一際整った部類であり、将来はかなりの美男子になることが予見できた。

下を向いて、村のなかをとぼとぼと歩くその少年は、向かってくる大木槌の存在に、まったく気づいていない。

「危ない！」

狩夜は駆《か》けだした。強化された敏捷《びんしょう》性をいかんなく発揮し、少年と飛んでくる大木槌の間に体を割り込ませる。そして――

「よっと」

大木槌を右手でキャッチして、ほっと一息。それと同時に「ラビスタ逃走《とうそう》！　見失いました！」という護衛の声が聞こえてきた。

「危なかったね。怪我《けが》はない？」

大木槌を近くの民家の壁《かべ》に立てかけた狩夜は、安心させるように少年に笑いかけた。

「……別に、助けてくれなんて言ってない」

しかし、少年は助けられたにもかかわらず、右足で狩夜の左足を蹴《け》っ飛ばしてきた。予想外の反応に狩夜が目を丸くした直後、頭上から凄《すさ》まじい怒気《どき》が発せられる。

狩夜が恐《おそ》る恐る視線を上に向けると――

「――っ!?」

レイラがメロンのようなしわを全身に浮《う》き上がらせ、凄まじい形相で少年を睨《にら》んでいた。今まで目にしたなかで、最も恐ろしい姿をしたレイラがそこにいた。

怒《おこ》ってる。すっごく怒っている。レイラは怒《いか》り心頭中だ。激おこである。

「レイラ、落ち着いて。僕は大丈夫。全然痛くなかったから。怒らないであげて。小さな子供がしたことだから、ね。お願い」

狩夜は必死にレイラを宥《なだ》めた。そのかいあってか、今すぐ葉っぱで切り捨てたり、蔓で打ち据《す》えたりする気配はない。とりあえず、取り返しのつかない事態は避《さ》けられたようだ。

だが、決して油断はできない。

レイラは少年を許したわけではなく、我慢《がまん》しているだけだ。それが限界を迎《むか》えれば、なにをしでかすかわかったものではない。

ゲシゲシ。

しかし、狩夜の心配をよそに、少年は狩夜の足を蹴り続けている。もっとも、子供の脚力《きゃくりょく》ではソウルポイントで強化された狩夜の体はびくともせず、もちろん痛くもない。

小さい少年を力ずくで払《はら》いのけるわけにもいかず、狩夜はこの状況《じょうきょう》をどうしたものかと途方《とほう》に暮れた。すると――

「こらぁザッツ！　カリヤ殿《どの》になにをしとるかぁ！」

ガエタノが怒声を上げ、狩夜とザッツと呼ばれた少年のところに駆け寄ってきた。

「ガエタノ伯父《おじ》さん……」

ザッツは狩夜を蹴るのをやめ、ガエタノと向き直る。

「カリヤ殿はこのティールの救世主だぞ！　お前だって病気を治してもらっただろうが！　恩人の足を蹴るなどと、いったいなにを考えている！　木の民全員の顔に泥《どろ》を塗《ぬ》るつもりか！」

ガエタノは、ザッツの頭を右手で鷲掴《わしづか》みにし、狩夜に向かってむりやり頭を下げさせた。

「ほら、ちゃんと声に出して謝《あやま》るんだ」

「ふん、誰が謝るか」

しかし、ザッツは頭を鷲掴みにされたまま、再び狩夜の足を蹴っ飛ばす。

ガエタノの「ザッツ‼」という怒声がティールの村に響《ひび》くなか、狩夜は頭上でブチッという音を確かに聞いた。そして、不穏《ふおん》な気配と共に動き出した頭頂部の葉っぱを、左右の手で一枚ずつ握《にぎ》り締《し》める。

「……なんでだよ」

頭上の魔物の葉っぱを両手で握り締めるという、傍《はた》から見るとかなりシュールな状況にある狩夜を、ザッツは肩を震《ふる》わせながら睨みつけた。

「なんで……なんでもう少し早く、この村に来てくれなかったんだよ……」

「え？」

「もう少し早くお前が来てれば、父ちゃんも、母ちゃんも、死なずにすんだのに！」

「――っ」

この村に――いや、この世界イスミンスールに来て、はじめて他者から向けられた黒い感情だった。心を抉《えぐ》られるような感覚に、狩夜が思わず息を呑《の》むと、ザッツが更にまくしたてる。

「他の人は皆《みんな》助かったのに、なんで俺《おれ》の父ちゃんと母ちゃんだけ死ななきゃなんないんだよ！　答えろよ！」

「やめろザッツ！　いい加減にしろ！」

なにも言えない狩夜に代わり、ガエタノが声を張り上げた。それにつられ、いつの間にか周囲に集まっていたティールの村民も、次々に声を上げはじめた。

「おいザッツ、口を慎《つつし》め。お前の両親が死んだのは病気のせいであって、カリヤさんのせいじゃないだろ」

「そうだぜ。そりゃあただの逆恨《さかうら》みだ」

この他にも「そうだ、そうだ」とか「早く謝れ」といった声が上がる。だが、ザッツは一向に態度を改めようとはしない。

「うるさい！　どいつもこいつもよそ者の味方をしやがって！　こいつより先にお前らを救ったのは父ちゃんだろ⁉　お前らが病気で動けないなか、父ちゃんが皆のために食べ物や薬草を探して、魔物からこの村を守ったんだ！　父ちゃんだって病気だったのに……なのに、皆のために、このティールのためにって……命を削《けず》って頑張《がんば》ったんだ！」

ザッツの必死の訴《うった》えに、村の住人は口の動きを止めた。そして、ばつが悪そうにそっぽを向いたり、頭をかいたりしている。

「その無理が祟《たた》って父ちゃんは死んだ！　なんでだよ⁉　なんで村のために頑張った父ちゃんが死んで、そんな父ちゃんに甘《あま》えて安静にしてただけのお前らが助かってんだよ！　おかしいだろ！　父ちゃんは頑張ったんだ！　俺や、村の皆を助けるんだって、命懸《いのちが》けで頑張ったんだ！　報《むく》われなきゃ嘘《うそ》だろ！　死ぬべきだったのは父ちゃんじゃなくて、お前らの――」

「ザッツゥゥウゥウゥ！」

ここにきて、ついにガエタノが爆発《ばくはつ》した。鷲掴みにしていたザッツの頭から右手を放し、握り拳《こぶし》を作る。そして、その拳をザッツの脳天めがけ垂直に振《ふ》り下ろした。

周囲に響き渡《わた》る鈍《にぶ》い音。さすがのザッツも両手で頭を抱《かか》えながら蹲《うずくま》った。そんなザッツを、胸の前で右拳を震わせているガエタノが見下ろす。

「お前の父さんが死んで……他の村民が助かった。その理由は……理由はなぁ……」

ガエタノは大きく息を吸い、そして、このティールの村に――いや、周囲の森の奥地《おくち》にまで響いていきそうな大声で、ザッツに言い放った。

「お前の父さんがこの村で一番強く、勇敢《ゆうかん》で、立派な人間だったからだ‼」

次の瞬間《しゅんかん》、蹲っているザッツの体が大きく震えた。そんなザッツを見下ろしながら、ガエタノは続ける。

「確かにお前の言う通りだ、ザッツ。私や村の皆が助かったのは、お前の父さんのおかげだ。お前の父さんがいなければ、カリヤ殿が村にくる前に、私たちは全滅《ぜんめつ》していただろう。そしてお前は、そんな父さんが死んで、私たちが生きているのが許せないんだよな？　気持ちはわかるぞ。お前の父さんは、私にとっては弟だからな……」

「……」

「でもなザッツ！　それは言っちゃダメなんだ！　言葉にしちゃダメなことなんだ！　言葉にした時点で、それはお前の父さんを、命懸けでこの村を救った英雄《えいゆう》を侮辱《ぶじょく》することになるんだ！　弟を侮辱することは、誰であっても私が許さん！　たとえお前であってもだ、ザッツ！」

ガエタノは、目の前で蹲るザッツの肩に右手を置いた。

「お前の父さんは、私の誇《ほこ》りだ。この村の英雄だ。村民全員がそう思っているよ。誰も忘れてなんかいない。だから、カリヤ殿にあたるな。他者を憎《にく》むな。いつの日か、お前にもわかるときが――」

「うるさい！　俺は……俺は父ちゃんが立派でなくてよかった！　勇敢でも、英雄でもなくてよかった！　ただ……ただ、ずっと一緒《いっしょ》にいてほしかった！」

「ザッツ……」

「お前が嫌《きら》いだ！」

ザッツは狩夜にこう言い放った後、周囲を見回す。

「お前らも嫌いだ！」

ザッツは、肩を震わせながら天を仰《あお》ぎ、涙《なみだ》を流しながら大声で叫《さけ》んだ。

「みんなみんな、大っ嫌いだ！」

自身を取り巻くすべてのものに呪詛《じゅそ》を吐《は》くと、ザッツは駆け出した。ガエタノの脇《わき》を通り抜《ぬ》け、周囲の村民の隙間《すきま》を縫《ぬ》い、走り去る。

そんなザッツを、狩夜は無言で見送るしかなかった。両親を失って悲しみに暮れる少年にかけられる言葉を、狩夜は持ち合わせてはいなかった。

「……すみません。私の甥《おい》っ子が……とんだご無礼を……」

ガエタノが、深々と頭を下げてきた。狩夜は短く「いえ」と答える。

「やっぱり……助からなかった人もいたんですね……?」

予感はあった。だが、今まで誰にも聞けなかったことを狩夜が問う。

ガエタノは、ゆっくりと頷《うなず》いた。そして、イルティナや、メナド。タミーや、他の村民も、狩夜に気をつかって言わなかったことを、重苦しい声で語りはじめる。

「ええ、あの奇病での死者は二人。ザッツの父である私の弟と、母である義理の妹です。義妹《いもうと》は誰よりも早くあの奇病にかかり、そして死にました。奇病が村全体に広がったのは、義妹の死後すぐです。弟が死んだのは、カリヤ殿が村を訪《おとず》れる二日前になります」

「……そうだったんですね」

「はい。ちなみに弟と義妹は、共にイルティナ様のパーティメンバーでありました。義妹は、メナドの姉になります」

「メナドさんの……」

ということは、ザッツはメナドにとっても甥ということになる。

「ザッツも、両親が生きていたころは、俺も将来は開拓者になって、父ちゃんみたいになるんだ！と、一人で村を抜け出しては魔物のテイムに挑《いど》む、とても活発な子だったのですが、義妹が死んで以来塞《ふさ》ぎがちになり、追い打ちをかけるように弟が死んで、今ではあの有様。まるでこの世のすべてを憎んでいるかのように、誰彼かまわず当たり散らす始末」

狩夜は、ガエタノの話を聞きながら目を閉じた。そして、ザッツの口から放たれた言葉の一つ一つを心のなかで思い起こしてみる。

どれもが勝手な言い分だったと思う。両親の死の怒りを狩夜にぶつけるのは、間違《まちが》いなく筋違いだ。

狩夜は「うん、犬にでも噛《か》まれたと思って忘れよう」と胸中で呟《つぶや》き、ザッツとは今後かかわらないようにすると心に決めた。だが、そう決めた瞬間——

ズキリ！

と、なんだか胸が痛んだ気がした。狩夜は驚《おどろ》いて目を見開き、胸に右手をあてる。

「この村に滞在《たいざい》する間、またザッツが粗相《そそう》をするやもしれませんが……広い心で許していただけると、助かります」

「ええ。わかってますよ。ガエタノさん」

ガエタノが再度頭を下げるなか、狩夜は胸から手を離《はな》し、愛想笑いを浮かべた。そして、まだ怒りが収まっていない様子のレイラの頭を撫《な》でると「僕にもなにか手伝わせてくださ〜い！」と、努めて明るい声を出し、作業現場に駆け寄る。

その後狩夜は、こころよく迎え入れてくれた男衆たちと一緒に、一心不乱に働いた。時間を忘れ、日が暮れるまで柵の設置作業を続けた。

今は消えた胸の痛みと、一人の少年を忘れるために。

「ただいま帰りました～」

異世界生活五日目。今日も無事に狩りを終え、開拓者ギルドで報酬を受け取った狩夜は、頭上のレイラと共にイルティナ邸《てい》に戻《もど》ってきた。

リビングでテーブルにつき夕食を待っているイルティナと、その夕食を台所で調理するメナドが、笑顔《えがお》で迎えてくれる。

「戻ったか、カリヤ殿」

「おかえりなさいませ、カリヤ様」

「今日は少し遅《おそ》かったな？　疲《つか》れてもいるようだし……狩りの最中になにかあったか？」

確かに今日の帰宅は遅かった。太陽は大きく傾《かたむ》き、すでに辺りは茜色《あかねいろ》に染まっている。あと小一時間もすれば、完全に夜となっていただろう。

ソウルポイントで身体能力が強化された開拓者であっても、夜に魔物を相手にするのは分が悪い。〔暗視〕や〔気配察知〕といったスキルを持っているか、月の民や闇《やみ》の民がパーティにいない限り、夜の狩りは自殺行為《こうい》である——と、先輩《せんぱい》開拓者のイルティナだけでなく、ギルド職員のタミーからも忠告を受けていた。

「心配無用です、イルティナ様。【スライム捕獲《ほかく》】のクエストに、少し時間がかかっただけですから」

「ほう……開拓者になって数日で、もう中級の【スライム捕獲】に挑戦《ちょうせん》したのか？」

「はい。何度も失敗しましたが、どうにか二匹捕《つか》まえました。いや、依頼《いらい》カードにも書いてありましたけど、ほんと難しいですね。スライムの生け捕《ど》り。とにかく動きが速くて……」

狩夜は、今日ひたすらに追いかけっこした、ある魔物のことを思い起こす。

スライム。

半透明《はんとうめい》かつゼリー状の体を持つ、単細胞《たんさいぼう》生物なのか、多細胞生物なのかもわからない、不思議な魔物。

大きさはバレーボールほどで、見かけによらず敏捷性に優《すぐ》れる。気性《きしょう》は大人しく、臆病《おくびょう》。人間をというか、他の生物を襲《おそ》うことはまずない。スライムの主食は他生物の死骸《しがい》や糞《ふん》などで、畑や食糧《しょくりょう》庫《こ》を荒《あ》らすこともない。魔物とは名ばかりの、基本的に無害な生き物である。別名、世界の掃除《そうじ》屋。

そんな無害な魔物を、なぜギルドに依頼してまで生け捕りにしなければならないのか。その理由は――

「えっと、今日僕が捕まえた奴《やつ》って、新しく建てられる家のトイレに使われるんですよね？」

「そうだ。主《ぬし》に村を襲撃《しゅうげき》されたとき、家がまるまる二つ潰《つぶ》されている。そういったものも新調しなければならんからな」

そう、生け捕りにしたスライムは、トイレとして利用されるのである。この世界のトイレはすべてがスライム式。水洗式も、汲《く》み取り式も存在しない。

スライム式トイレの作り方はこうだ。まず縦穴を掘《ほ》り、その縦穴を粘土《ねんど》で固める。次に、生け捕りにしたスライムを縦穴に投下。最後に、陶磁器《とうじき》の便器で縦穴に蓋《ふた》をし、完成。実にシンプルな構造である。

狩夜もこの世界にきてから幾度《いくど》となくスライム式トイレを利用したが、使い心地《ごこち》は悪くない。祖父の家の汲み取り式トイレよりも、よほど清潔だった。スライムが消臭《しょうしゅう》もしてくれるのでにおいも少ない。しかも、大抵《たいてい》の生ゴミもトイレに捨てることができるというおまけつき。実に見事な生活の知恵《ちえ》である。

このスライム式トイレのおかげで、川や泉、湖や海に、人間の出した汚物《おぶつ》が流れ出ることは稀だ。ちなみに、人類の生命線である水を故意に汚《よご》す行為は、イスミンスールではかなりの重罪で、見つかれば厳罰《げんばつ》は避けられない。地球人以上に水に寄り添《そ》って生きてきたこの世界の人間にとって、水を汚す行為は絶対に許せないことだった。

だから、イスミンスールの水はとても奇麗《きれい》だ。どこの水であっても、安心して使うことができる。

「お待たせしました」

ここでメナドが夕食をトレイに載《の》せてリビングに入ってきた。

夕食を優雅《ゆうが》な手つきでテーブルに並べていくメナド。そんな彼女《かのじょ》と狩夜の視線が不意に重なり、メナドが微笑《ほほえ》みを浮かべる。

まともな男なら誰もがときめくであろう美女の微笑みだが、狩夜は思わず目線を外し、並べられた夕食に目を向けてしまった。

昨日のザッツとの一件で知った、メナドの姉と義兄《あに》を助けられなかったという事実。それが負い目となり、狩夜はメナドと目を合わせられなくなっていた。

「姉と義兄のことなら、どうかお気になさらず」

「――っ」

そんな狩夜の頭上から、メナドの優《やさ》しい声が降ってくる。小さな村だ、昨日の一件はすでにメナドの耳にも入っているのだろう。

「義兄は、最後の最後まで、その務めを立派に果たしました。ただそれだけです。カリヤ様が気にすることではありません」

「メナドさん」

狩夜が顔を上げると、メナドの優しい笑顔が視界に飛び込んできた。狩夜はそれを呆《ほう》けたように見つめ続ける。

「あーその、なんだ、ゲフンゲフン。おいメナド」

レイラが「なに見惚《みと》れてるんだーー！」と、むくれ顔で狩夜の頭をペシペシ叩くなか、イルティナからの呼びかけにメナドは即座《そくざ》に姿勢を正し、向き直る。

「はい。なんでしょう姫様《ひめさま》」

「うむ。今日の夕食のメニューを言ってみろ」

「はい。大豆のスープとベア肉のステーキです」

ちなみに、味つけは少量の塩のみ。

「そうか。なら、昼食のメニューを言ってみろ」

「はい。グリーンピースのスープと、ボア肉のステーキです」

ちなみに、味つけは少量の塩のみ。

「そうだったな。では、朝食のメニューを言ってみろ」

「はい。空豆のスープと、焼きラビスタです」

ちなみに、味つけは少量の塩のみ。

「うむ、ちゃんと覚えていたな。では最後に、昨日と一昨日《おととい》の朝昼夜に用意した食事のメニューを言ってみろ」

「はい。今日とまったく同じメニューです。姫様」

イルティナはがっくりと肩を落とし、うんざりとした様子で言う。

「さすがに飽《あ》きたぞ。どうにかならんか？」

「姫様、この非常時に贅沢《ぜいたく》を言わないでください。まあ、村の代表である姫様が贅沢を言うのは余《よ》裕《ゆう》が出てきた証拠《しょうこ》でもありますね。いやはや、喜ばしいことです」

「いや、すまん。贅沢を言っているのは重々承知なのだが、こうも連続で同じようなメニューだと……な。麦とは言わぬまでも、芋《いも》くらいは食べたいものだ」

「もう少しの辛抱《しんぼう》ですよ。都に連絡《れんらく》してすでに三日。天候にも恵《めぐ》まれましたし、明日には物資を載せた第一陣《じん》が到着《とうちゃく》するでしょう。そうすれば麦だけでなく、野菜や調味料も手に入ります。護衛として開拓者も同行しているでしょうから、村も活気づくでしょう」

「そう……だな。よし、それまでの辛抱だ。カリヤ殿も楽しみにしていてくれ、ユグドラシル大陸の水で育った麦は絶品だぞ。もちろん、野菜もな」

「他の開拓者がやってくればカリヤ様の負担も減りましょう。よかったですね、カリヤ様」

「え？　ええ、そうですね」

狩夜も、ここでようやく笑みを浮かべた。そして、優しい言葉をかけてくれたメナドと、食事に文句を言うという悪役を買って出てまで場の空気を変えてくれたイルティナに感謝しながら、夕食に手を伸《の》ばす。

こうして、狩夜の異世界活動五日目は終わりを告げた。

「物資がきたぞー‼」

異世界生活六日目・早朝。クエストを受注し、狩夜が頭上のレイラと共にギルドを後にした直後、男衆の声がティールの村に響いた。

物資到着の声を聞きつけた村民が続々と家を飛び出し、村の入り口に殺到《さっとう》する。村民は一様に笑顔で、誰もがその到着を歓迎《かんげい》していた。

森へいこうとしていた狩夜も足を止める。見ると、入り口近くで大きな荷車を囲むように村民たちが集まってきていた。

真っ先に目についたのは、巨大《きょだい》な荷車を引く大きな鳥だった。体高は二メートルを優に超《こ》え、姿《すがた》形《かたち》はダチョウ――いや、ドードーに近い。体毛は水色がかった灰色で、その巨体を支える脚《あし》は丸太のように太かった。羽はあるが、小さく退化しており、飛ぶことはできそうにない。小山のように物資が満載《まんさい》された荷車を軽々と引き、悠々《ゆうゆう》と歩いている。

その怪鳥《かいちょう》には、手綱《たづな》を引く一人の男がまたがっていた。

雪のように白い肌と、横に長い耳。ウェーブのかかった腰《こし》まで届く金色の髪《かみ》を、後頭部と左側頭

部で大小二つに編み上げた、純血の木の民。美男美女揃いの木の民のなかでも、頭一つ抜けた美丈夫であった。

驚くことにその男は、国によって厳重管理されているという金属装備を二つも身に着けている。一つは腰に下げたロングソード。もう一つは、全身を包むプレートメイルだ。騎士然としたその姿が実に様になっている。

間違いなく開拓者だ。そして、彼がテイムした魔物が、あの怪鳥なのだろう。

美丈夫のパーティメンバーと思われる者の姿もあった。

背中に石斧《せきふ》を背負った大柄《おおがら》な男と、弓と矢筒《やづつ》を背負った妙齢《みょうれい》の女性。そして、瓢箪《ひょうたん》・大を二つと、大きなバックパックを背負った小柄な少年という四人組のパーティで、全員が純血の木の民のようだ。

他にも、フォレストリザードを肩に乗せた開拓者らしき男性と、すぐ隣《となり》を歩く軽装の女性の二人組パーティや、非戦闘員《ひせんとういん》と思われる男女が四人いた。開拓者のような服装をしているものの、魔物を連れていない男女も六人おり、計十六人の集団だった。

入り口付近に集まったティールの村民が歓迎の声を上げると、美丈夫が笑顔で手を振った。その姿は嫌味《いやみ》なほどに自然である。

目の前を横切る美丈夫を見上げていた狩夜の口から、率直《そっちょく》な感想が漏《も》れた。

「美形は得だなぁ……金属装備を二つも……きっと有名人なんだろうな」

「ええ、有名な方ですよ。いろいろな意味で」

「ガエタノさん」

いつの間にか狩夜の隣にはガエタノがいた。狩夜に小さく会釈《えしやく》し、続ける。

「彼の名はジル・ジャンルオン。ウルズ王国戦士団・団長の息子《むすこ》にして、『七色の剣士《けんし》』の二つ名を持つ開拓者です」

なんとも強そうな肩書であった。いや、実際に強いのだろう。数々の偉業《いぎよう》と功績を打ち立てて、美丈夫――ジルは、あの二つの金属装備を手に入れたに違いない。

「王国戦士団・団長の息子ということは――あれですか？　彼は貴族ということですか？」

「貴族？　いえ、ジル殿は貴族ではありませんよ。というより、今のウルズ王国に貴族と呼べる身分の人間は、王族以外に存在しません」

「え？　そうなんですか？　ウルズ王国なのに？」

「はい。王族以外の貴族とは、戦争などで功績をあげ、王より爵位《しやくい》と領地をもらった者――で、あっとりますかな？　なにぶん、私もこういったことには疎《うと》くて……」

「いや、聞いているのは僕なんですけど……でも、間違ってはいないと思いますよ。貴族って、そんな感じの人たちだと思います。たぶん」

日本の一中学生が、縁遠《えんどお》い存在である貴族のことを熟知しているはずもない。

「現状のユグドラシル大陸では、人間同士の戦争など起こりようがありません。すべての人間が種族を超えて力を合わせなければ、魔物に攻め滅《ほろ》ぼされてしまいますからな。なので、戦争で功績をあげるなど、そもそも不可能なのです」

「なるほど」

「加えて、貴族に与《あた》えられるような土地もありません。これは他国も同様。つまり今の人間には、王と、その血縁者だけで十分に管理できてしまう程度の土地しかないのです。それ以外の土地は……悔《くや》しいですが、すべて魔物のものですな」

どうやら、この世界には本当に王族以外に貴族はいないらしい。

「強《し》いて言えば、魔物に支配された土地を開拓し、そこに人が住める環境《かんきょう》を構築した者が、新たな貴族となるのやもしれません。その開拓地の支配権を手に入れ、王を名乗ることすら許される。他には……王族と婚姻《こんいん》を結んだ者も、新たな貴族と呼べるでしょう。王族の一員となるのですからな」

ここでガエタノは視線をジルに向けた。

「そういう意味では、ジル殿は貴族と呼んでもいいのかもしれません。彼は、イルティナ様の婚約者でありますので」

「え⁉　イルティナ様の⁉」

狩夜は驚きの声を上げ、ジルに目を向けた。そして、絶世だの、傾国《けいこく》だのが三つも四つもつきそうなほどに整ったイルティナの顔を思い浮かべた。

――やっぱり一国の姫ともなると、婚約者とかいるんだなぁ。

まあ、確かにお似合いではある。美男美女で、共に一流の開拓者。一国の姫と戦士団・団長の息子なら、親同士の交流、そして、本人同士も幼いころから交流があったのだろう。

あんな美人と結婚するジルのことが、男として正直妬《ねた》ましかったが、狩夜は短いつき合いながらも縁を持った者の一人として、イルティナとジルのことを祝福しようと思った。もっともそれは、ジルが善人であり、イルティナがジルとの婚約を認めていればの話だ。親が勝手に決めた婚約者で、イルティナは嫌々という可能性もある。姫の婚約者にろくな奴はいないというのが、ファンタジーのお約束だ。

「ティナ！」

狩夜がなんの根拠《こんきょ》もない勝手な想像をしていると、大声で叫んだジルが怪鳥から飛び降り、中央の広場に駆けていく。そこにはメナドを後ろに控《ひか》えさせたイルティナの姿があった。ティナというのはイルティナの愛称《あいしょう》だろう。

「ティナ、会いたかったよ！　本当に病気が治ったんだね！　都にいる間、一秒たりとも君のことを忘れたことはなかった！　君が隣にいない日々は、まさに一日千秋、永遠のように長く感じたよ！だが、それも今日で終わりだ！　さあ、今すぐ二人の愛を確かめ合おうじゃないか！」

ジルはイルティナに駆け寄ると、歯の浮くような台詞《せりふ》を次々に並べ、イルティナを抱《だ》き締めようと両手を広げた。そんなジルを見つめながら、イルティナも破顔した。

「ああ、私も会いたかったよ。ジル」

近づいていく二人の距離《きょり》。そして、ついに二人の距離は零《ぜろ》となった。

「私とこの村を見捨てた貴様の顔面に！　私みずから一撃叩き込んでやりたかったからなぁ！」

イルティナの右拳が、ジルの左頬《ひだりほお》をぶん殴《なぐ》る。

「ぐぼはぁ!?」

狩夜の目の前でジルの体が宙を舞《ま》い、地面を転がった。驚くべきはイルティナの腕力《わんりょく》である。金属製の全身鎧《よろい》を纏《まと》った成人の男を、あの細腕で殴り飛ばしたのだ。サウザンドの開拓者は伊達《だて》じゃない。

突然《とつぜん》のことに狩夜とレイラが目を見開くなか、イルティナは地面の上で仰向《あおむ》けになっているジルに早足で歩み寄り、胸当ての上を右足で踏《ふ》みつけ動きを封《ふう》じた。そして、害虫でも見るような目つきでジルを見下ろし、ドスの利《き》いた声で言い放つ。

「村が主に襲われるや否《いな》や、守るべき一般人《いっぱんじん》を見捨てて真っ先に逃《に》げる。主がいなくなった後、なに食わぬ顔で村に帰ってきたと思ったら、メラドが病気になるなりまた逃げる。あまつさえ、今の今まで一切音沙汰《いっさいおとさた》なし！　これだけのことをしておいて、よく今さら私の前に顔を出せたなぁ！」

怒声を上げながら、イルティナはジルの胸当てを何度も何度も踏みつけた。そのたびにジルの口から「ごふ！　ごふ！」と不穏な声があがる。メラドというのは、メナドの姉だろう。

「物資運搬《うんぱん》の護衛にお前が名乗りを上げたと聞いたときは、怒りのあまり殺意が湧《わ》いたぞ。どれだけ私とこのティールを馬鹿《ばか》すれば気がすむ？　物資を持っていけば、また快く迎え入れてくれるとでも思ったのか？　この恥知《はじし》らずがぁ！」

「ティ、ティナ……お、落ち着いて……君と私の仲じゃないか。逃げたのは悪いと思っているよ……で、でも仕方ないじゃないか……ゆくゆくはユグドラシル大陸を飛び出し、新たな国を築くであろうこの私に、万が一のことがあっては――」

「貴様のような根性なしに、そのような偉業をなせるものかぁ‼」

「ひぃいいぃいいぃ！」

イルティナは再度胸当てを全力で踏みつけた。ジルの口からなんとも情けない悲鳴が漏れる。王族らしからぬ姿をさらすイルティナに、背後に控えたメナドが小さく溜息《ためいき》を吐《つ》く。が、止めるつもりもなさそうだ。

一方ジルのパーティメンバーは、慌てた様子で「姫様、どうかそのくらいで……」「若も反省しておりますから！」と、ペコペコ頭を下げはじめる。荷車を引いていた怪鳥も荷車を放り出し、主人のもとに駆け寄った。

狩夜は今まで見たことのないイルティナの姿に唖然《あぜん》とする。そんな狩夜の隣で「やっぱりこうなりましたか」とガエタノがポツリと言った。

「あの、あれって……」

「ああ、気になさらないでください。あのお二人はいつもあんな感じですから。ただ……さすがに今回はイルティナ様も本気でご立腹のご様子。かく言う私も、この村を見捨てて逃げたジル殿に対して、少々怒っております。他の村民も同様でしょうなぁ」

「え、でも皆さん、さっきは歓迎して……」

「あれは物資と、危険を承知でここまでやってきた方々を歓迎していただけですよ。別にジル殿を歓迎していたわけではございません。その証拠に――」

ガエタノは、物資が満載された荷車を指さした。そこでは都からの使者四人による配給がはじまっており、ティールの村民たちが我先にと手を伸ばしている。誰一人として、ジルのことを気にかけている様子はない。

「ジル殿は悪い人ではないのですが、いろいろと残念なのですよ。いや、戦士団・団長の息子というだけあり、実力はあります。ユグドラシル大陸でも指折りの戦闘力を持つ魔物、怪鳥ガーガーをテイムする運もあります。ですが、昔から胆力《たんりょく》がない。どうしようもない事態に直面するとすぐに逃げ出す。相手が自分より少しでも強いと感じれば、これまた逃げ出す。戦士団・団長の息子は、父親とは似ても似つかない小者だと、都では有名ですよ」

「え？　それじゃ、あの金属装備は……」

金属製の装備を持てるのは、王族、もしくは王族に認められるほどの功績をあげた、一部の者だけのはずだ。

「あれは、お父上である戦士団・団長のお古です。かの御仁《ごじん》は、いくつもの金属装備を陛下から授《じゅ》与《よ》された、本当に立派な御方《おかた》なのですよ。子供のほうは……あれですが」

「でも、二つ名が……『七色の剣士』って……」

「ああ。それは親の七光りをもじった皮肉です」

「……」

狩夜は右手で顔面を覆《おお》い、閉口した。

今も聞こえてくる、イルティナのリンチ——もとい、お仕置きの音と、ジルの悲鳴。それらを聞き流しながら、狩夜は思った。自分は絶対、そんな不名誉《ふめいよ》な二つ名がつけられないようにしよう——と。

ペシペシ
顔を手で覆ったまま動かなくなった狩夜に焦《じ》れたのか、レイラが頭を叩いてきた。

レイラは狩夜を見下ろしながら、頭頂部左側の葉っぱをジルのほうへと向け「あの人は治療《ちりょう》しなくていいの？」と視線を向けてくる。

相方の魔物らしからぬ優しさに感動した狩夜は、思案顔でイルティナとジルを見つめ、苦笑いを浮かべた。

「あの人は……やめといたほうがいいかな」

レイラは「そうなの？　なんで？」と首を傾《かし》げた。

「カリヤ殿、今の姫様をあまり見ないであげてください。頭に血が上り、相手がジル殿だからあのような言動をしておりますが、誓《ちか》ってあれが姫様の本性というわけではありません。我々にとっては今更ですが、カリヤ殿に長々と見られるのは、姫様の本意ではありますまい」

確かに、今のイルティナの姿はあまり見ないほうがいいかもしれない。今後のイルティナを見る目が変わってしまいそうだ。

狩夜は「えっと、それじゃあ僕は、今日も狩りがありますので、これで」と、そそくさとその場を後にする。

ごった返す村民の間を縫って、狩夜は村の外に向かった。そんな狩夜の背後から、こんな声が聞こえてくる。

「こうしてくれる！　こうしてくれる！　まだまだ許さんからなぁ！」

「うわぁあぁぁぁあぁん！　助けてママ――――‼」

ジル・ジャンルオン。イルティナの婚約者にして、実に残念なイケメンであった。


「いやいやいや、無理無理無理。無理だってあんなの。死ぬ死ぬ、死んじゃう。つーか怖《こわ》い、超《ちょう》怖い。ベアの百倍くらい怖いよあれ」

今回のターゲットの巨大さと物々しさに、狩夜は冷や汗を浮かべ弱音を吐くと、首を左右に振った。

直径おおよそ八メートル。大木と大木との間、地面からほど近い場所に建造された球形の物体は、色合いと独特の模様から、狩夜に木星を連想させた。

グリーンビーの巣。

巣というより、もはや城であった。その大きさで近づく者を威圧し、多数の兵隊に周囲を見張らせ外敵を頑《かたく》なに拒《こば》むそれは、なかに居るであろう女王が、自身とその子供たちのために築き上げた、難攻不落《なんこうふらく》の堅城《けんじょう》に他ならない。

その城だけでなく、城を守護する兵隊も精強である。

蜂型《はちがた》の魔物・グリーンビー。姿形は地球の蜂と大差ないが、とにかくでかい。体長はおおよそ三十センチで、地球の蜂の優に十倍はある。色合いはグリーンビーというだけあって、緑と黒が基調であった。今は腹部に隠《かく》れているが、毒針もさぞ大きいことだろう。人間の体くらい容易に貫《つらぬ》き通すに違いない。

そんなのが、あの巣のなかには何百匹といる。正直、勝てるイメージが思い浮かばない。今の狩夜では、体中めった刺《ざ》しにされて、肉団子になるのが関の山だろう。

「駆除《くじょ》しようとしたこっちが蜂の巣にされそうだよ。いや、冗談《じょうだん》じゃなく……」

ちょっと先走っちゃったかな？　と、軽い気持ちで引き受けてしまったことを狩夜は後悔《こうかい》した。

【グリーンビーの巣の駆除】

開拓者ギルドに残っていた、唯一《ゆいいつ》の中級クエストである。

３０００ラビスという多額の報酬と、多量のソウルポイントが手に入るであろうこのクエストを、木の民の都からやってきた他の開拓者に取られてしまうのは惜《お》しいと、勇んでここまでやってきた狩夜であったが、どうやら勇み足だったらしい。

同じく中級クエストで、独力クリアできた【スライム捕獲】と同列に扱《あつか》ったのがそもそもの失敗だった。タミーの言う通り、これは大変危険なクエストである。

「うん、諦《あきら》めよう」

勇み足でここまできてしまったのは確かに失敗だが、今ならまだ引き返せる。グリーンビーは狩夜に気づいていないのだから、今すぐこの場を離れればなんの問題もない。

レイラの力を借りようかとも一瞬考えたが、やめた。レイラを頼《たよ》らず強くなると、つい先日決めたばかりである。

「レイラ、巣の駆除は無理。諦める。今すぐこの場を——」

離れよう。そう続けようとしたが、狩夜は言葉に詰《つ》まった。見上げると、真上に恐ろしい光景が広がっていたからである。

頭から肉食花を出現させたレイラが、今まさに捕食《ほしょく》をはじめようとしていたのだ。そして、いつの間にか伸ばされたレイラの蔓には、生きたまま捕獲され、蔓から脱出《だっしゅつ》しようと必死にもがく、一匹のグリーンビーの姿がある。

「ちょ⁉　レイラ⁉　なにやってるんだよ⁉」

我に返った狩夜が声を張り上げると、レイラは大きく体を震わせ下を見た。

目が合う。そして次の瞬間「なんで？　どうして狩夜は怒ってるの？」と、キョロキョロしはじめた。どうやら、狩夜がなぜ声を荒《あら》らげたのかわからないらしい。

レイラはしばらく視線をさまよわせると、捕獲したグリーンビーをジッと見つめた。ほどなくして「あ、そっか」と手を打ち――

ブチブチ！

蔓をもう一本伸ばし、グリーンビーの体を真んなかから力任せに引き裂《さ》いた。そして、腹部を肉食花のなかに放り込み「はい、狩夜の分」と、狩夜にグリーンビーの頭部と胸部を差し出してくる。

絶句する狩夜の眼前で、体を引き裂かれたグリーンビーが、カチカチと大きな顎《あご》を打ち鳴らしはじめた。

「――っ！」

狩夜は咄嗟《とっさ》に剣鉈《けんなた》を抜き、グリーンビーの頭部に突《つ》き立てる。半死半生だったグリーンビーが、完全に事切れた。

「ま、間に合った……かな？」

グリーンビーの恐ろしさを知っている狩夜は、祈《いの》るように呟いた。だが、その祈りもむなしく、グリーンビーの巣の方向から、凄まじい数の羽音が聞こえてくる。

グリーンビーは、自身が危機に陥《おちい》ると、近くにいる仲間を呼び寄せる習性があるのだ。これには特に気をつけるようにと、以前タミーから聞かされている。そして今、同胞《どうほう》の危機を救うべく、近くにある巣から多数の援軍《えんぐん》が駆けつけようとしていた。

走って逃げても空を飛ぶグリーンビーのほうが間違いなく速い。そして、ここは森のやや奥地で、水辺までは少し距離があった。水に飛び込んでやり過ごすという緊急回避《きんきゅうかいひ》も使えない。

グリーンビーの群れとの戦闘は、もはや避けられそうもなかった。

「ああ、もう！　レイラ、君のせいだからね！　責任とってよ！」

自分の力で――なんて言っている場合じゃない。レイラの力を借りなければ死ぬ。確実に死ぬ。

もう腹を括《くく》るしかないと剣鉈を握り締め、狩夜は迫《せま》りくるグリーンビーの群れを見据《みす》える。一方のレイラは「あれ、食べないの？　それじゃあ私が食べる～」と、グリーンビーの頭部を肉食花のなかへ放り込んでいた。

「レイラ！　僕が攻撃するから、防御《ぼうぎょ》！　防御よろしく！　あいつら毒持ってるから！　くらうと洒落《しゃれ》にならないから！」

レイラはコクコクと素直《すなお》に頷いた。狩夜はそれを見届けると、グリーンビーの群れめがけ突撃する。

すべての防御をレイラに任せ、狩夜は攻撃に専念した。切り裂き、断《た》ち切り、ときに突き、次々にグリーンビーを屠《ほふ》っていく。

そして、一時間ほど過ぎたころ――

「か……勝った……」

戦いはひとまず終わった。周囲の地面にグリーンビーの死体が散乱している。

正直、戦っている最中のことはあまり覚えていない。本能のままに剣鉈を振り回していたような気がする。だが、そんな無茶苦茶な戦いをしたにもかかわらず、狩夜は無傷だった。レイラがいい仕事をしたらしい。

なんというか、とにかく怖かった。巨大な虫というのは、どうしてああも人間の嫌悪感《けんおかん》を刺激《しげき》するのだろう？

そんな狩夜の頭上では、レイラが次々にグリーンビーの死体を回収し、ホクホク顔で肉食花のなかへと放り込んでいる。

まったく反省の色が見えないその姿に、狩夜は盛大《せいだい》に溜息を吐いた。しかし、すぐさま首を左右に振り「プラス思考プラス思考」と振り払う。

過程はともかく結果オーライだ。あとは、あの巨大な巣と、なかにいるであろう女王を処理すればクエストクリアである。

狩夜は慎重《しんちょう》に巣へと近づいた。巣にいたグリーンビーの大部分は既《すで》にレイラの腹のなかだろうが、あれで打ち止めということはないだろう。兵隊より大きく、強いであろう女王が、みずから打って出る可能性もある。

狩夜は巣に手が届く距離にまで近づいたが、グリーンビーの反応はない。どうやら、女王と残りの兵隊は、籠城戦《ろうじょうせん》を選択《せんたく》したようだ。

左手で軽く巣に触《ふ》れながら、狩夜は改めて思った。

——でかい。

直径おおよそ八メートル。まさに見上げるような大きさだ。これに対処しようというのだから大仕事である。なかに残っている兵隊と女王も厄介《やっかい》だ。巣に穴を開けた瞬間、そこから一斉《いっせい》に襲いかかってくる光景が目に浮かび、どうにも踏ん切りがつかない。

「さて、どうしたもんかね……」

狩夜が手をこまねいていると、周囲に散乱していたグリーンビーを掃除がてら食べていたレイラが、頭上の肉食花を更に巨大化させ、その中心を巣に向けた。

そして――

「んな⁉」

狩夜の眼前で、グリーンビーの巣を丸かじりする。

女王も、兵隊も、幼虫も、全部まとめてお構いなしだ。レイラは巣を丸ごと噛み砕《くだ》き、飲み込んでいく。

レイラの食事はものの数秒で終わった。グリーンビーの巣は奇麗に食べつくされ、ついさっきまで巣を支えていた二本の大木だけが、何事もなかったかのようにその場に残っている。

狩夜は、絶対的強者による搾取《さくしゅ》を目の前で見せつけられた思いだった。すると、肉食花を引っ込めたレイラが、ペシペシと頭を叩いてくる。「終わったよ。早く帰ろ～」と言っているようだった。

「そうだね、帰ろっか……」

――やっぱり、こいつ怖い。

叉鬼《またぎ》狩夜。クエスト【グリーンビーの巣の駆除】をクリア。

「はぁ……」

ティールの村への帰り道、狩夜は溜息を吐きながら歩いていた。

結局またレイラに頼ってしまった。日々のクエストをこなしながらソウルポイントを溜《た》め、少しずつ強くなっている狩夜だったが、今日の狩りを見るに、強すぎる相方の庇護《ひご》から抜け出せる日は、まだまだ遠いと実感せざるをえない。

ほどなくして、狩夜の視界が開けた。森を抜け、小川の横にあるティールへと続く道に入ったのである。

マナの豊富な水辺に到着したので、狩夜は警戒レベルを一気に引き下げた。ここまでくればもう安全である。あとはのんびりとティールに戻るだけだ。

「あれから数時間か。イルティナ様が落ち着いてくれてるといいんだけど——って、あれ？」

狩夜は進行方向に、見覚えのある人物を発見した。

木の民の子供——ザッツである。

ザッツは、小川の近くで一人、体育座りをしていた。暗い表情で、小川の水面をただ見つめている。

「……」

頭に二日前の出来事がよぎり、狩夜は声をかけるべきか逡巡《しゅんじゅん》していた。すると——

「グス……父ちゃん……母ちゃん……」

ザッツの寂《さび》しそうな独り言が、狩夜の耳に届く。

ズキリ!!

胸が——痛む。

狩夜は右手で頭をガリガリと掻《か》き回した。頭上のレイラは迷惑《めいわく》そうにしている。

「ああ、もう！」

狩夜は「僕は馬鹿だ」と、胸中で自分を罵倒《ばとう》しながら歩を進めた。

「こんなところに一人でいると、危ないよ？」

「……なんだ、お前か」

ザッツが鬱陶《うつとう》しそうに顔を上げ、狩夜を睨みつける。

「俺になんの用だよ？」

「ザッツ——君が一人だったからさ、少し気になってね。さっきも言ったけど、こんなところに一人でいると危ないよ。いくら水辺でも、魔物が絶対に出ないわけじゃないんだから」

「……大丈夫だよ。この辺りの魔物のあしらいかたは知ってる。慣れてるから」

狩夜はガエタノから聞いた話を思い出した。ザッツは開拓者を目指し、以前は一人で村を抜け出しては魔物のテイムに挑むような、活発な子供だった——と。

「俺のことはどうでもいいだろ。お前のほうこそなにを——って、村の外にいるんだから、クエストをこなしてきたに決まってるか」

「あ、うん。さっき【グリーンビーの巣の駆除】を終わらせてきたところだよ」

「——っ⁉」

ザッツが目を見開く。そして、レイラを指さした。

「それ、お前と、頭の上のそいつだけでやったのかよ？」

「え？　そうだけど……」

「まじかよ……【グリーンビーの巣の駆除】なんて、並の開拓者が十数人がかりでやるクエストだぞ？　それをお前らだけでなんて……」

狩夜は複雑な気持ちになり、思わず苦笑いする。右手の人差し指で頬をかいた。

するとザッツはなにかを諦めたように小さく溜息を吐くと、蚊《か》の鳴くような声で言った。

「やっぱり、お前は特別な人間なんだな……くそ」

瞬間、狩夜はザッツの周囲に張られた対人バリアがさらに強まるのを感じ取る。会話を途切れさせちゃいけない！　と、狩夜はやや強引《ごういん》に話を振った。

「えっと、ザッツ君は、開拓者になりたくて、魔物をテイムしようとして、一人で村を出たのかい？」

「今日は……違う。というか、もう開拓者になりたいなんて思ってない」

「それじゃどうして？」

「ふん。都からの物資がきて活気づいた、あの村に居たくなかっただけさ。村の連中が、皆楽しげに笑ってやがる。父ちゃんに助けてもらったくせに……そんな父ちゃんは死んだのに……皆笑ってやがった。恩知らずどもめ、反吐《へど》が出る。もう父ちゃんのことなんか、誰も憶《おぼ》えちゃいないんだ」

そう言って、ザッツは悔しそうに抱えた両足に爪《つめ》を立てた。狩夜はその言葉に込められた憎しみと悲しみを感じ取り、閉口してしまう。会話が途切れ、沈黙《ちんもく》が訪れる。

狩夜にはザッツに言いたいことがあった。だが、それをうまく言葉にできない。ザッツの考えが間違っていること、そんな考えかたをしている現状がとても危《あや》ういことが痛いほどわかるのに、それを相手に伝える術《すべ》が、狩夜にはわからなかった。

それでも狩夜は諦めない。動かない口に代わって頭を使い、ない知恵を使って考えた。この胸のなかにうずまくモノをどうにかして言語化し、ザッツに伝えるべく、必死になって考えた。

今まで見てきた漫画《まんが》、アニメ、ドラマのセリフでも構わない。学校で勉強した、歴史的偉人たちの名言でも構わない。中学二年生という特別な時期に思わず口にしたくなる難解言語でもなんでもいい。この状況を打破し、憎しみで心を閉《と》ざした少年の心に響く気の利いた言葉を、どうにかして絞《しぼ》り出そうとする。

「……もうどっかいけよ。無理して俺を気にかけなくていいからさ。お前がいい奴だってことぐらい、わかってるから。お前に当たるのが筋違いの逆恨みだってことも……わかってる」

狩夜が足踏みをしている間に、ザッツのほうが先に話しはじめてしまった。

「お前はいい奴だよ。凄《すご》い奴だよ。原因不明の奇病からティールの村を救った。なのに、全然偉《えら》ぶらないし、多額の報酬を求めたり、理不尽《りふじん》な要求をしてくるわけでもない。目の上のたん瘤《こぶ》だったワイズマンモンキーを簡単に撃退して、今日都からの物資が届くまでは、食べ物だってお前頼りだ。そのうえ、グリーンビーの巣の駆除までやっちゃってさ……認めるよ。お前はいい奴で、凄い奴だ。村の連中が頼りにして、ドリアード様の化身《けしん》だのなんだの呼ばれるのもわかるよ」

「あ……うん。だけど、それは僕じゃなくて――」

「でも、好き嫌いは別だ。俺はお前が嫌いだ」

狩夜の言葉を遮《さえぎ》り、ザッツは更に続ける。

「お前は凄い奴だよ。俺の父ちゃんより――悔しいけど、無茶苦茶悔しいけど、お前のほうが凄い。お前が村のためにしてくれたことは完璧《かんぺき》で、俺の父ちゃんが村のためにしたことは、悪足掻《わるあが》きの時間稼《かせ》ぎだった。そういうことだろ？　お前がいれば父ちゃんは要《い》らなくて、特別ななにかを持ってない奴がでしゃばると、無駄《むだ》どころか早死にすることになる。そういうことだろ？」

「そ、それは違――」

「違わないよ！　だから俺はお前が嫌いなんだ！　お前が村に来てから、皆が父ちゃんのことを忘れた！　感謝しなくなった！　お前が俺の父ちゃんを、村の英雄を、馬鹿で愚《おろ》かな凡人《ぼんじん》に変えたんだ！」

ザッツの両目からは、いつしか悔し涙が止めどなく溢《あふ》れ出ていた。

「逆恨みなのは……わかってるよ……でも……でも俺くらい……俺くらいお前を嫌わなきゃ……父ちゃんが可哀想《かわいそう》だろ……」

「ザッツ君……」

「だから……だから俺は……開拓者を目指すのをやめたんだ……だって俺……なにも持ってないもん……凡人だもん……お前みたいに……特別じゃない……なにも持ってない奴が頑張っても……努力しても無駄なんだ……」

ザッツの言葉が、狩夜の胸に強く、深く突き刺さる。なぜなら、狩夜もまた凡人だから。特別なにかなど持っていない、ごく普通《ふつう》の人間だから。

でも、だからこそわかる。ザッツの父が、特別だということが。

自分も病気なのに、他の誰かのために村を守り、食料を探す。そんなこと、狩夜にはとてもできない。本当にすごいと思う。尊敬する。そんなかっこいい男にいつかなりたいと、心の底から強く思う。

拒絶《きょぜつ》されてもかまわない。信じてくれなくてもかまわない。でも、このことだけはきちんと伝えなければならない。

君のお父さんは立派な人だと。僕なんかより、ずっとずっと凄い人だと。

「ザッツ君。君のお父さんは――」

「カリヤ殿――‼」

そのとき、意を決した狩夜の言葉が、不意に聞こえてきた呼び声にかき消された。

「ガエタノさん」

そう、ティール防衛の要にして、ザッツの伯父であるガエタノであった。ガエタノが、全身に装備した水鉄砲を激しく揺《ゆ》らしながら、狩夜のもとに駆け寄ってくる。

「おお、カリヤ殿！　ザッツも一緒か！　見つかってよかった、探しましたぞ！」

「どうしたんです、そんなに慌てて？」

「それが大変なんです！　今すぐティールの村にお戻りください！　カリヤ殿とレイラ様のお力が必要です！」

「ガエタノさん、少し落ち着いてください。いったいなにがあったんですか？」

「あの奇病です！　先ほど村に到着した都からの使者、そして、ジル殿を含《ふく》めた開拓者たち、それら全員があの奇病に侵《おか》され、倒《たお》れてしまったのです！　どうかお願いいたします！　ティールに戻り、急ぎ治療を！」

狩夜は絶句し、目を見開いた。ザッツも似たような顔をしている。

ティールを襲った悪夢は、終わってなどいなかったのだ。


「すみません、遅くなりました！」

ガエタノからの奇病再発の知らせを受け、狩夜は全速力でティールの村に戻ってきた。その傍《かたわ》らにガエタノとザッツの姿はない。

ソウルポイントで人間の壁を突破した者と、そうでない者の間には、身体能力に覆《くつがえ》し難《がた》い大きな差が生じる。村に早く戻ることを優先し、あえて二人を置いてきたのだった。ガエタノとザッツは、今も大急ぎでティールに向かっているところだろう。

「倒れた人はどこです⁉」

狩夜は村の入り口に立っていた見張りの男に聞く。

「開拓者と開拓者志望の方々はギルドのなかに！　都からの使者の方々は、姫様のお屋敷《やしき》です！　まずはギルドのほうに！」

男は、すぐ横の開拓者ギルドを指さした。

狩夜が開拓者ギルドに駆け込むと、ギルドの床《ゆか》で横になり、苦悶《くもん》の声を漏らす十二人の男女の姿が目に飛び込んできた。

横たわる彼らの体には、あの呪術《じゅじゅつ》的な模様が薄《う》っすらと浮かびはじめている。発症《はっしょう》したばかりでまだ症状が軽いが、間違いない。あの奇病だ。

「おお、カリヤ殿！　来てくれたか！」

狩夜のことを今か今かと待っていたイルティナが、安堵した様子で狩夜を出迎えた。すぐ後ろにはメナドもいる。そして、そんな二人の足元には――

「うう、来るんじゃなかった……来るんじゃなかった……奇病がおさまったなんて嘘じゃないか……やっぱりこの村は呪《のろ》われているんだ……死にたくない死にたくない……助けてママ……」

涙声のジルがいた。

ジルの状態は他の者と比べて明らかに酷《ひど》く、顔面がおたふく風邪《かぜ》のようにパンパンに腫《は》れている。これではせっかくのイケメンが台無しだ。なにかのアレルギーか、合併症《がっぺいしょう》かもしれない。彼は真っ先に治療が必要だろう。

「皆の者、もう大丈夫だ！　このティールの救世主であるカリヤ殿と、木精霊《せいれい》ドリアード様の化身たるレイラ様が来てくれた！　皆を蝕《むしば》む奇病を治療してくださるだろう！　辛いだろうが、もう少しの辛抱だ！　頑張ってくれ！」

イルティナは横たわる者たちを鼓舞《こぶ》するように、あえてレイラをドリアードの化身と呼んだ。

王女として、この村の代表として、上に立つ者の威厳を示したイルティナ。その姿をすぐ近くで見つめていた狩夜は、イルティナが王族であり、高貴な存在であるということを強く実感する。

「カリヤ殿、早速だが皆の治療を頼《たの》みたい。もちろん治療費は以前の礼とは別途に用意しよう。あ、それと、コレの治療は最後でいいぞ」

コレと言いながらイルティナが指さしたのは、自身の足元で横になるジルであった。

高貴な存在であると実感した直後に飛び出したあんまりな言葉に、狩夜は危うくずっこけるところだったが、なんとか踏みとどまった。

「ちょ、イルティナ様。ジルさんとの間に色々あったのは聞きましたが、それはいくらなんでも酷いでしょう。ジルさん、顔がこんなに――」

「いいえ、ジル様のお顔が腫れているのは、姫様の私的なリンチ――失礼、お仕置きが原因ですので、奇病とは無関係です。ジル様はサウザンドの開拓者で、他の者より体力はありますから、後にして大丈夫ですよ。むしろ後にしてください、お願いします」

メナドが狩夜の言葉を遮るように口を挟んできた。おしとやかなメナドの口から出たとは思えない発言に、狩夜は思わず表情を引きつらせる。村を見捨てて逃げたジルを、メナドも怒っているようだ。

まあ、アレルギーでも合併症でもなく、ただの打ち身なら大丈夫だろう。サウザンドの開拓者なら確かに体力はある。

狩夜はレイラに指示を出し、まだソウルポイントでの強化がされていないであろう開拓者志望の者から治療をはじめ、次に開拓者の二人組、その次にジルのパーティメンバー、最後にジルを治療した。

すると――

「カリヤ君――だったね。治療ありがとう。君は私と、私のパーティメンバー全員の恩人だ。この恩はいつか必ず返そう」

治療が済み、奇病だけでなく、イルティィナによってつけられた怪我まで全快し、顔も元通りとなったジルが、立ち上がるなり白い歯を光らせ、狩夜に笑いかけてきた。

イケメンオーラ全開の、純情な乙女《おとめ》なら一目で恋《こい》に落ちてしまいそうな笑顔である。奇病に侵されて横になっていたときとのあまりの変わりように、狩夜は口を半開きにして硬直《こうちょく》した。

「ティナ、君にも心配をかけてしまったね。だが、もう君が胸を痛める必要はないよ。見ての通り、私はもう大丈ぶふぉ⁉」

勢いそのままにイルティィナへと笑いかけたジルの体が、突然横に吹《ふ》き飛んだ。ジルの脇腹めがけ、イルティナが渾身《こんしん》の肘鉄《ひじてつ》を叩き込んだからである。

「ああ、せっかくレイラが治療してくれたのに⁉」

狩夜が声を上げるなか、ジルはギルドの壁に激突し、脇腹を押《お》さえながら床をのたうち回った。

イルティナがそんなジルを冷たい視線で見下ろす。

「ジル……今日という今日は、お前という男に心底愛想が尽きた。艱難辛苦《かんなんしんく》を乗り越《こ》えて、私が仲間と共に作り上げたこのティールが呪われているだと？　よくも言ってくれたな貴様。病身のうわごとでは済まさぬぞ」

「ティ、ティナ？　な、なにをそんなに怒っているんだい？　お、落ち着いておくれよ。ほら、皆の病気が治ったんだ、一緒に笑おう。私は大輪の花のような君の笑顔が大好きなんだ。み、皆だってそうだろ？」

ジルはイルティナのただならぬ様子に気圧《けお》され、助けを求めるようにパーティメンバーに話を振る。だが、擁護《ようご》の声は上がらない。ジルのパーティメンバーは、イルティナの迫力《はくりょく》にすっかり萎縮《いしゅく》してしまっていた。

「ティナ……か。父上が決めた婚約者なうえに、幼馴染《おさななじみ》だから今までそう呼ぶことを許していたが、それも今日限りだ。二度と私をそう呼ぶことは許さん」

「え……」

「ジル・ジャンルオン。貴様との婚約は解消だ。都の父上と、戦士長にも正式に話を通させてもらう」

「そ、そんな⁉　待って、待っておくれティナ！　それだけは許してくれ！　そんなことになったら私は――」

「そう呼ぶなとたった今言ったばかりだぞ！　聞いていなかったのか貴様は！」

「ひ、姫様！　若も反省しておりますので、どうか！　どうかそれだけは！　そんなことになってしまっては、若だけでなく、我らまで戦士長のお叱《しか》りを受けてしまいます！」

「そ、そうです！　それに、お二人が婚約解消となれば、国王陛下と戦士長の関係悪化につながりかねません！」

「なにとぞ！　なにとぞぉ！」

「あなた方は姫様の言に異を唱えるおつもりですか⁉　無礼ですよ！　控えなさい！」

狩夜の目の前で修羅場《しゅらば》が展開される。それはいつしか当人同士だけではなく、メナドやジルのパーティメンバーにまで波及《はきゅう》していった。

「えっと……皆さん落ち着いて……あの……」

モニター越しではないマジものの修羅場である。生まれてはじめて目にする光景に、狩夜はどうしていいかわからず右往左往した。このような場において、人生経験に乏《とぼ》しい子供は、ただただ無力なだけである。

そんな狩夜を見かねて、ある人物が助け舟《ぶね》を出してくれた。

「カリヤ様。イルティナ様のお屋敷に、奇病に侵された使者の方々がいらっしゃいます。ここはもう大丈夫ですので、先にそちらの治療に向かわれたらいかがですか？」

タミーだった。彼女は切れ長の瞳で「これを理由にこの場を離れてください」と暗に伝えてきた。

狩夜は一も二もなく頷き、その場から速《すみ》やかに離脱する。

「ありがとうございます、タミーさん。助かりました」

「お気になさらず。あの騒動《そうどう》はカリヤ様には無関係のもの。カリヤ様があの場にいるほうがおかしいのですから」

「それでもです。本当にありがとうございました……あの、新しく奇病に侵された人は、イルティナ様の家にいる四人で終わりですか？　村の住人で再発した人は？」

「いえ、そのような方はいらっしゃいません。奇病に倒れたのは、本日村にやってきた方たちだけです」

狩夜はギルドのなかをぐるりと見回してみた。確かにイルティナやメナド、ギルド職員たちに異常は見当たらない。さっき声をかけた見張りの男も健康そのものであった。

一度この奇病にかかった者にはすでに抗体《こうたい》ができているのか、それともまだレイラの力が体内に残っているのか。前者ならともかく、後者なら問題である。今日新たな感染者が出たということは、奇病の原因となるなにかが、まだこの村に存在していることは明白だ。もし後者だった場合、ティールの村の住人は、レイラの力が消えたとたん、再びあの奇病に倒れてしまう可能性が高い。

どうにかして奇病の原因を突き止めなければならない。ならないのだが——正直、狩夜には見当もつかなかった。人を死に至らしめるような奇病の原因を突き止めるなど、中学二年生には荷が重すぎる難題である。

「レイラ、君はなにかわからない？　あの奇病の原因」

困った狩夜は、一番近くにいた相方になにとはなしに聞く。すると、レイラは木の皮を何重にも重ねて造られたギルドの天井《てんじょう》を凝視《ぎょうし》しはじめる。

狩夜もつられて天井を見上げるが、特に変わったものは見当たらない。

レイラはいったいなにを見ているのだろう？　そう狩夜が思った瞬間、レイラが動いた。針のように鋭く、細い根を一本背中から出すと、高速で天井へ伸ばす。

狩夜とタミーが目を見開くなか、レイラの根が天井を覆う木の皮と皮との間に入り込む。そして、なにかを捕《と》らえて戻ってきた。

レイラは「はいこれ～」と、狩夜の眼前に根の先端《せんたん》を運ぶ。

「なに……これ？　蟲《むし》？」

そこには、ワインレッドを基調とした体に禍々《まがまが》しい呪術的な模様を浮かべた、体長一センチほどの蟲がいた。体の真んなかを根に貫かれたその蟲は、どうにかして逃げようと必死にもがいている。

八本四対《つい》の太く短い脚と、頭、胸、腹の部分が一つに融合《ゆうごう》した胴体部《どうたいぶ》。そして、鋭い顎と長い体毛を持ったこの蟲は――

「蜘蛛《くも》？　いや、違う。これは――ダニ？」

そう、その蟲はダニであった。狩夜にとっては、祖父と共に野山を歩く最中に何度か痛い目に遭《あ》わされた、憎い相手である。

「失礼！　私にも見せてください！」

タミーが狩夜の横から前方に回りこんできた。そして、噛まれないよう注意しながら、恐る恐る人差し指でダニに触れる。

瞬間、タミーの指が仄《ほの》かに光った。〔鑑定《かんてい》〕スキルである。

〔鑑定〕の光が消えると同時にタミーは目を見開き、有らん限りの声で叫んだ。

「これは……ただのダニじゃない！　名称ヴェノムマイト・スレイブ！　間違いありません！　新種、もしくは外来種の魔物です！」

ギルド内が静まり返った。大声で言い争いをしていたイルティナたちまでも、タミーへと――いや、一匹の蟲に視線を集中させている。

誰もが動かず、声を発しないなか、質量を感じさせるかのような視線がヴェノムマイト・スレイブに注がれる。すると、その視線の重圧に耐《た》えかねたかのように、レイラの根に体を貫かれていた小さな魔物、ヴェノムマイト・スレイブが、一瞬大きく動いたかと思うと、徐々《じょじょ》に動きを鈍らせていき、やがて完全に動かなくなった。

ティールの村に奇病を蔓延《まんえん》させ、住民を恐怖《きょうふ》と絶望の底へと叩き落とした元凶《げんきょう》。その一部が、今、静かに事切れた。

# 幕間　レイラちゃんの自産自消クッキング

深夜のイルティナ邸《てい》。そのなかで、家の住人たちが眠《ねむ》りについた頃《ころ》を見計らって動き出す、小さな影《かげ》があった。

レイラである。

レイラは、居《い》候《そうろう》している客間のベッドで寝息《ねいき》を立てる狩夜《かりや》の寝顔を見つめ、ニッコリと笑った後に立ち上がり、たどたどしい足取りで枕元《まくらもと》から部屋の入り口へと向かう。そして、頭頂部の葉っぱを器用に動かして引き戸を開け、客間から出ていった。

廊下《ろうか》に出たレイラは、まずリビングに向かい、レイラに気がついて目を覚ましたラタトクスに「しーっ」と右手でジェスチャーをした後、隣接《りんせつ》する台所に足を踏《ふ》み入れる。

右腕《みぎうで》から蔓《つる》を出して、石と木でできた調理台に上ったレイラは、再度蔓を動かして食器棚《だな》を物色し、木製の深皿を取り出した。

その深皿を調理台の上に置いたレイラは、頭頂部にある二枚の葉っぱの間から、いくつもの実が生《な》った植物を出現させる。

赤く、ハート形で、親指大の実が生った野菜——そう、ミニトマトであった。

レイラは、頭上に実ったそのミニトマトを一斉《いっせい》に自切し、お椀形《わんがた》にした葉っぱでキャッチすると、深皿の上にばら撒《ま》いた。

味気ない木製の深皿のなかで、宝石のように輝《かがや》くミニトマト。その姿に満足したのか、レイラはコクコクと頷《うなず》き、ミニトマトを引っ込《こ》め、同じ場所に別の植物を出現させる。

鮮《あざ》やかな黄緑色の葉っぱが折り重なった、人頭大の包皮野菜――そう、レタスである。

レイラは、頭上のレタスを根元から自切し、両手でキャッチ。そして、両手から出した蔓で葉っぱの一枚一枚を剥《は》ぎ、深皿の上に並べていく。

ここまでくればもうおわかりだろう。レイラが一人、深夜の台所にやってきた目的は、料理であった。

つい先ほどの夕食の席、イルティナはメナドに対し、食事が同じメニューばかりで飽《あ》きたと不満をこぼしていた。そして、それは狩夜も同様である。居候の身の上だからと気を遣《つか》い、言葉にこそしないが、あの彩《いろど》りと味つけに乏《とぼ》しい食事の日々に、狩夜も飽き飽きしているのだ。魂《たましい》と魂で繋《つな》がるレイラにはそれがわかる。

ゆえに、レイラは行動を起こした。

彩り豊かで味つけの濃《こ》い料理を食べてもらい、狩夜に英気を養ってもらおう――と。そして、それを秘密に用意して狩夜をびっくりさせよう――とも。

幸いなことに、レイラは植物由来のものであるならば、基本的にどんなものでも自前で用意できる。火を使わない野菜料理――すなわちサラダならば、いくらでも作ることができるのだ。

レイラは、ニンジンに紫《むらさき》キャベツ、紫タマネギやトウモロコシ、赤と黄色のパプリカなど、生で食べることのできる色鮮やかな野菜を次々に出現させては、食べるのに不自由しない大きさにして、深皿へと投下していく。

　ほどなくして、レイラ謹製《きんせい》の彩りサラダができあがった。

〈厄災《やくさい》〉の折、着の身着のまま故郷を逃《に》げ出したイスミンスールの人類は、土地や道具、文化や知識だけでなく、多くの食べ物も失った。そんな世界において、多種多様な野菜がふんだんに使われた彩りサラダは、まさに値千金《あたいせんきん》、途方《とほう》もない価値があると言えるだろう。

　そんな、イスミンスール人垂涎《すいぜん》もののサラダと向き直るレイラは「次は味つけだ」と、頭頂部からとある植物を出現させる。

　それは、十五センチほどの果穂《かほ》に、五ミリほどの小さい果実が多数生った蔓性植物。そう、コショウであった。

　はじめは青々としていたそのコショウは、急速にしおれていき、レイラの頭から落ちるころには、すっかり乾燥《かんそう》していた。レイラはその乾燥したコショウ、いわゆるブラックペッパーを、みずからの手ですり潰《つぶ》し、彩りサラダの上に振《ふ》りかける。

　スパイスの王様とも呼ばれるコショウにより、塩ならざる辛味《からみ》と、黒の色味が加わり、彩りサラダはついに完成――

「……（にたぁ）」

　とはならなかった。

　枯《か》れ果てたコショウが頭から落ちた後、レイラは次の植物を出現させる。赤い、小指大の実が生った野菜――トウガラシだ。

　レイラは、そのトウガラシを葉っぱで細かく切り刻み、サラダへと投入。次いで、別の植物を出現させる。

トウシキミ。八角、もしくはスターアニスの名で知られる、中国料理やインド料理に多用されるスパイスだ。

先ほどのコショウと似た方法で乾燥させ、名前の由来である八角の星形アたちをした花被片《かひへん》をサラダに投下したレイラは、その後も多種多様なスパイスを出現させてはサラダへと加えていく。シナモン、クミン、ローリエ、カルダモン、コリアンダー、ジンジャー、ターメリック、サフラン、ワサビ、ホアジャオ、他にも、他にも――

スパイスの定義は『植物である』『香《かお》りがある』『人の暮らしに役に立つ』の三要素を満たしていること。つまり、すべてのスパイスは植物由来であり、植物由来である以上、レイラに用意できないスパイスは存在しない。

狩夜に味つけの濃い料理を食べてもらう。その目的を達成するため、レイラはひたすらにスパイスを加え続けた。手を止めたりはしない。なぜなら人間は、戦争をしてコショウを奪《うば》い合うほどにスパイスが大好きだから。

――私がいれば、どんなスパイスも使い放題だ。奪い合う必要なんてない。私がパートナーで狩夜は幸せだ。

ドレッシングをかけずに召《め》し上がれ――としていれば大成功であったであろう彩りサラダが、手を加えれば加えるほど悍《おぞ》ましいなにかへと変貌《へんぼう》していくことに、植物であり、味覚のないレイラは気づけない。

狩夜に褒《ほ》められることを想像し、魔女《まじょ》のような顔でレイラは笑う。そして、スパイスだけでは飽き足らず、カボスの果汁《かじゅう》やメープルシロップに酷似《こくじ》した、多種多様な液体までもサラダに加えはじめる姿を、ケージのなかでガタガタと震《ふる》えるラタトクスだけが見つめていた。


そして、夜が明けた。

「「「……」」」

目を覚まし、朝食を食べようとリビングにやってきた狩夜、イルティィナ、メナドの三人は、テーブルの上で異臭《いしゅう》を放つ謎《なぞ》の物体と、その横にいるレイラを凝視《ぎょうし》しながら絶句していた。

そんな三人の反応を「料理の素晴《すば》らしい出来栄《できば》えに声も出ないんだね」と勘違《かんちが》いしたレイラは、ドヤ顔で胸を張る。そして、ひとしきり三人の視線を堪能《たんのう》した後、狩夜の顔を見上げながら、両手で謎の物体を指し示した。

——さあ、カリヤ！　私《サラダ》を食べて！

狩夜の顔が盛大《せいだい》に引きつった。

「え？　それってサラダなの？　業務用のミックススパイスとかじゃなく？」

狩夜の言葉は、謎の物体——レイラの料理を、実に的確に表現していた。

ミニトマトやレタス、パプリカといった野菜たちは、多種多様なスパイスの山に埋《う》もれており、もはや視認《しにん》できない。これを見てサラダだとわかる人間は、地球にもイスミンスールにもいないだろう。

——さあ食べて！　すぐ食べて！　今食べて！

レイラの熱い視線に、狩夜は更《さら》に顔を引きつらせた。全身から滝《たき》のような冷や汗《あせ》を流しながら、体を小刻みに震わせる。

狩夜は両手で顔面を覆《おお》い「機嫌《きげん》を損ねると後が怖《こわ》い」「でも、どう見ても人間の食べ物じゃない」「食べなかったら殺されるかも」「あぁあああぁ、でもやっぱり食べたくないいぃいいぃ」と小声で呟《つぶや》きながら、数十秒もの間葛藤《かっとう》した。

ほどなくして、狩夜は意を決したようにテーブルにつき、レイラの料理と向き直る。そして、今にも泣きそうな顔で木製のフォークを手に取った。

「カ、カリヤ殿《どの》……無理はしないほうが……」

「叉鬼家《またぎけ》、家訓。食べ物を粗末《そまつ》にする者は——死ね。という訳で、いただきます！」

イルティナの制止の言葉を振《はら》り払うように言い放ち、狩夜は勢いよくレイラの料理へフォークを刺《さ》し入れ口に運ぶ。

そして——

「アッマカラショッパニガスッパ————‼」

絶叫《ぜっきょう》。

その場で悶絶《もんぜつ》し、全身をビクンビクン痙攣《けいれん》させながら顔を伏《ふ》せ、両手をバンバンとテーブルに叩《たた》きつける。

イルティナとメナドが大慌《おおあわ》てで駆《か》け寄るなか、レイラは「全身で感動を表現したくなるくらい美《お》味《い》しかったんだね」と両目をきらめかせた。

「レ、レイラァ……」

メナドが持ってきた水を一気に飲み干し、その水に溶《と》けたマナによって体を回復させた狩夜が、息も絶え絶えといった様子でレイラに語りかける。レイラは「なに？」と可愛《かわい》らしく小首を傾《かし》げた。

「こ、こんなに沢山《たくさん》のスパイスや野菜が出せるならさ……果物も出せるよね？　僕《ぼく》……あれ……あれが食べたいなぁ……ミラクルフルーツ……甘味《かんみ》や辛味は我慢《がまん》できるけど……苦味と酸味が無理い……お願い出してぇ……」

自分《りょうり》をもっと食べたいという狩夜からのリクエストに、レイラは顔を華《はな》やかせた。そして「うん、もちろんいいよ～」と、頭頂部から出現させた木に、ドングリを赤くしたような果実を十個ほど実らせる。

狩夜はすぐさまその果実、ミラクルフルーツに手を伸《の》ばした。そして、収穫《しゅうかく》するなり躊躇《ちゅうちょ》なく口に放《ほう》り込み、丹念《たんねん》に咀嚼《そしゃく》してから果肉を舌に擦《こす》りつける。

狩夜は「よし、これで！」と、勇んでレイラの料理と向き直り、口のなかへと運んだ。すると、体を大きく震わせこそしたものの「ミラクリンがきいてる！　いける！　いけるぞ！」と、悶絶することなく料理を食べ進めていく。

《ミラクリン》
ミラクルフルーツに含《ふく》まれる、味覚修飾《しゅうしょく》物質。
人間の舌には味を感じるための味蕾《みらい》という器官が存在し、このミラクリンはその味蕾と結合することで、その後口にした苦味と酸味のある食べ物を甘《あま》く感じさせる。効果時間には個人差があり、三十分から二時間ほどとされる。

つまり狩夜は、このミラクリンによって、レイラの料理の苦味と酸味を誤魔化しているのだ。強すぎる苦味は毒を、酸味は腐敗《ふはい》を人間に想起させる。先の悶絶と痙攣は、それらに対する拒絶《きょぜつ》反応だ。だが、それさえ誤魔化せればなんとかなるとばかりに、狩夜は猛然《もうぜん》と料理を食べ続ける。

味覚がないレイラは、狩夜がミラクリンで味変していることをまったく気にしない。それどころか、一気呵成《いっきかせい》に料理を食べ進める姿に「こんなにも夢中に食べてくれるなんて」と、ご満悦《まんえつ》であった。

「レイラ様は、お野菜や調味料すらご自分でご用意できるのですね！　すごいです！」

「なぜもっと早くやらなかったのだ？　その力があれば、巨万《きょまん》の富を稼《かせ》げように」

レイラの能力の一端《いったん》を知り、メナドは感嘆《かんたん》の声を上げ、イルティナは思案顔をした。

「そうだ。よかったら、私にも調味料をわけてくれないだろうか？　昨日も言ったが、塩だけの味つけにはもう飽き飽きしていてな」

「わたくしもぜひ！　使いたいお野菜がたくさんあるのです！」

「──ッ！」

二人の要求を、レイラは大きく首を振って「絶対ダメ！」と突《つ》っぱねた。その取りつく島もない反応に、期待の眼差《まなざ》しをレイラに向けていたイルティナとメナドの表情が曇《くも》る。

「なぜだ？　見たところいくらでも出せるのだろう？」

この問いに対し、レイラは口ではなく全身をちょこまか動かし、身振り手振りで理由を説明しようとした。しかし――

「えっと……すまないレイラ。私は君のパートナーでも、パーティメンバーでもないんだ。『はい』『いいえ』のような簡単なものならともかく、複雑なものは理解できんよ」

レイラの言いたかったことは、まったく伝わらなかった。

一連のジェスチャーが徒労に終わり、レイラはがっくりと肩《かた》を落とす。その後、わかってもらえる人に通訳してもらおうと、パートナーである狩夜の顔を見上げた。狩夜も料理を食べる手を止め、レイラの顔を見つめる。

「えっと、なになに？『私が出した食べ物は、基本的に全部毒だから、狩夜以外は食べちゃだめ』って？」

「……（コクコク）」

狩夜の通訳に「やっぱり狩夜は私のことをわかってくれる」と、満面の笑《え》みで首を縦に振るレイラ。そして、狩夜、イルティナ、メナドの三人が、再度絶句する。

「なんてもの食べさせせんだごらぁ――――‼」

絶句から復帰するなり、狩夜が爆発《ばくはつ》した。予想外の事態にレイラは目を見開き、両手をわちゃわちゃ振り回しながら弁明する。

「なに⁉『大丈夫《だいじょうぶ》、私の毒は、例外なく狩夜には効かないようにしてある』って⁉そういう問題じゃねー‼」

狩夜は怒《いか》りに任せるままに深皿を手に取ると「こんなものが食えるかー‼」と豪快《ごうかい》にひっくり返した。レイラは、器《うつわ》が当たった訳でもないのに「ああ！」とオーバーアクションで崩《くず》れ落ち「頑張《がんば》って作ったのに……」と右手を口元に当てた後「よよよ」と泣きはじめる。

絵面《えづら》的には、一昔前のアニメやドラマのちゃぶ台返しだ。キャストの一人が、二足歩行する不思議植物であること以外は——だが。

その後、狩夜とレイラは、汚《よご》してしまったリビングを、二人仲良く掃除《そうじ》することになる。

レイラちゃんの自産自消クッキング、美味しい料理で狩夜を驚《おどろ》かせ、喜んでもらおう作戦。

失敗。

# 第四章　悪意を運ぶもの

《ダニ》

節足動物門鋏角亜門《きょうかくあもん》クモ綱《こう》ダニ目《もく》に属する動物の総称《そうしょう》。

地球上には、約五万種にも及《およ》ぶダニ類が存在しており、その形態や生態は多種多様。いずれも小型の生物であり、体長一ミリ以下の個体も多い。

ダニはその種類も数も膨大《ぼうだい》である。人間の生活に直接かかわる種は決して多くはないが、ハウスダストによるアレルギー疾患《しっかん》や、感染症《かんせんしょう》の媒介《ばいかい》など、人間の日常生活を脅《おびや》かす有害な生物であり、その存在は無視できるものではない。

そして、人間が日常生活を送る家屋のなかには、数百万から数億匹《ひき》のダニが、絶えず棲息《せいそく》しているといわれている。


「探せ！　探すのだ！　ウルズ王国第二王女、イルティィナ・ブラン・ウルズの名のもとに命じる！　我らを苦しめ同胞《どうほう》を殺した憎《にく》き魔物《まもの》どもを、木の根、草の根を分けてでも探し出し、すべて駆逐《くちく》せよ！」

イルティナが鬼気迫《ききせま》る表情を浮《う》かべ言葉を紡《つむ》ぐ。その言葉がティールの村全域に響《ひび》いた直後、開拓者《かいたくしゃ》や男衆だけでなく、女子供まで借り出され、村に潜伏《せんぷく》していると思《おぼ》しき新種の魔物、ヴェノムマイト・スレイブの捜索《そうさく》と駆除がはじまった。

そして、開始早々——

「うわ、いた！　おーい！　ここにいたぞー！」

「って、ここにもいるぞ！」

「キャー！　こんなところにも⁉」

「どうなってんだよ⁉　よく見たらそこらじゅう魔物だらけじゃねぇか！」

「怯《ひる》むな！　仲間の仇《かたき》！　くたばりやがれ！」

出るわ出るわ。部屋の隅《すみ》、柱の陰《かげ》、床下《ゆかした》、天井《てんじょう》。ティールの至る所からヴェノムマイト・スレイブが見つかり、村民を驚《おどろ》かせた。

村民たちは、今までの恨《うら》みを容赦《ようしゃ》なくぶつけ、直接叩《たた》き潰《つぶ》したり、マナを含《ふく》んだ水をかけたりと、ヴェノムマイト・スレイブを次々に屠《ほふ》っていく。

いかに魔物といえど、相手は豆粒《まめつぶ》ほどの大きさ。ソウルポイントで強化されていない一般人《いっぱんじん》でも、容易に倒《たお》すことができる。

捜索開始からおおよそ一時間。村民たちは、見敵必殺とばかりに数えきれないほどのヴェノムマイト・スレイブを屠った。一方、村民たちの怪我人《けがにん》はゼロ。数だけ見れば大勝利と言える。

しかし、村民たちの表情は暗かった。

「こいつら……いったい何匹いやがるんだ⁉」

「これじゃ切りがないぞ……」

そう、殺しても、殺しても、ヴェノムマイト・スレイブが次々と見つかる。終わりの見えない作業に、村民たちの士気が徐々《じょじょ》に落ちはじめていた。

村民を辟易《へきえき》させた一番の要因は、ヴェノムマイト・スレイブの大きさである。

最初の一匹、レイラが捕獲《ほかく》した個体の大きさはおおよそ一センチほどだったが、それでもかなり大きいほうだった。

ダニは成長過程で脚《あし》の数が変わる。レイラが捕獲したのは脚が八本の成虫個体。一方村民たちが主に駆除しているのは、脚が六本の幼虫個体だ。

駆除した幼虫個体の平均値は、おおよそ三ミリほど。そしてこの平均値は、肉眼で確認《かくにん》できた個体の平均値でしかない。生まれたてを含めたヴェノムマイト・スレイブ全体の平均値を算出した場合、一ミリを下回るのではないか？　というのが狩夜《かりや》の予想であった。

あの奇病《きびょう》も、ヴェノムマイト・スレイブに直接刺《さ》されたり、血を吸われたりしたのが原因ではないと狩夜は考えている。刺されて発症したのなら、ティールの村民たちはもっと早くヴェノムマイト・スレイブの存在に気がついたはずだ。

恐《おそ》らく奇病の原因は、ヴェノムマイト・スレイブの死骸《しがい》や糞《ふん》を吸い込《こ》んだことによるダニアレルギー。要するにハウスダストである。

ヴェノム――そう名に冠《かん》しているからには、毒を有しているのはほぼ確実だ。そんな蟲《むし》の死骸を吸い込んでいるのだから、アレルギー反応も強力だろう。魔物の毒とアレルギーのダブルパンチ。

その結果が、全身に浮かび上がる呪術《じゅじゅつ》的な模様なのだ。

「病弱な妹のために勉強したハウスダストの知識が、こんなところで役立つとは思わなかった」

狩夜は導き出したこの推論を、イルティナに話すべきかどうかを考えた。

もし奇病の原因がこの推論通りだった場合、ティールの村はもう人間が住める状態ではない。ヴェノムマイト・スレイブをすべて駆除するのは不可能だろう。現代日本ですら、家屋内に生息するダニを完全に駆除することなどできはしないのだ。

だからといって「この村はもう無理です。諦《あきら》めましょう」などと、軽々しく口にすることもできない。ジルとの婚約《こんやく》解消の決め手となったのが村に対する暴言だったことからもわかるように、イルティナがこのティールに大きな愛情と誇《ほこ》りを持っているのは間違《まちが》いない。村を放棄《ほうき》せよなどと、よそ者の狩夜がどうして言えようか。

そのときである。悩《なや》む狩夜の前でイラつきを堪《こら》えるように爪《つめ》を噛《か》んでいるイルティナに、メナドが歩み寄ってきた。

「姫様《ひめさま》、恐れながら申し上げます」

「メナドか、どうした?」

「ヴェノムマイト・スレイブは、既《すで》に夥《おびただ》しい数がこのティールのなかに侵入《しんにゅう》しており、繁殖《はんしょく》しているのは疑いようがありません。もはや、すべて駆除するのは不可能だと思われます。御身《おんみ》の安全を第一に考え、聖水で身を入念に清めた後、都へ向かうべきだと進言いたします」

メナドの言葉を聞いたすべての者が動きを止め、息を呑《の》んだ。この村はもうだめだ、逃《に》げたほうがいいと考えていたのは、どうやら狩夜だけではなかったらしい。

メナドの進言に、イルティナは目尻《めじり》を吊《つ》り上げた。

「メナド……貴様はこの私に、ティールを見捨てろと申すのか？」

「そうではありません。一度都に戻《もど》り、態勢を整えるべきだと申し上げているのです。国王陛下や国の重鎮《じゅうちん》たちの知恵《ちえ》も借り、ウルズ王国の総力を挙げてことに当たるべきです」

「ならん」

「なぜです⁉ 今でこそレイラ様のお力でこのように動けていますが、我々はいつまた倒れるかわからないのですよ⁉ 御身のことを第一に考えれば――」

「私の体などもはやどうでもいい！ 私は都と、そこに住まうすべての民《たみ》のために、ならんと言っておるのだ！」

怒声一喝《どせいいっかつ》。体を震《ふる》わせるメナドにイルティナは続ける。

「ここで逃げてなんとする！ それは事態の更《さら》なる悪化を招くぞ！ 奇病の原因が極小《ごくしょう》の魔物とわかった以上、我々の移動はこの上ない悪手だ！ 聖水で彼奴《あやつ》らが全滅《ぜんめつ》しなければ、わざわざ魔物と病《やまい》を都まで送り届けることとなるのだぞ！ そのようなまねができるか！」

「し、しかし――」

「ならんと言ったらならん！ 我々はこの小さき悪魔どもを根絶やしにするまで、この村から出ること叶《かな》わぬのだ！ 都に逃げ帰ること、救助を求めること、まかりならぬ！ そして、都にはこの村に誰《だれ》も近づけないよう要請《ようせい》する！ 皆《みな》も聞いていたな？ 辛《つら》いだろうが耐《た》えてくれ。私とて辛い、逃げ出したい。だが、都には父様や母様、姉兄たちがいるのだ。皆にも都に家族が、友がいるだろう。その者たちのために、耐えてくれ。そして、私と共に戦ってほしい」

「姫様……」

メナドはそれ以上なにも言わなかった。そして、俯《うつむ》き肩《かた》を震わせる。

イルティナの言葉は正しい。この状況下《じょうきょうか》での人と物の移動は、事態の更なる悪化を招くだけだ。ティールの村を他の人里から隔離《かくり》し、すべての交流を断《た》つのが正解である。

だが、それを理解する一方で、人はこうも考えるのだ。この戦い、勝算は限りなく低いと。

イルティナの言葉は「国のために、私と共に誇り高く死んでくれ」と言っているに等しい。にもかかわらず、パニックになる者や離反者がいまだ出ていないのは、病気を治せるレイラの存在が、人々の心の支えになっているからだ。

木精霊《せいれい》ドリアードの化身《けしん》と呼ばれるレイラ。その存在と力が、このティールをギリギリのところで支えている。

「……カリヤ殿《どの》、そういうわけだ。まことに申し訳ないのだが――」

「わかってますよ。この状況で『僕《ぼく》には関係ありません、さようなら』とか言えるほど人間腐《くさ》ってません。つき合いますよ、最後まで」

「すまない。私にできることならばなんでもしよう。だから、私に――いや、このティールに力を貸してほしい。この通りだ」

村民の前だというのにイルティナは――いや、木の民の王女は、狩夜とレイラに向かって軽々に下げてはならない王族の頭を深々と下げてみせる。しかし、そんな覚悟《かくご》の行動を目にした狩夜の脳内は、イルティナが口にしたとある言葉で一杯《いっぱい》になっていた。

「え？　なん……でも？　え？　今、なんでもって……」

それはすなわち白紙の小切手。口にした相手への絶対命令権。思春期の男子を一瞬《いっしゅん》で沸騰《ふっとう》させる魔法の言葉であった。

――な、なんでも？　イルティナ様が……なんでも⁉

狩夜はイルティナの女神《めがみ》のように美しい顔を見つめた。その後、彼女《かのじょ》の豊満な胸、くびれた腰《こし》、安産型の臀部《でんぶ》を順番に確認し、ごくりと生唾《なまつば》を飲む。

「ぐへへ……へぶ⁉」

狩夜が良からぬ妄想《もうそう》に耽《ふけ》っていると、葉っぱを巻物状に丸めて作られた即席《そくせき》の握《にぎ》り拳《こぶし》が、突如《とつじょ》として狩夜の顔面を襲《おそ》った。

狩夜は拳の出どころである頭上に慌《あわ》てて目を向けた。すると、狩夜をゴミムシのように見下ろすレイラと、追撃《ついげき》を放つべく振《ふ》りかぶられた、葉っぱの握り拳が目に飛び込んでくる。

直後、レイラはお仕置きとばかりに、狩夜の全身をポカポカと殴打《おうだ》しはじめた。

「痛い痛い！　しないよ！　イルティナ様に変なことしないって！　思っただけ！　口に出さなければセーフだろ⁉　ないない！　そんな度胸僕にないから！　だから痛いって！」

その後、しばらくレイラとじゃれ合った狩夜は、かしこまった様子で「コホン」と咳《せき》ばらいをし、続ける。

「イルティナ様、貴女《あなた》みたいな人が軽々しく『なんでもする』とか言っちゃだめですって、僕がもう少し馬鹿《ばか》だったら誤解しちゃってましたよ。とにかく、報酬《ほうしゅう》うんぬんは置いておくとして、皆で知恵を絞《しぼ》って考えましょう。この状況を打開する方法を」

狩夜とレイラがいれば、この村はまだ持つ。その間に、ヴェノムマイト・スレイブをすべて駆除

する方法を考えなければならない。

「イルティナ様。発言よろしいでしょうか？」

皆が無言で下を向くなか、タミーが顔を上げた。

「タミーか。許す、申せ」

「はい。確証はないのですが……この状況を打開できるやもしれぬ方法が、一つだけございます」

「なに！　それはまことか⁉」

イルティナが目を見開いてタミーに詰《つ》め寄った。村民たちも、縋《すが》るような視線をタミーに注いでいる。

「姫様は、魔物の名前を……あの小さき蟲の名前を憶《おぼ》えておいででしょうか？」

「無論だ。ヴェノムマイト・スレイブであろう。そなたの〔鑑定《かんてい》〕によって判明したことではないか」

「はい。その名前のなかに、この状況を打開する鍵《かぎ》があるのです。そもそもスレイブとは奴隷《どれい》、すなわち従属する者を指す言葉。つまり、あの無数の蟲たちはただの従者、下位の個体で、それらを統括《とうかつ》しているであろう上位個体が、どこかに存在しているということではないでしょうか？」

「「「――っ‼」」」

タミーの言わんとしていることを理解し、イルティナは息を呑む。

「つまり、そなたはこう申したいのだな？　その上位個体を打ち倒せば、下位個体はすべて死滅するのではないか――と」

村の至るところから『おお！』と声が上がる。目の前に現れた希望の光に、村全体が沸《わ》き立った。

「そうです。先ほども申し上げましたが、確証はありません。上位個体が本当に存在するかどうかもわかりませんし、たとえ存在したとしても、それを打倒《だとう》して下位個体が死滅するかどうかも不明です。ですが――」

「うむ。試《ため》してみる価値はある――というより、もはやその可能性に縋るしかあるまい。必ず見つけ出し、この手で屠ってくれる。となると、その上位個体とやらをどうやって見つけるか……だな」

「それはやはり、あのお方に頼《たよ》るのが一番かと……」

イルティナとタミーが同時に狩夜とレイラを見る。二人だけでなく、メナドをはじめとしたティールの村民全員が、期待の目を狩夜とレイラに向けていた。

狩夜は皆の期待に応《こた》えるべく「今日はとことん頼ってやる」と呟《つぶや》き、頭上のレイラを見上げた。

「レイラ、お願い。もし居場所がわかるのなら、ヴェノムマイト・スレイブの上位個体のところに、僕たちを連れていってほしい」

狩夜はやや緊張《きんちょう》した面持《おもも》ちでレイラにたずねる。一方のレイラはというと、普段《ふだん》とまったく変わらない様子で「いいよ~」とコクコクと頷《うなず》いた。

直後、レイラの頭に変化が起きる。普段肉食花が出てくる場所から、黄色い楕円形《だえんけい》の、人の腕《うで》ほどもある巨大《きょだい》な花が飛び出したのだ。

「ソテツの花?」

そう、それはソテツのものによく似た、花びらも香《かお》りも持たぬ花。つまりは風媒花《ふうばいか》である。

ソテツの花は、十年から十五年に一度しか咲《さ》かず、幻《まぼろし》の花と呼ばれており、非常に巨大なことでも有名だ。レイラは、その巨大な風媒花が咲いた頭を前後に揺《ゆ》らす。すると、頭の動きに連動して、大量の花粉が飛散した。

花粉症患者が目を背《そむ》けたくなるような光景のなか、レイラは集中するように目を閉じる。一方散布された花粉は、風に乗って村のすみずみにまで拡散していった。

ほどなくして、レイラは「みつけた」と目を開き、狩夜の髪《かみ》を引っ張る。

狩夜は異世界活動初日を思い出しながら足を前へと動かした。そして「こっちだそうです」と村民たちに呼びかける。すると「おお、さすがレイラ様だ」「助かるぞ！」「俺《おれ》たちの手で魔物の親玉を仕留めてやる」と村民たちが息まいた。

「レイラ、こんなこともできたんだね？」

すでにソテツの花を引っ込めたレイラに狩夜がたずねる。すると、レイラは狩夜の頭をペシペシ叩《たた》き「普段から使ってるよ。精度を上げただけ」と、伝えてきた。

確かに、レイラの頭には白いポンポンのような風媒花が常に咲いていた。レイラが魔物や川の位置がわかるのは、この花粉による探知能力のおかげであるらしい。

狩夜は村民たちを引き連れながら、レイラの誘導《ゆうどう》に従ってしばらく歩を進めた。

「む、この方向は……」

「イルティナ様、どうかしましたか？」

「あ、いや……レイラが示す方向が少し……な」

「この先になにかあるんですか？」

「ああ。この先は墓地だ。まあ、このティールはできてから二年足らずの村だから、墓地と言えるほど多くの墓標はないのだが……やはり、大勢で押《お》しかけて、死者の眠《ねむ》りを妨《さまた》げるようなまねは……

な。良心が咎《とが》める」

「そうですね、私もです。病で死んだ姉と義兄《あに》が、先日埋葬《まいそう》されたばかりですし……」

そのとき、ものすごく嫌《いや》な予感が狩夜の全身を支配した。しかし、上位個体の探索を中断するわけにもいかない。狩夜は嫌な予感を黙殺《もくさつ》し、レイラの誘導に従って歩き続ける。

ほどなくして、狩夜たちはティールの村の墓地に着いた。そして、今、狩夜の視線は、目の前の真新しい二つの木製の墓に釘《くぎ》づけになっていた。

狩夜は必死に祈《いの》っていた。これはただの偶然《ぐうぜん》だ。上位個体がいる場所はこの先にある森のなかで、その途中《とちゅう》に、たまたま墓があるだけだ——と。

しかし、そんな狩夜の祈りは、天には届かなかった。

レイラが「ここで止まって〜」と、ペシペシと狩夜の頭を叩いたのである。その場所には、メナドの姉と義兄——つまりは、ザッツの両親の墓が建っていた。

あまりのことに言葉が出ない狩夜。それはイルティナやメナド、タミーや他の村民たちも同じだった。皆一様に、二つの墓を凝視《ぎょうし》し固まっている。

そんな皆の気持ちを知ってか知らずか、レイラは両手から蔓《つる》を出現させ、墓が建っている地面に突《つ》き立てた。

「やめろ——!!」

突然、後方から怒声《どせい》が上がる。ザッツだった。その傍《かたわ》らにはガエタノの姿もある。二人は、いつの間にか村へと戻ってきていたのだ。

「お前、父ちゃんと母ちゃんになにする気だよ！　やめろ！　やめろよぉ！」

「――っ‼　レイラ、やめ――‼」

ザッツの声で我に返った狩夜が、慌ててレイラを止めようとするが、遅《おそ》かった。

レイラは、地面の下に眠っていた二人の木の民を蔓でむりやり地上へと引きずり出すと、その姿がすべての者に見えるよう、やや高い場所で宙吊《ちゅうづ》りにする。

直後、耳をつんざくような悲鳴が、ティールの村中に響き渡《わた》った。

村民たちは見てしまった。宙吊りにされたザッツの両親の遺体。その両者の瞳《ひとみ》、口、鼻孔《びこう》など、全身の穴という穴から、夥しい数のヴェノムマイト・スレイブが、絶え間なく吐《は》きだされている光景を。

そう、ザッツの両親は死んだ後、人目につかない地面の下で、ヴェノムマイト・スレイブの苗床《なえどこ》にされていたのである。

それは、極小の悪意を生み出し続ける、まさに病巣《びょうそう》だった。

「父ちゃん⁉　母ちゃん⁉　うわ……うわぁああぁぁぁああああ‼」

変わり果てた両親の姿に、ザッツが泣き崩《くず》れた。そして、狩夜は人知れず唇《くちびる》を噛む。

酷《ひど》い。酷いよ神様。こんなのないよ――と。


「メラド……ガルーノ……」

「姉さん……義兄《にい》さん……そんな……」

「なんということだ……」

ザッツの悲痛な叫《さけ》びが響くティールの墓地で、イルティィナ、メナド、ガエタノが、痛ましく顔を歪《ゆが》めていた。一方の狩夜は、泣き叫ぶザッツをただただ見つめていた。

魔物に両親を弄《もてあそ》ばれた子供にかけられる言葉など、狩夜はなに一つ持ち合わせていない。

なにもできない自分に対する怒《いか》りで、狩夜は唇を更にきつく噛みしめ、血が滲《にじ》むほどに両の手を握り締《し》めた。

そのとき――

「うわ⁉　なんだ⁉」

「死体が動いてるぞ⁉」

村民たちから声が上がる。見ると、ザッツの母親――メラドの腹部が、不規則かつ不気味に蠢《うごめ》いていた。

――間違いない、腹のなかになにかいる⁉

狩夜が腰の剣鉈《けんなた》に右手を伸《の》ばした、その瞬間――

「ひい⁉」

メラドの腹を食い破り、なにかが外に飛び出した。メラドの体が弾《はじ》け、地面に散乱し、周囲から悲鳴が上がる。

狩夜は飛び出したなにかを目で追ったが、そのなにかは機敏《きびん》に動き回り、狩夜の視界から瞬時に消えていった。

「はや――⁉」

今まで相対した魔物のなかで、間違いなく一番の動きだった。泣き崩れたザッツに気を取られていたとはいえ、ソウルポイントで強化された狩夜がまったくついていけない。剣鉈もいまだ鞘《さや》のなかである。

「カリヤ様、危ない‼」

そのとき、狩夜に迫る危機に気づいたタミーが叫ぶ。

近づいてくる濃密《のうみつ》な死の気配を全身で感じながら、狩夜は他のものに気を取られ警戒《けいかい》を疎《おろそ》かにしてしまった未熟さを恥《は》じ、その未熟さゆえに陥《おちい》ったこの状況を打開するため、とことん頼ると決めた者の名を、力強く叫んだ。

「レイラ！」

すると、即座にレイラが動く。

二枚ある頭頂部の葉っぱの片方を硬質《こうしつ》化させ、狩夜の顔の右側をガードした。その直後、鈍《にぶ》い衝突音《しょうとつおん》がティールの墓地に響き渡る。狩夜に向かって飛んできたなにかが、突然目の前に現れたレイラの葉っぱを避《よ》けることができず、移動の勢いそのままに衝突したのだ。

衝突の衝撃で昏倒《こんとう》し、地面の上に仰向《あおむ》けで転がるなにか。その無防備な体めがけ、狩夜は剣鉈を渾身《こんしん》の力で垂直に突き立てる。

「ピギィ！」

なにかは、耳障《みみざわ》りな悲鳴を上げ、剣鉈で地面に縫《ぬ》いつけられた。

頭と胸、そして腹が一つとなった胴体部《どうたいぶ》から、八本四対《つい》の脚と鋭《するど》い顎《あご》を持つ蟲——メラドの腹から出てきたなにかの正体は、やはりというかダニ型の魔物であった。体長三十センチの巨体だが、禍々《まがまが》しい呪術的な模様や鋭い顎は、ヴェノムマイト・スレイブに酷似《こくじ》している。

「これがヴェノムマイト・スレイブの上位個体か……」

状況から判断してまず間違いないだろう。こいつを仕留めれば、下位個体であるヴェノムマイト・スレイブは死滅し、村は救われるかもしれない。

見ればザッツは泣き崩れ、メナドやガエタノは放心したままだ。

彼《かれ》らの痛ましい姿に心を痛める狩夜に、ふつふつと怒りが込み上げてくる。

ザッツが泣いているのも、メナドとガエタノがあんな顔をしているのも、ティールの民すべてが奇病に倒れたのも──

「全部……こいつが悪い」

狩夜は、ソウルポイントで強化された脚に怒りを込め、上位個体の頭を全力で踏《ふ》み潰す。

頭が潰された上位個体は、しばらく小刻みに動き続けたが、ほどなくして力尽《つ》き、完全に動かなくなった。

上位個体は死んだ。これでザッツの両親に纏《まと》わりつくヴェノムマイト・スレイブが死にさえすれば、すべてが終わるはずだ。

しかし──

「そんな……」

変化はなにも起こらない。ヴェノムマイト・スレイブはザッツの両親から吐き出され続け、活発に動き回っている。

──上位個体を倒してもダメなのか⁉　もうティールの村を救う術《すべ》はないのか⁉

「カリヤ殿、無事か⁉」

肩を落とす狩夜のもとへ、イルティナが駆《か》け寄ってきた。

「イルティナ様……はい。僕は大丈夫《だいじょうぶ》です。でも……上位個体を倒したのに、ヴェノムマイト・スレイブは死にません……これじゃあティールの村が……」

残酷《ざんこく》な事実を暗い表情で口にする狩夜に、イルティナは首を左右に振った。

「まだ諦めるには早いぞ、カリヤ殿」

「え？」

「タミー、頼《たの》む」

「はい！」

タミーが動かなくなった上位個体に手を伸ばし、〔鑑定〕スキルを発動させる。

「……姫様の予想通りですね。名称はヴェノムマイト・スレイブ。こちらも未発見の魔物です」

「こいつもスレイブ⁉　ってことは、こいつの上にはまだ⁉」

「ああ、更なる上位個体がいるはずだ。そして私は、既にその正体の見当がついている」

そう言って、イルティナは忌々《いまいま》しくヴェノムティック・スレイブを見下ろす。

「ヴェノムマイト・スレイブではサイズが違い過ぎて確信が持てなかったが、こいつを見てはっきりした。こやつ等《ら》の元締《もとじ》めは、以前ティールを襲った主《ぬし》で間違いない」

「――っ！」

狩夜は思わず息を呑む。

ティールを襲った巨大な蟲の魔物の話は、イルティナとガエタノから聞いていた。人的被害《ひがい》は少なかったものの、ティールを囲っていた防護柵《さく》が壊滅《かいめつ》的な被害を受け、民家が二つ潰されたという。

「あの主がティールを襲ったとき、村民を守ろうと奮闘《ふんとう》したメラドが深い手傷を負った。そのときになにかされたのだろう。それに気づかず、放置した結果があれだ……」

イルティナは、変わり果てたかつてのパーティメンバーに視線を向け、悔《くや》し気に唇を噛む。

恐らくその主は、メラドを傷つけたときに寄生型の下位個体、もしくは卵を体内に植えつけたのだろう。だからメラドは村の誰よりも早く発病し、死亡した。

そして、メラドの埋葬後、体内で成長した寄生型の下位個体がヴェノムティック・スレイブへと成長し、ヴェノムマイト・スレイブの卵を産んで大繁殖。奇病をティールの村にばら撒《ま》いたのである。その後、奇病で死んだガルーノの遺体のなかで更に繁殖。爆発《ばくはつ》的にその数を増やし、今に至った。

これが、ティールの村を壊滅寸前にまで追い詰めた事件の真実である。

「……カリヤ殿、もういいだろう？　二人を下ろしてやってはくれないか？　あのままでは、あまりに……その……な」

「あ、はい。レイラ」

レイラはコクコクと頷き、ザッツの両親の遺体をゆっくりと地面に横たえた。だが、誰も近づくことはできない。両者の体がヴェノムマイト・スレイブだらけだからである。メナドとガエタノは、それでも放心しながら遺体に近づこうとしたが、すぐに他の村民が諫《いさ》めた。その間も、ザッツは一人延々と泣き続けている。

狩夜はその光景から目を背けると、イルティナに言う。

「あの、この後どうしますか？　相手が主となると、無策で突撃というわけにはいかないでしょう？」

「無論だ。だが、まずはあの二人をもう一度弔《とむら》ってやりたい。しかし、あのような状態では……どうしたものか……」

イルティナが困りきって俯いてしまう。そのとき、村民の一人からこんな声が上がった。

「残念だけど……二人は……もう燃やすしかないんじゃないか？」

狩夜以外のすべての人間が息を呑む。

「誰だぁ！　燃やすなんて言いやがった奴《やつ》はぁぁぁあぁぁ‼」

ザッツの怒りが爆発した。涙《なみだ》でぐしゃぐしゃになった顔を歪めながら、声がしたほうを睨《にら》みつける。

「燃やしたりしたら、父ちゃんも、母ちゃんも、森に……ドリアード様のところに帰れなくなるだろうが‼　よくも……よくもそんな酷いことが言えたなぁ‼」

ザッツの怒《おこ》りようは尋常《じんじょう》じゃない。現代日本で生まれ育ち、火葬に慣れている狩夜には、なぜザッツがああも怒っているのか理解できなかった。

すると、それを察したのか、イルティナが教えてくれた。

「我々木の民の遺体は、森のなかに造られた墓地、もしくは巨木の下に埋葬されるのが通例だ。遺体を木々の養分とすることで、木の民の魂《たましい》は肉体から離《はな》れ、森に――木精霊ドリアード様のもとへ帰ることができる。遺体を燃やすのは、光の民と火の民の作法だ。つまり、死者の魂を光精霊ウィスプ、もしくは火精霊サラマンダーのもとへと送る行為《こうい》。もし遺体を燃やしてしまえば、メラドとガルーノの魂は、ドリアード様のもとへ帰れなくなってしまう」

だからザッツは、あんなにも怒っているのだ。

「やっぱりお前らなんか大っ嫌《きら》いだ！　どいつもこいつも自分のことしか考えてねぇ！　人でなしどもめ！　ぶっ殺してやる！」

ザッツは叫び、拳を握り締めながら、声が聞こえたほうへと駆けだした。両親を守るために、暴言を吐いた大人に一矢報《いっしむく》いるために。

しかし――

「止まれ、ザッツ」

伯父《おじ》であるガエタノが、その邁進《まいしん》を阻《はば》む。ザッツは後ろから羽交《はが》い締《じ》めにされ、軽々と持ち上げられてしまう。

「なにするんだよ伯父さん！　放せ！　放せよくそぉ！」

ザッツは四肢《しし》をがむしゃらに振り回すが、ガエタノの腕はびくともしない。だが、それでもザッツは諦めなかった。必死に体を動かし、ガエタノを非難する。

「なんだよ！　伯父さんまで人でなしどもの味方かよ！　ちくしょー！」

「……」

ガエタノはなにも答えなかった。そして、そのまま無言でザッツを抱《かか》え上げ、ゆっくりと歩き出す。

ガエタノが向かう先、それはヴェノムマイト・スレイブにまみれた、ザッツの両親のところであった。

そんなガエタノを制止しようとする村民もいたが、ガエタノのあまりに真剣な表情を目《ま》の当たりにし、なにも言えないまま身を引く。ガエタノの前にいた村民たちも、畏《おそ》れるように道を譲《ゆず》った。

「見ろ、ザッツ」

ガエタノは、ザッツに変わり果てた両親の姿をしっかり見るよう促《うなが》す。しかしザッツは「嫌だ！」と言って、顔を背けてしまう。だが、ガエタノはそれを許さなかった。ザッツを地面に下ろすと、頭を鷲掴《わしづか》みにし、むりやり両親の遺体に向き直らせる。

「見ろ！　ザッツ！　見るんだ！」

「う……うぅ……」

ザッツは観念したように呻《うめ》き、両親と向き合った。涙で真っ赤になった目で、変わり果てたその姿を直視する。

「わかるだろザッツ⁉　これを見ればわかるだろ⁉　お前が本当に怒りを、恨みを向けるべき相手がなんなのか！」

「うぅ……うううぅぅ」

「お前の父さんと母さんを殺したのは、あの主だ！　村の仲間たちじゃない！　あの魔物だ！　わかるだろ！」

「うううぅぅぅう‼」

「だから間違うなザッツ！　村の仲間に甘《あま》えるなザッツ！　本当の敵から目を背けるなザッツ‼」

ザッツは泣いていた。ガエタノも泣いていた。イルティナも、メナドも、タミーも、村民たちも、皆が皆泣いていた。村の英雄《えいゆう》の変わり果てた姿を前に、ティールのすべてが涙した。

「ザッツ……ガエタノさん……」

「くそ……くそぉ……」

「あの主の……あの主のせいで……」

「ガルーノさん……メラドさん……いい人だったのに……」

「ちくしょう！　ちくしょう！　絶対に許さねぇ！」

墓地の至るところから声が上がる。以前ガエタノがザッツに言ったように、ガルーノとメラドを忘れた者など、ティールには誰一人としていなかったのだ。

「……討《う》ってやる」

ザッツが力強く天を仰《あお》いだ。そして、狩夜と村民全員に見守られながら、決意を口にする。

「絶対、父ちゃんと母ちゃんの仇を討ってやる‼」


「なんとか丸く収まった……かな？」

ことの成り行きを見守っていた狩夜は安堵《あんど》した。

ガエタノの機転により、ザッツと村民との間に決定的な溝《みぞ》ができることは回避《かいひ》された。だが、決して事態が好転したわけではない。ヴェノムマイト・スレイブとヴェノムティック・スレイブの元締めである主は、依然《いぜん》として居場所すら特定できていない。ザッツの両親もヴェノムマイト・スレイブにまみれたままで、ティールの村は魔物に占拠《せんきょ》されているも同然だ。

真っ先に対処するべきは両親の遺体であろう。皆を落ち着かせるためにも、今すぐ対処するべきである。

「でもよ、燃やすのがだめならいったいどうする？」

「水……しかないだろ。マナを含んだ泉の水を浴びせて、なかに巣くってる魔物を追い払《はら》うんだ。全滅するまで、何度でもよ」

「そうだな。それしかないか」

遺体にまとわりつくヴェノムマイト・スレイブをどう処理するか、村民たちは真剣な顔で話し合いをはじめた。

「うーん……ガルーノさんとメラドさんには申し訳ないけど、一度泉に沈《しず》めたほうが手っ取り早いんじゃないか？　そうすりゃさすがに全滅するだろ」

「馬鹿野郎《やろう》。下流には都があるんだぞ。そんなことができるか」

「あ、そっか……」

「ひたすらに木桶《きおけ》で水をくむしかねぇな。ちょっとばかし大変だがよ」

「二人には世話になったんだ。水をくむぐらいなんでもねぇだろ」

「違いない」

「ほんじゃまあ、水を使うということで」

『異議なし』

「おい、ザッツ。父ちゃんと母ちゃん洗うぞ。手伝え」

「……わかった」

ザッツも覚悟を決め、村民の言葉に素直《すなお》に従った。

次の瞬間――

「下がれ、ザッツ！」

ガエタノの声が墓地に響き渡った。そして、ザッツが横に突き飛ばされ、地面に転がる。

「「え？」」

意図せずに重なる狩夜とザッツの声。それとほぼ同時に、ガルーノの体から高速でなにかが飛び出し、ザッツを突き飛ばし無防備となったガエタノの体にへばりつく。

「くぅ！」

直後、ガエタノの体から真紅《しんく》の液体が噴《ふ》き出し、宙を舞《ま》った。激痛に歯を食いしばるガエタノが地面に倒れる。

「ガエタノさん！」

狩夜が叫ぶと、ガエタノの体にへばりついていたなにかが、狩夜から距離《きょり》を取るように跳躍《ちょうやく》し、地面に降り立った。

「ヴェノムティック・スレイブ⁉　もう一匹いたのか⁉」

そう、ダニ型の魔物、ヴェノムティック・スレイブであった。ガエタノの血肉で赤く染まった鋭い顎をカチカチと鳴らし、狩夜を威嚇《いかく》している。

ダニ類は、血を吸う大型のマダニ類と、それ以外に大別され、英語で前者をティック、後者をマイトという。そして、マダニは別名硬《こう》ダニ（ハード・ティック）と呼ばれ、胴体部に背板《はいばん》という硬《かた》い外皮を持っている。先の個体は仰向けに倒れたため気づかなかったが、いかにも硬そうな鎧《よろい》めいた外皮の存在を確認できた。

名前と見た目からして、間違いなく戦闘用の下位個体であろうヴェノムティック・スレイブと、狩夜は再び相対する。

狩夜は体勢を低くし、隙《すき》を見せてもレイラが守ってくれると信じて、一匹目のヴェノムティック・スレイブの死骸を地面に縫いつけている剣鉈に手を伸ばした。

そのとき——

「ギギィ！」

ヴェノムティック・スレイブが動く。しかし、襲いかかってはこない。隙を晒《さら》した狩夜に背中を向けて、森を目指して一目散に逃げ出した。

「きゃあ！　こっちにきた！」

「ひぃ、助けてぇ！」

ヴェノムティック・スレイブは、逃げ惑《まど》う村民たちを邪魔《じゃま》だとばかりに蹴散《けち》らしながら、森の奥《おく》へと消えていく。

狩夜はヴェノムティック・スレイブの後を追おうとするが、視界の端《はし》に倒れているガエタノの姿が映り、深追いすることをやめた。

後を追えば、レイラも一緒《いっしょ》にこの場を離れることになる。そうなっては、ガエタノや村民たちの治療《ちりょう》ができない。ガエタノは明らかに重傷だ。マナを含んだ水や聖水での治療ではどうなるかわからない。また、他にも深手を負った村民が何人もいる。そんな彼らを放置してヴェノムティック・スレイブを追うことは、狩夜にはできなかった。

今はあえて逃がすしかない――と、狩夜は胸中で呟く。

すると――

「逃げるな！　お前も父ちゃんの仇だぁぁぁぁ！」

ザッツが怒声を上げながら狩夜の脇《わき》を駆け抜《ぬ》けていった。

「ザッツ君⁉」

慌てて名前を呼ぶが、ザッツは止まらなかった。ヴェノムティック・スレイブの後を追って、森の奥へ向かう。

「ザッツ！　馬鹿、戻れ！　お前一人でなにができる！　待て、待つんだ！」

重傷のガエタノが懸命《けんめい》に声を上げる。だが、ザッツは戻ってこなかった。ガエタノの声が虚《むな》しく周囲に木霊《こだま》する。

狩夜は悩んだ。

ソウルポイントで強化されていない一般人であるザッツでは、ヴェノムティック・スレイブに勝てるわけがない。間違いなく返り討ちである。だからといって、今狩夜がティールを離れるわけにもいかない。レイラの治療を今すぐ必要としている者が、ここには何人もいるのだ。

狩夜は苦悩《くのう》し、体を震わせる。

そのとき、場の空気を全く読まない高笑いが墓地に響き渡った。

「はぁーはっは‼　どうやら私の出番のようだね！」

ジルであった。パートナーである怪鳥《かいちょう》ガーガーの上にまたがりながら、ヴェノムティック・スレイブとザッツが消えた方向を見据《みす》えている。その傍らには、ジルのパーティメンバーが勢ぞろいしていた。

「ジルさん⁉　いったい今までどこに――」

「そんなことはどうでもいいだろうカリヤ君！　ザッツ少年のことは私たち『虹色《にじいろ》の栄光』に任せてくれたまえ！　必ず無事に連れ戻す！　君はこの場に残り、傷ついた村民たちの治療を頼む！」

そう言って、ジルはイルティナに向けてイケメンスマイルを炸裂《さくれつ》させた。

「ティナ！　私はこのティールを苦しめた悪《あ》しき魔物を必ずや討ち果たし、ザッツ少年を連れて君のもとに戻ってくる！　吉報《きっぽう》を待っていてくれたまえ！　いくぞ皆、私に続けぇ！」

ジルはガーガーの腹を蹴ると、みずから先頭に立ち、パーティ『虹色の栄光』を引き連れ、森に突撃していった。

「あの、イルティナ様……ジルさんたちいっちゃいましたけど……ザッツ君のこと、任せちゃって大丈夫ですかね？　正直、かなり不安なんですけど……」

ジルの行動に呆《あき》れ顔で閉口していたイルティナが、我に返ったように言う。

「まあ……大丈夫だろう。あれでジルもサウザンドの開拓者だ。そこらの魔物に後《おく》れはとらんよ。それに、ジルは戦う相手を本能的に選んでいる。自分より強い相手にはすぐさま逃げ出すが、弱い相手にはめっぽう強い。そんなジルが率先《そっせん》して向かったんだ。ヴェノムティック・スレイブ相手なら高確率で勝てると踏んだのだろう。ザッツを助けたいという思いも――まあ、本心だ。下心はあるだろうがな」

「下心？」

「ああ、ジルは今すぐになにかしらの手柄《てがら》が欲《ほ》しいのだ。ここで手柄を立てて、私に復縁《ふくえん》を迫るという腹積もりに違いない。そんなことをしても無駄《むだ》だというのにな……馬鹿な男だよ、まったく」

イルティナは「やれやれ」と小さく溜息《ためいき》を吐《つ》いた。狩夜は、その溜息がどこか嬉《うれ》しそうに感じた。

「あの、イルティナ様……」

「なんだ、カリヤ殿？」

「本当は、ジルさんのこと好きだったり——」

「それはない‼」

イルティナはそう否定するが、それが照れ隠《かく》しなのか、はたまた本心なのかは、恋愛《れんあい》経験が乏《とぼ》しい狩夜にはわからなかった。

「ごほん……ではカリヤ殿、無駄話はここまでにして、村民たちの治療を頼む。不安だろうが、ザッツのことはジルに任せよう」

イルティナが言うなら大丈夫だろうと自分を納得《なっとく》させ、狩夜は負傷者の治療をはじめた。心のなかではザッツのことを心配しながら、レイラに指示を飛ばす。

——ジルさん。ザッツ君のこと、どうかお願いします。

「どこだ！　出てこい！」

ザッツが周囲を見回しながら叫ぶ。しかし、ヴェノムティック・スレイブは見当たらず、当然返事もない。

ヴェノムティック・スレイブの後を追って森のなかに入ったものの、ザッツはその姿を完全に見失っていた。

小柄で、敏捷性《びんしょうせい》に優《すぐ》れるダニ型の魔物、ヴェノムティック・スレイブ。見通しの悪い森のなかで一度でも見失ってしまえば、再発見は開拓者であろうと困難を極《きわ》める。一般人であるザッツでは、もはや不可能といっても過言ではなかった。

「くそ！　父ちゃんの仇め！　絶対、絶対殺してやる！」

だが、ザッツは諦めなかった。怒りを力に変えて、憎しみに濁《にご》った目を周囲に巡《めぐ》らせる。父の形見である黒曜石のナイフを握り締め、ヴェノムティック・スレイブの姿を必死に探す。

怒りと憎しみは人を強く、最も能動的にする感情である。ザッツはそれをフル活用して、親の仇を探し続けた。しかし、だからこそ見つからない。気づかない。自分を上から観察している、憎き仇の存在に。

「ギギィ」

森のなかに乱立する大木。ヴェノムティック・スレイブは、その大木たちを次々に飛び移り、上からザッツを狙《ねら》っていた。

目を持たないマダニは、両の前脚にハラー氏器官という、マダニ特有の感覚器を持っている。これは昆虫《こんちゅう》でいう触角のようなもので、吸血の標的である哺乳類《ほにゅうるい》が発する体温や振動《しんどう》、はては二酸化炭素のにおいまで感知する。

ヴェノムティック・スレイブもまた、このハラー氏器官を駆使してザッツの位置と動きを把握していた。そして、飛び降り、一噛みで絶命させる絶好の機会を、今か今かと待っている。

その邪悪な気配にザッツはまったく気づいていない。追う側と追われる側が、いつの間にか入れ替《か》わっていた。

怒りと憎しみは、確かに人を最も強くする。だが、同時に視野を著《いちじる》しく狭《せば》めもする。普段は難なくできることができなくなり、自身の足元が疎かになるほどに。

「あ⁉」

ザッツは大木の根に足を取られ、転倒してしまった。地面の上にうつ伏《ぶ》せに転がり、無防備な背中をヴェノムティック・スレイブに晒してしまう。

瞬間、ヴェノムティック・スレイブは大木の幹を蹴り、ザッツめがけて飛びかかる。転倒しているザッツは、奇襲《きしゅう》を避けるどころか、気づいてさえいなかった。

立ち上がろうと体を動かすザッツに食いつこうと、ヴェノムティック・スレイブが顎を大きく開く。

瞬間――

「っし！」

そんなヴェノムティック・スレイブを横から狙撃《そげき》する、木の民の女アーチャーが立ちはだかった。

「ギキィ⁉」

横からの突然の狙撃。羽を持たず、空中に身を躍《おど》らせたヴェノムティック・スレイブに、それを避ける術はない。飛来した矢に体を貫《つらぬ》かれ、ザッツが足を取られた大木に磔《はりつけ》にされた。

「ふう、危機一髪《ききいっぱつ》」

ヴェノムティック・スレイブの奇襲を防いだアーチャーが、安堵する。

「でかしたぞ！　とあぁ！」

礫にされたヴェノムティック・スレイブめがけ、機をうかがっていた木の民のファイターが突撃し、一切《いっさい》の躊躇《ちゅうちょ》なく石斧《せきふ》を振り下ろす。ヴェノムティック・スレイブは、刺さった矢ごと右半身を叩き潰された。

深手を負ったヴェノムティック・スレイブであったが、それでも生きることを諦めずに動き回った。残った左半身を器用に動かして地面を這《は》い、ファイターから逃げようと必死に距離を取る。しかし、それは無駄な抵抗《ていこう》であった。ヴェノムティック・スレイブが逃げる先には、ロングソードを抜いたジルが待ち構えていた。

「はぁ！」

間合いに入るなり、一閃《いっせん》。ヴェノムティック・スレイブの体を一刀両断する。

熟練の開拓者パーティによる、実に見事な連携攻撃《れんけいこうげき》だった。ジル率いるパーティ『虹色の栄光』は、危なげなくヴェノムティック・スレイブを退治し、ザッツを助けることに成功した。

「あ……う……」

ものの数秒のできごとであった。上半身を起こしたザッツは、ピクピクと動き続けるヴェノムティック・スレイブを見つめながら、ただただ茫然《ぼうぜん》としていた。

「少年、大丈夫かい？」

「……」

ザッツはジルの声に応えなかった。ゆっくりと立ち上がると、黒曜石のナイフを握り締めヴェノムティック・スレイブに近づき——

「う、うわぁぁぁぁぁぁあ！」

絶叫《ぜっきょう》と共に飛びかかった。そして、両手で持った黒曜石のナイフで、瀕死《ひんし》のヴェノムティック・スレイブをめった刺しにする。

「よくも！　よくも俺の父ちゃんと母ちゃんを！」

ヴェノムティック・スレイブが完全に動かなくなっても、ザッツはがむしゃらに刺し続けた。女アーチャーが止めようとしたが、ファイターが諫める。ジルも止めようとせず、真剣な眼差《まなざ》しで見守っていた。

「はぁ……はぁ……」

ほどなくして、ザッツが両腕の動きを止め、地面にへたり込む。ヴェノムティック・スレイブは、すでに原形を留《とど》めていなかった。

「気はすんだかい？」

頃合《ころあ》いを見計らい、ジルが優《やさ》しく声をかける。が、ザッツは無言のまま首を左右に振った。

「そうか……だが、君の仇討《あだう》ちはここまでだ。今は私と一緒にティールに帰ってもらうよ、皆心配している」

ジルは両手でザッツを抱え上げ、パートナーであるガーガーの背中に乗せた。その背中にはバックパックを背負ったサポーター——アイテム保管系スキルを有する仲間も、《魔法の道具袋《ぶくろ》》も持たぬパーティが雇《やと》う荷物持ち——がすでに乗っており、元気のないザッツに対して「水でも飲む？」と声をかける。

「よし、ザッツ少年の保護は成功だ。すぐにティールに戻るぞ」

「了解《りょうかい》です、若。これで姫様の機嫌《きげん》が少しでも戻るといいですね」

「そうだな……ティナとの婚約が解消なんてことになったら、パパになんて言われるかわからないし、国王陛下にも合わせる顔がない。これをきっかけにして、もう一度ティナと話し合わないと……」

こうして、パーティ『虹色の栄光』は、ジルを先頭にしてティールへの帰路につこうとするのだが――

「報告ゴ苦労……オ前の役目ハ終わリダ……」

という片言の言葉が、どこからともなく聞こえてきた。

魔物が〔ユグドラシル言語〕スキルによって発声したものだと察知したジルは、即座に剣を抜き放ち、戦闘態勢をとる。他のパーティメンバーも身構えた。

ジルが周囲を警戒しながら声の出どころを探《さぐ》る。一方、片言の言葉を発するそれは、徐々にジルたちに近づいてきた。

「失敗カ……気づカレた……残念ダ……今回ノ実験は失敗ダ……だガ、まアいい。次、次だ。このノ失敗ヲ次に生かシ、新たナ狩場デ、もっとうまクやれバいい……」

「こ、この気配は……まさか!?」

強大な気配がすぐ近くまで迫っていることを、持ち前の危機感知能力で察知したジルが、顔を歪めながら呻く。そして、その直後――

「だガその前ニ、私の実験ニ、子供たちノ存在ニ気がつい夕者どもト、私たちノ毒に侵《おか》さレタ者を癒《い》やす術を知ル者を、皆殺しニしなければなぁあァぁあぁ!!」

体高は二メートル。体長にいたっては四メートルを超《こ》える巨大なダニ型の魔物が、森の木々を圧《へ》し折りながら、ジルたちの前に姿を現した。

六つに分かれた凶悪《きょうあく》な顎と、先端《せんたん》に返しのついた刃物《はもの》のように鋭利《えいり》な脚。呪術的で禍々しいだけではなく、今にも脈打ちそうなほどに生々しい模様を浮かべ、鎧めいた外皮で全身を余すことなく武装したそれは、多くのダニ類が持たぬ目を有しており、純然たる殺意を込めて、ジルたちを睨みつけている。

『虹色の栄光』にとっては二度目の遭遇《そうぐう》だった。かつて拠点《きょてん》としていたティールを襲い、強固な防護柵と民家二つを全壊させた、超《ちょう》大型の蟲の魔物。ヴェノムティック・スレイブと、ヴェノムマイト・スレイブの元締めにして生みの親。すなわち、ヴェノムティック・クイーンとでも言うべき、強大な主だった。

「ひぃ！　ひぃぃぃぃぃぃ‼」

醜悪《しゅうあく》な主を前にして、ジルは引きつった声で悲鳴をあげた。そんな彼が胸中で考えたことは、前とまったく同じものであった。

こんな化け物に勝てるわけがない。すぐに逃げよう。そうしよう。

「ぜ、全員、全速離脱《りだつ》！　水辺に向かって全力で――」

「見つ……けた……見つけた！　見つけたぞぉ！」

ジルの「逃げろ」にかぶせるように、ザッツが叫んだ。そして、ガーガーの背中から飛び降りようとするが、サポーターに後ろから羽交い締めにされ止められる。

「ちょ、ちょっと⁉　なにをする気だよ⁉」

「放せ！　目の前に仇がいるんだ！　あいつが俺の父ちゃんと母ちゃんを殺して、ティールの村をめちゃくちゃにしやがったんだ！　許さねぇ！　絶対に殺してやる！」

「落ち着けって！　君みたいな子供があんな化け物相手になにができる！　暴れるな、こら！」

拘束《こうそく》を振りほどこうとガーガーの上で暴れるザッツと、ザッツを宥《なだ》めながら動きを封《ふう》じるサポーター。そんな二人を尻目《しりめ》に、ジルはザッツの発言からとある考えに至った。

「……そうだ、こいつだ。こいつがティールに下位個体を送り込み、奇病を蔓延《まんえん》させたんだ。そして、こいつを倒しさえすれば下位個体は死滅し、ティールは救われるかもしれない……」

本能が「逃げろ！　今すぐ逃げろ！」と警告しているにもかかわらず、ジルは真っ直《す》ぐにクイーンを見つめ、ロングソードを両手で握り締める。

「こいつを倒してティールを救えば、ティナは──いや、皆が私を見直すはずだ！」

自身を鼓舞《こぶ》するかのように叫ぶと、ジルはウルズ王国戦士団・団長の息子《むすこ》として積み重ねてきた厳しい訓練を、そして、英雄である父と、婚約者であったイルティナの顔を思い浮かべた。

「私は……私は逃げない！　やってやる、やってやるぞ！」

決死の覚悟と共に、ジルは剣を構えた。

ここで勝ちさえすれば、すべてがうまくいく──と、生まれてはじめて勇気を振り絞り、ジルは逃げずに戦うことを選択《せんたく》した。そして、パートナーとサポーターに檄《げき》を飛ばす。

「お前たちは先にティールに戻れ！　ザッツ少年を必ず無事に送り届けるんだぞ！」

ガーガーとサポーターは、らしくないジルの様子に僅かに逡巡《しゆんじゆん》したが、ほどなくしてティールに向かって駆け出した。

ザッツは相変わらず仇討ちに拘《こだわ》って「放せ、放せ」と喚《わめ》いていたが、子供の力ではサポーターの拘束を振りほどくことはできず、そのまま連れていかれた。

「待テ！　人間ノ子供！　逃がサンゾ！」

怒声を上げるクイーンは、八本の脚を一斉《いっせい》に動かして、ザッツたちの後を追おうとする。

そんなクイーンの前に、ジルが飛び出した。

「お前の相手は私だ！　ジル・ジャンルオン、参る！」

「若に続け！　主を倒して名を上げろ！」

「はい！　私だって、やってみせる！」

ファイターはジルの後に続き、アーチャーは前衛二人を援護《えんご》しようと矢をつがえて弓を引く。そんななか、ジルはロングソードを大上段に構えながら、習得したばかりの〔長剣〕スキルを発動させ、渾身の力でクイーンめがけて振り下ろした。

「くらえぇぇぇ‼」

ジルの剣は、真っ直ぐにクイーンに向かい、そのまま鎧のように分厚い外皮を貫いた。傷口から体液が噴き出し、周囲に飛び散る。

「や、やった！」

金属装備と〔長剣〕スキルを用いたジルの攻撃は、クイーンに決して小さくない傷を刻むことに成功した。

だが、その直後――

「邪魔ダァあァアア‼」

手負いのはずのクイーンが右前脚を振るい、ジルとファイターの胴体を横薙《な》ぎにする。すると、両者の胴体は一瞬で引き裂《さ》かれ、上半身が宙を舞った。

全身に纏ったプレートメイルなど、なんの意味もなさなかった。クイーンの前脚は、鉄の鎧を紙のように引き裂き、サウザンドの開拓者に一撃で致命傷《ちめいしょう》を与《あた》えるほどの力を秘《ひ》めていたのである。

まさに主というべき、圧倒的な攻撃力であった。

「あ……」

アーチャーは、目の前で仲間の上半身が吹《ふ》き飛ぶという光景を目の当たりにし、時が止まったように硬直《こうちょく》していた。クイーンは、そんなアーチャーをまるでいないかのように撥《は》ね飛ばす。

主の突撃をまともに受けたアーチャーは、放《ほう》り投げられた人形のように後方に吹き飛び、消えていった。

ジルとファイターの上半身が、ようやく地面に落下し、二転三転して止まる。

「……ティ……ナ……」

消えゆく意識のなかで、ジルが最後に呟いた。そして、それっきり動かなくなる。生まれてはじめて勇気を出し、本能に逆らった結果は、あまりにも無残だった。

ウルズ王国戦士団・団長の息子にして『七色の剣士』の二つ名を持つ開拓者、ジル・ジャンルオンが、ヴェノムティック・クイーンの前に散った。

「大丈夫ですか？　ガエタノさん」

「私は最後でかまいません」という本人の意思を尊重し、ガエタノの治療は最後に回されていた。

レイラを頭に乗せた狩夜は、その体についた傷が奇麗《きれい》に消えたことを見届ける。

「ええ、大丈夫です。要《い》らぬ心配をおかけして申し訳ありません。いやはや、レイラ様のお力はやはり素晴らしいですな。あれほどの傷を瞬《またた》く間に治してしまうのですから。まるで、〈厄災《やくさい》〉以前にあったという治癒《ちゆ》魔法のようです」

体に異常がないか確かめながら、ガエタノは笑ってみせた。だが、その笑顔《えがお》はやはり心からのものではない。

「ザッツ君、心配ですよね……」

狩夜がそう言うと、ガエタノの顔から笑みが消え、視線が徐々に下がっていった。そして、震える声で言葉を絞り出す。

「はい……心配です……弟と義妹《いもうと》が死んで、ザッツを引き取ってからというもの、毎日が心配と不安の連続です……少し帰りが遅くなれば戻ってくるのかと心配になり……夜眠ったかと思えば悪夢に魘《うな》されるのではと不安になり……まったく、気楽な独り身だったころが懐《なつ》かしいですよ」

ガエタノが自嘲《じちよう》気味に小さく笑う。

「やはり私のような無骨者には、ザッツの親代わりは務まらないのです。私は子供の扱《あつか》いかたなど知りません。いつもいつも、上から怒鳴りつけることしかできず……きっとザッツは、そんな私に失望していることでしょう」

「そんなことは――」

「ありますよ。なぜなら私は、ザッツが一番に望んでいることを叶えてやることができない」

ガエタノは悔し気に両手を握り締め、体を震わせた。

「ザッツの一番の望みは、あの主を倒し、両親の仇を討つことです。私ごときの力では、到底《とうてい》かなわぬこと……開拓者でない私では、戦う親の背中をザッツに見せるどころか、ザッツを追って一人森に入ることすらできないのです……」

「ガエタノさん……」

「あの主が弟と義妹の仇だとわかった今、みずからの無力をこれほど呪《のろ》ったことはありません。あの主はザッツだけでなく、私の仇でもあるというのに……」

ガエタノは顔を上げ、ザッツが消えた方向を見つめた。

「大丈夫ですよ、ガエタノさん。ザッツ君はきっと無事です。今にジルさんと一緒に帰ってきますよ」

狩夜の言葉は、ガエタノを励《はげ》ますと同時に、みずからの望みでもあった。

「み、皆《みんな》～‼」

そのとき、ガエタノの視線の先で、パーティ『虹色の栄光』に所属するサポーターと、ガーガーに跨《またが》るザッツが、森から飛び出してきた。

「ザッツ！　よかった……」

無事に戻ってきたザッツの姿に、ガエタノが安堵する。

「噂《うわさ》をすれば影《かげ》か。よかったですね、ガエタノさん。でも、ジルさんたちがいませんね？　どうしたんだろ？　先にザッツ君だけティールに帰したのかな？」

狩夜はジルたちの姿を探そうと、ガーガーの後方に広がる森に目をこらす。直後、サポーターが有らん限りの声で叫んだ。

「今すぐ泉に飛び込めー‼」

ティールの村民たち――いや、イスミンスール人たちが、即座に反応した。我先にと泉に向かい、躊躇なく飛び込んでいく。

魔物に襲われたら水に飛び込め。幼いころからそう教え込まれ、何度も訓練をしている彼らは、サポーターの叫びを聞いただけで状況を理解し、すぐに行動に移すことができたのである。

その場に取り残されたのは、訓練をまったく受けていない地球人。つまり狩夜と、その頭上にいるレイラだけだった。

もっとも、みずからの意思でこの場にとどまった者もいた。狩夜の隣《となり》でザッツを守るべく水鉄砲《みずでっぽう》へと手を伸ばすガエタノ。ティールとそこに住まう村民を守るべく、武器を手に取るイルティナとメナド。そして、今朝がたジルたち『虹色の栄光』と共にティールへとやってきた開拓者の二人組。計五人が、油断なく森を見据えていた。

理由は人それぞれだが、逃げることなくその場で待ち構える彼らに感謝しながら、村民たちは次々に泉へと飛び込み、安全地帯である水のなかで身を寄せ合いはじめた。

そして、ついにそのときが訪《おとず》れる。

「待ぁアテぇぇぇぇ‼　人間のォ、子供ぉオぉ‼」

鼓膜《こまく》を掻《か》き毟《むし》るかのような悍《おぞ》ましい声が村全域に響き、森との境界線で爆発が起きた。地響きと共に大量の砂埃《すなぼこり》が舞い上がり、数本の大木が根元から圧し折られ、どこぞへと吹き飛んでいく。

「――っ‼」

声すら出すことができず、全身の体毛を逆立てながら棒立ちとなる狩夜。そんな狩夜の視線の先で、その怪物は舞い上がる大量の砂埃をものともせず直進してきた。

見上げるほどに巨大なダニ型の魔物であった。悪夢のような体躯《たいく》をしているが、その体を構成するパーツはヴェノムティック・スレイブに酷似している。それに加え、いくつもの特徴《とくちょう》が事前情報と合致《がっち》した。あれがヴェノムティック・スレイブと、ヴェノムマイト・スレイブの元締めであるという主で間違いない。

「クイーン……」

二人組の開拓者、その片割れの女が呟いた。

かすかに聞こえた言葉に、狩夜は心のなかで同意する。あれはまさしく女王。ヴェノムティック・クイーンと呼ばれるに相応《ふさわ》しい存在。

「やハリ、コノ子もやらレたか……」

クイーンが、地面に転がるヴェノムティック・スレイブを一瞥《いちべつ》する。

「あそコでも……アソコデも……私ノ子供が、孫タチが死んでイル。あの死にかたハ、偶然とは思えナい。やハりあの子の報告通り、コノ村の人間ドモが、我々ノ存在に気がつイたのは確実か……」

クイーンの言う孫というのは、ヴェノムマイト・スレイブのことだろう。極小の死骸であるにもかかわらず、クイーンはその存在と死を知覚することができるらしい。

片言ではあるものの、クイーンが発する言葉からは、明確な意思と知恵を感じ取ることができた。この主は、今まで狩夜が目にしてきた魔物たちとは、明らかに別物だった。

「こうナってハしかたナイ。実験ついでニ内側カラ切リ崩《くず》シ、今後のタメに村ごト苗床にシて眷属《けんぞく》ヲ増やス計画だったガ、もウ止《や》めダ。私たちノ存在を隠蔽《いんぺい》し、毒の治療法ヲ闇《やみ》に葬《ほうむ》ルためにも、今この場で、村の人間どもヲ皆殺しニしてくレる」

狩夜は戦慄《せんりつ》した。ティールを襲った一連の事件は偶然ではなく、クイーンが意図的に起こしたものだったのだ。

しかも「実験」「今後のため」と。つまりティールの壊滅、占領は、クイーンが思い描《えが》く計画、その足がかりにしかすぎないということである。ゆくゆくはあの奇病を大陸全土に撒き散らし、人間すべてを根絶やしにするつもりなのかもしれない。

ヴェノムティック・クイーン。こいつは危険だ。突然変異、もしくは〔ユグドラシル言語〕スキルの副次効果かもしれないが、なんにせよ頭が良すぎる。放置すればティールどころか、ユグドラシル大陸全土を脅かす存在になりかねない。

「おい！　あれはジルの剣だろう⁉　奴はどうした⁉」

イルティナが、青銅の剣を両手で構えながら声を張り上げる。

よく見ると、クイーンは頭のすぐ左横に小さくない傷を負っていた。そして、その傷をつけたと思しきロングソードが、クイーンの体に残されている。

狩夜にも見覚えがあった。あのロングソードは、ジルが所持していたもので間違いない。

「若は……若は……」

サポーターが顔を伏《ふ》せ、悔し気に言葉を詰まらせる。狩夜は瞬時にジルがどうなったのかを察した。どうやら、臆病風《おくびょうかぜ》に吹かれて逃げ出したから、この場にいないというわけではないらしい。

「そうか……あいつがな……ザッツが無事ということは、最後の最後で男を見せたか……」

イルティナはこう言って、それっきり口を閉《と》ざした。そのとき、事態が動く。

「へ……へへ！　こいつはついてるぜ！　主が出ると聞いてこんな田舎《いなか》くんだりまで出向いてみたら、その主が金属装備まで持ってきてくれるとはなぁ！」

見ると、二人組の開拓者、その片割れの男が欲望に目をぎらつかせている。そして、尖《とが》った骨を先端に括《くく》りつけた槍《やり》を構えて、クイーンめがけ突撃していった。

「こいつを仕留めれば、報酬・５０００ラビスと《魔法の道具袋》だけじゃなく、あの金属装備も俺のもんだぁ！　そうなれば、ミズガルズ大陸にだって手が届く！　やってやる！　やってやるぞおらぁぁぁ！」

「ば、馬鹿！　そんなこと言ってる場合⁉　一目見れば、今の私たちに勝てる相手じゃないってわかるでしょうが⁉」

慌てて片割れの女が声を上げるが、男は止まろうとはしなかった。欲望に突き動かされるままに主を目指す。

「いいか、他の連中は手を出すなよ！　こいつは、パーティ『双頭《そうとう》の蜥蜴《とかげ》』のリーダーである、この――」

自分の名前を口にしようとした瞬間、唐突《とうとつ》に男の声が途切れた。男が口の動きを止めたわけではない。消し飛んだのだ、上半身が。クイーンの前脚、ただその一振りで。

「――っひ」

はじめて目にした人間の惨殺《ざんさつ》シーンに、狩夜は目をむき、息を呑んだ。込み上げてくる吐き気に、胃の中身をぶちまけたい衝動に駆られるが、状況の変化がそれを許さなかった。

イルティナとメナドが、クイーンに攻撃をしかけたのである。

開拓者の男がクイーンに向かって走り出したときには、すでにイルティナもメナドも動き出していた。真正面から突撃した男とは正反対の方向。つまりクイーンの胴体部側に回りこみ、背後から強襲したのである。

あの男はもう助からない。イルティナは、男を見捨てて囮《おとり》にすることを選んだのだろう。ティールを守るために、パーティの仇を討つために。そして、男の死を無駄にしないために。

心を鬼《おに》にしたイルティナとメナドは、クイーンに肉薄《にくはく》することに成功した。そして、開拓者の男に気を取られ無防備になっている胴体部めがけ、武器を振り下ろす。

「おお！」

「はぁぁ！」

イルティナの青銅の剣と、メナドの青銅の短剣が、人間の壁《かべ》を越《こ》えた速さで振るわれる。その攻撃は、クイーンの外皮を見事に貫いた。

「グ、いつノまに⁉」

瞬間、クイーンは二人の存在に気づいた。

しかし、丸く大きな胴体部を持つダニにとって、背後は絶対の死角だった。クイーンはすぐさま仕切り直そうと、体ごと向きを変えようとする。

だが、イルティナとメナドはそれを許さない。クイーンの動きに合わせて機敏に動き、常に体を死角のなかに置いた。そして、その間も休まずに武器を振るい、クイーンの胴体部に傷を刻んでいく。

「グ……おノれ人間！　我らの怒りを思い知れ、化け物め！」

「まだまだぁ！　我らの怒りを思い知れ、化け物め！」

「姉、そして義兄の仇！　なにもできぬまま朽《く》ち果てなさい！」

チャンスはここしかない。覚悟を決めて武器を振るう二人の猛攻《もうこう》に、狩夜は目を奪《うば》われた。

このまま押し切れるんじゃないか？　と、狩夜が淡《あわ》い期待を抱《いだ》いた、その瞬間——

「調子ニ……乗ルなァあァ‼」

クイーンが突然八本の脚を使い、その場で高速回転をはじめた。

「これは——下がれメナド！」

「姫様、あぶな——きゃあ！」

高速回転するクイーンを中心に、つむじ風が巻き起こる。イルティナとメナドは逃げきれず、つむじ風に呑まれて高々と巻き上げられてしまう。

「イルティナ様！　メナドさん！」

狩夜が悲痛な声で二人の名前を呼んだ瞬間、巻き上げられた二人は空中で身を翻《ひるがえ》し、見事に着地した。

だが——

「ぐ……」

「つぅ……」

険しい表情で痛みを訴《うった》え、すぐに膝《ひざ》をついてしまう。二人の体はクイーンの胴体部から無数に生えている鞭《むち》のような体毛で打ち据《す》えられ、激しく傷ついていた。

「姫様、大丈夫ですか⁉　私、回復薬を持っております！　お使いください！　御付《おつ》きの方も！」

相方を失った女開拓者がイルティナとメナドに駆け寄り、回復薬が入った瓢簞《ひょうたん》を手渡した。イルティナはすぐに蓋《ふた》を開けて少量を口に含み、残りを頭から体にぶちまける。メナドもイルティナに続いた。

二人の傷は回復薬の効果で徐々に塞《ふさ》がっていく。しかし、それでもまだまだ重傷であり、とても戦える状態ではなかった。

「くそ、ここまでか……私の力では、このティールを救うことも、友の仇を討つこともできんのか……」

「姉さん……すみません。弱い私を、姫様の力になれない私を許してください……」

イルティナとメナドは悔し気に唇を噛む。そして、未練を振り払うように小さく頭を振った。

「やむを得ん！　ひとまず主討伐《とうばつ》は諦める！　全員泉のなかに飛び込め！　生きてさえいれば希望はある！」

イルティナはそう叫ぶと、メナドと共に女開拓者の肩を借りて立ち上がり、力を振り絞って安全地帯である泉を目指す。

しかし――

「逃がスと思うカ！　人間！」

クイーンが回転をやめ、三人めがけて突撃してきた。イルティナたちを泉のなかに逃がすつもりなど、微塵《みじん》もないらしい。

このままでは、三人が泉に辿《たど》り着く前に、クイーンは攻撃体勢に移る。そうなれば、今度こそイルティナたちの命はない。さっきの男開拓者のように無残に殺されてしまうだろう。

死ぬ。目の前で、イルティナと、メナドが——死ぬ。

「う……うぁあぁ！」

狩夜はいつの間にか走り出していた。クイーンから逃げようとする本能を抑《おさ》え込み、自分の体を盾《たて》にするべくイルティナたちの前に躍り出る。

「無茶だ！　逃げろカリヤ殿！　ハンドレッドの開拓者がどうこうできる相手じゃない！」

「カリヤ様！　いけません！」

イルティナとメナドが悲痛な声を上げるが、狩夜は真正面からクイーンと相対した。そして、恐《きょう》怖《ふ》を押し殺し、剣鉈を構える。

「我ガ子から聞いているゾ、人間！　私たちの毒ノ治療法を知るのハ貴様だナ⁉　貴様ハ確実ニ始末すル！」

クイーンはそう言って、走る速度を一切落とさぬまま顎を限界まで開き、狩夜の体に食いつこうと驀進《ばくしん》してきた。瞬間、この場にいるすべての人間が、狩夜の死を幻視《げんし》しただろう。

しかし、それを現実のものにするわけにはいかない。狩夜は、藁《わら》にもすがる思いで叫んだ。

「レイラァ‼」

名前を呼ばれたレイラは、頭頂部の葉っぱを硬質化させ、狩夜を守る盾とする。

レイラの葉っぱと、クイーンの巨体が正面衝突し、凄《すさ》まじい轟音《ごうおん》がティールの村に響き渡った。

はい。ここで問題です。

丈夫な容器に入ったプリンがあります。それに横から強い衝撃を加え、容器は無事でした。さて、中身はどうなっているでしょう？

正解は――

ボギ‼

レイラの葉っぱとクイーンの巨体が激突した次の瞬間、狩夜の体は宙を舞い、防御《ぼうぎょ》の際の衝撃が集中した首からは、決して鳴ってはいけない音がした。

凄まじい激痛が狩夜を襲うが、それは一瞬のこと。視界が暗転し、狩夜の意思は暗い闇のなかに落ちていく。

「――っ⁉」

そんななか、レイラがかつてないほどに切羽詰《せっぱつ》まった様子で治療用の蔓を出し、曲がらないはずの角度まで曲がろうとしている狩夜の首を一突きする。

「――っは⁉」

暗転しかけた意識を取り戻し、狩夜は空中で目を白黒させた。一方のレイラは、狩夜の頭に必死にしがみつきながら目を見開いており「危なかった！　本当に危なかった！」と、その小さい体を小刻みに震わせている。

レイラの動きは止まらない。落下していく狩夜の体と地面との間に、頭頂部の葉っぱを割り込ませ、川原で布団《ふとん》代わりにしたときと同様、柔《やわ》らかく弾力《だんりょく》に富んだ形状へと変化させた。

背中から地面へと叩きつけられる狩夜であったが、レイラの葉っぱのおかげでことなきを得た。

その際の衝撃で我に返り、反射的に立ち上がる。

「ほウ、私の攻撃ヲ防ぐトは……」

何事もなかったように立ち上がった狩夜に、クイーンが警戒するような声を漏《も》らす。

臨死体験から生還《せいかん》した狩夜が、恐る恐る左手を首に当て、骨がちゃんと繋《つな》がっていることを確認するなか、レイラは「ここじゃダメだ！」と頭上から飛び降り、狩夜の背中にへばりつく。そして、体から無数の蔓を出し、幾重《いくえ》にも幾重にも狩夜の体に巻きつけ、自身と狩夜とが決して離れないようしっかりと固定した。

「ナラば……コレでドウだ！」

警戒を強めたクイーンであったが、攻撃の手は緩《ゆる》めない。猛然と間合いを詰め、右前脚による横《よこ》薙《な》ぎをくり出してきた。

レイラは再び頭頂部の葉っぱを硬質化させ、それを真正面から受け止める。そして、レイラは見事にクイーンの攻撃を防ぐことに成功した。

だが――

「っぐ！」

防御の際の衝撃で、狩夜の体が悲鳴を上げる。

レイラが頭上から背中に移動したことで、首の骨が折れるといった死に直結するような事態にこそならなかったが、全身、特に吹き飛ばされないよう踏ん張った両脚から激痛が走る。

骨にヒビが入ったか、それとも折れたか。

狩夜がたまらず膝をつき、レイラは大慌てで狩夜を治療する。

だが、クイーンはその隙を見逃《みのが》してはくれなかった。膝をついた狩夜の頭上で左前脚を豪快《ごうかい》に振りかぶり、渾身の力で振り下ろしてくる。

当たれば治療する間もなく狩夜を確殺するであろうその攻撃を、レイラは硬質化した頭頂部の葉っぱで受け止めようとして——やめた。クイーンの左前脚が葉っぱに触《ふ》れた瞬間、咄嗟《とっさ》の判断で斜《なな》めにし、受け流す。

クイーンの左前脚は、狩夜ではなく、その左横の地面に命中し、轟音と共に大量の土煙《つちけむり》が舞った。

瞬間、クイーンの体が硬直する。渾身の一撃であったがゆえの反動。不可避《ふかひ》の技後《ぎご》硬直が、クイーンの体を縛《しば》りつけたのだ。

一方の狩夜は、先ほどの治療によって体は全快しており、防御の際に体に走った衝撃は、レイラの機転によって最小限。痛みこそあれ、動きを阻害《そがい》するほどのものではない。

「おらぁ！」

絶好の好機を前にして、狩夜は裂帛《れっぱく》の気合と共に立ち上がり、剣鉈を水平に振るう。

叉鬼《またぎ》狩夜の全身全霊《ぜんれい》を込めた一撃が、クイーンを襲った。

しかし——

ガギィ‼

「〜〜っ⁉　か……かたぁ……」

磨《みが》き抜かれた鋼《はがね》の刃《やいば》が、強固な外皮に撥ね返される。狩夜渾身の一撃は、クイーンの体に僅かな傷跡《きずあと》をつけるだけに終わった。

マダニの別名は硬ダニ。その由来である背板で、クイーンは胴体部の背面だけでなく全身を武装しているわけだが、いくらなんでも硬すぎる。

そして、攻撃力的に劣《おと》るであろうイルティナの青銅の剣や、メナドの青銅の短剣が外皮を貫き、クイーンにダメージを与えたというのに、狩夜の剣鉈は通用しなかった。つまり——

「僕の身体能力不足⁉」

それ以外に考えられない。ハンドレッドの開拓者の身体能力では、いかに優れた武器を振るっても、クイーンの外皮を貫けないのだ。

「非力ダな！　人間！」

技後硬直から復帰したクイーンが、再度狩夜に襲いかかった。だが、レイラが即座に反応し、頭頂部の二枚の葉っぱだけでなく、両手から蔓も出して迎《むか》え撃《う》つ。

先の攻防で学習したのか、レイラはクイーンの攻撃を真正面からは受け止めようとはせず、葉っぱと蔓を駆使して受け流すことに努めた。

自身の不手際《ふてぎわ》が狩夜の痛みになるとあってか、その表情は真剣そのもの。クイーンの猛攻をときにはそらし、ときには包み込み、ときにはかわす。それらは回数を重ねるごとに洗練されていき、防御する際に狩夜の体に走る衝撃は、レイラの防御技術の向上に伴《ともな》って減少していった。

「エエい、ナゼ邪魔ヲする⁉　貴様も私ト同じ魔物でアロう⁉　ソレだけの力を持っテいながラ、なぜ人間に味方すル⁉」

「……（ムカ）」

レイラは少し怒ったようだ。非難の言葉と共に振り下ろされたクイーンの右前脚を頭頂部の葉っぱでそらしつつ「お前と一緒にするな！」とばかりに、蔓での足払いをしかけた。

地面に対し水平に振るわれた蔓によって、八本の脚すべてを刈《か》り取られたクイーンは、振り下ろした右前脚の勢いそのままに転倒する。

再び訪れた好機に、狩夜は剣鉈を振りかぶる。

「これならどうだ！」

狙いは外皮の防御が薄《うす》い関節部分。ここならいけるだろうと、狩夜は剣鉈を全力で振り抜いた。

ガギィ‼

「くそ、ここもだめか⁉」

だが、結果は同じ。狩夜の攻撃はクイーンにまったくダメージを与えられずに終わる。筋力も、敏捷《びんしょう》も、まったく足りていなかった。

今の狩夜では、ヴェノムティック・クイーンを倒せない。

この世界にきて、すでに幾度も感じた無力感が、また狩夜の頭と心を埋《う》め尽くしていった。剣鉈を握る右手から、徐々に力が抜けていく。

「おノレ……オノれ、オのれ！　おノレェえぇ‼　この魔物ノ面汚《つらよご》しめガぁ‼」

転倒状態から復帰したクイーンが、激昂《げっこう》しながら再度攻《せ》め立ててきた。レイラはまたそれを無言で迎撃《げいげき》する。

防御のレイラと、攻撃のクイーン。両者の激しい攻防が狩夜の眼前で繰《く》り広げられ、無数の火花が散った。

これはもう狩夜が介入《かいにゅう》できる次元の戦闘ではない。自分の力でクイーンを倒すことをすでに諦めた狩夜は、レイラがこの攻防に競《せ》り勝ち、独力でクイーンを打倒してくれることをただ願った。いや、もうクイーンを倒すことは諦めて、逃げ出したほうがいいのかもしれない。

時間は稼《かせ》いだ。イルティナも、メナドも、もう安全圏《あんぜんけん》に避難《ひなん》したはずだ。ここで逃げても、褒《ほ》められこそすれ、誰も狩夜を責めはしないだろう。

頭と心を支配する無力感のままに「弱いのだから、凡人《ぼんじん》なのだからしかたない」と、狩夜が安全地帯である泉に向かって足を踏み出そうとした、そのとき――

「くらえぇ！　化け物！」

「え？」

突然聞こえた声に、狩夜は思わず足を止めた。その直後、クイーンの背後でなにかが割れるような音がする。

「グギ……ギャあぁアァあアァァア‼」

クイーンが突然身悶《みもだ》え、絶叫を上げた。尋常ではない苦しみようである。

「ザッツ⁉」

「あいつ、いつの間においらの聖水を⁉」

後方で、ガエタノとサポーターが騒《さわ》いでいる。どうやら、サポーターが携帯《けいたい》していた聖水をザッツが奪い、クイーンに投げつけたようだ。

すべての魔物の弱点であるマナが多量に溶《と》けた聖水をまともに浴び、魂の浄化《じょうか》という地獄《じごく》の苦しみが、ヴェノムティック・クイーンに襲いかかる。

「や、やった！　うまくいった！」

ザッツが歓喜《かんき》の声を上げる。すると、クイーンが動いた。

「ヨクも……よくモやってクレたな！　人間ノ子供ぉオォォ！」

クイーンの目がザッツに向けられ、狩夜は慌てた。とにかく気を引こうと、聖水を浴び、黒い煙を上げ続けるクイーンの体を、無駄と知りつつ斬《き》りつける。

すると――

ザシュ‼

「あれ？」

狩夜の剣鉈は、クイーンの外皮をあっさりと貫いた。そこに聖水が入り込み、クイーンが再び悶《もん》絶《ぜつ》する。

「ぐゥあぁアァ‼　き、貴様ァあ！」

「ガエタノさん、今のうちにザッツ君を！」

狩夜の声にガエタノはすぐさま反応した。

「カリヤ殿が注意を引いてくれているうちに逃げるぞザッツ！　私と一緒に泉に飛び込むんだ！」

「嫌だ！　俺は逃げないぞ！　この手で父ちゃんと母ちゃんの仇を討つんだ！」

「無理を言ってカリヤ殿を困らせるんじゃない！　お前のような子供にいったいなにができる！」

「できるできないの問題じゃない！　やるかやらないかだ！　村の英雄はあいつでいいよ！　でも、これだけは譲れないんだ！　父ちゃんと母ちゃんの仇をこの手で討たない限り、俺は後にも先にも進めない！　そんなの死んでいるのと変わらないじゃないか！」

ザッツとガエタノが戦場で互《たが》いの想《おも》いをぶつけ合う。狩夜はそんな二人を横目に、腰に下げた聖水を目の前のヴェノムティック・クイーンに投げつけ、間髪《かんはつ》入れず剣鉈を振り抜いた。

「グギぃぃ！」

剣鉈は今回も外皮を貫き、クイーンの体に傷をつけた。そして、かけたばかりの聖水が傷口に殺《さっ》到《とう》し、化膿《かのう》するかのごとく傷口を広げていく。

怒ったクイーンが狩夜に攻撃をしかける。しかしそれはレイラが防いだ。そんななか、狩夜は水鉄砲を構え、次いで放水。そして、水で濡《ぬ》れた部分を剣鉈で切りつける。

結果は上々。聖水と違って傷口を広げるようなことはなかったが、狩夜の力でも外皮を貫き、ダメージを与えることに成功した。

「マナを使えば、僕でもダメージを与えられる？」

検証結果を確かめるように狩夜は呟いた。そしてこれは、努力と工夫次第《くふうしだい》で、狩夜の力でもヴェノムティック・クイーンを打倒できるということに他ならない。

見つけ出した勝利への道。頭と心を支配していた無力感を振り払うように、狩夜は叫んだ。

「力を貸してください！」

突然紡がれた狩夜の言葉に、ザッツが、ガエタノが、イルティナが、メナドが、ティールの村民全員が目をむいた。狩夜はなおも言葉を続け、この場にいるすべての人間に懇願《こんがん》し、訴える。

「レイラは防御で精一杯！　僕も、ただ攻撃するだけでは効きません！　僕たちだけの力じゃ、この主には絶対に勝てない！　皆さんの協力が必要です！」

狩夜がこう言うと、頭上のレイラがなにか言いたげに体を震わせたが、狩夜はそれを無視した。

「剣や槍を手に取り、共に戦えとは言いません！　主の間合いの外、安全なところから水鉄砲で僕たちを援護してください！　それで主の防御は崩れます！　非力な僕でもダメージを与えられるんです！」

村民たちが息を呑み、ざわつきはじめた。そんななか、狩夜は村民だけでなく、無力感に屈《くっ》しかけた自分自身を鼓舞するように、愚直《ぐちょく》に声を張り上げ続ける。

「皆さんの援護があれば、僕は必ず勝ってみせます！　だから……だからどうか、僕に力を貸してください！　皆の力で主を倒し、村の英雄の仇を共に討ちましょう！」

瞬間、ティールに静寂《せいじゃく》が訪れる。イルティナも、メナドも、ガエタノも、ザッツも、クイーンすらも押し黙《だま》った。

静寂がティールを支配するなか、狩夜は胸中で「頼む、届いてくれ！」と必死に願う。

その、直後——

『うおおぉぉぉおおぉぉぉおぉ!!』

ティールの村民たちの雄叫《おたけ》びが上がる。そして、村民たちは水鉄砲を手にしながら泉から飛び出してきた。

「やってやる！　ここは俺たちの村だ！　俺たちの力で守るんだ！」

「カリヤ殿を助けるぞ！」

「ガルーノとメラドの仇討ちだ！」

「隊列は要らん！　とにかく撃て！　撃って撃って撃ちまくれ！」

「恐れるな！　カリヤ殿とレイラ様を信じろ！　主の攻撃が私たちに届くことはない！」

「男どもに遅《おく》れんじゃないよ！　あたしたちも戦うんだ！」

「そうよ！　私たちだってぇ！」

村民全員が戦う決意をしてくれた。英雄の仇を討つのだと、この村を守るのだと、水鉄砲を手に気勢を上げる。

狩夜は決意を新たにした。ティールの村民を戦いに扇動《せんどう》した以上、もう逃げることは許されない。クイーンが倒れるそのときまで、誰よりも前で戦い続けなければならない。

「ごめん、レイラ。馬鹿で身のほど知らずな僕につき合ってくれ……」

するとレイラは「うん！　一緒に頑張《がんば》ろう！」と、狩夜の背中をペシペシ叩いてきた。

「ありがとう……それじゃ、いこうかレイラ！」

レイラに文字通り背中を押され、狩夜はクイーンめがけ駆け出した。


「グギャあぁァァあアァァア‼」

ティールの村にクイーンの絶叫が響く。村民の水鉄砲から放たれた水が命中したのだ。

もがき、苦しむクイーン。だが、その巨体への放水が止むことはない。泉から飛び出した村民たちは、クイーンの周囲を取り囲み、四方八方から水を浴びせ続ける。

クイーンの全身から黒い煙が上がるなか、剣鉈を手に狩夜は走る。注意を自分に向けさせるため、あえて真正面から切りかかった。

狩夜の右手は奇麗に振り抜かれ、クイーンの体に鋭利な切り口が走る。

「グゥぅ！　お、おのレぇぇぇ！」

クイーンは痛みをこらえながら右前脚を振り上げ、狩夜を攻撃しようとする。

「させるか！」

そのとき、狩夜の後方から瓢箪が投げ込まれた。

瓢箪は右前脚の関節部に直撃し、破砕《はさい》。聖水を盛大《せいだい》に撒き散らした。クイーンの右前脚から大量の黒煙《こくえん》が上がり、動きが鈍る。

「カリヤ殿！」

イルティナであった。重傷をおして狩夜の援護に駆けつけてくれたらしい。

狩夜は剣鉈を大きく振りかぶる。狙いはただ一点。聖水によって脆《もろ》くなっている、右前脚の関節部分だ。

「――っ！」

声なき咆哮《ほうこう》と共に剣鉈を一閃。遠心力を限界まで乗せたその一撃は、三日月のような残光を残しながら、関節部分に吸い込まれるように命中した。

クイーンの右前脚が、ボトリと地面に落ちる。切断面に聖水が入り込み、クイーンは再度絶叫し、動きを止めた。

「まだまだぁ！」

だが、狩夜の動きは止まらない。雨のように降り注ぐ援護射撃のなか、狩夜は剣鉈を振り続けた。

前脚を失って手薄になったクイーンの右側面に回り込み、呼吸を止めての乱撃を繰り出す。

もちろんクイーンも黙ってはいない。攻撃の要である狩夜を殺さんと、苦痛をこらえて捨て身の猛攻をしかけるが、そのすべてをレイラが迎え撃った。

レイラは「お前の攻撃はすでに見切った～！」とばかりに頭頂部の葉っぱと蔓を振るい、迫りくる攻撃を受け流す。この僅かな時間で激増したレイラの防御技術は圧巻の一言であり、衝撃で狩夜の首が折れかかったのが嘘《うそ》のようにクイーンを翻弄《ほんろう》。死地にいるはずの狩夜を攻撃だけでなく、衝撃や痛みといった、あらゆるものから守り抜いた。

防御のすべてをレイラに託《たく》した狩夜は、野生の獣《けもの》のように闘争本能をむき出しにして、斬る、斬る、斬る。攻めて攻めて攻め続ける。クイーンの目と攻撃を自分だけに向けさせるため、歯を食い縛って攻撃を断行した。

激しい無呼吸運動。一撃で自分を殺しうる相手との接近戦。自身に向けられる主からの凄まじい殺気と、ティールの村民からの期待。それらの要素が折り重なって、狩夜の体力はみるみる消耗《しょうもう》していった。

ソウルポイントで強化されているにもかかわらず、すでに肺は悲鳴を上げ、剣鉈を振るうたびに重くなる腕は鉛《なまり》のようだった。全身も焼けるように熱い。

なんで僕はこんな辛いことをしているのだろう？　怖《こわ》い、辛い、苦しいといった感情が顔を出し、狩夜のなかでうねりを上げる。なにもかも投げ出して、この場から逃げ出してしまいたい。

だけど、それでも――

「やめるわけには……いかないんだぁぁぁぁあ‼」

守りたいモノがある。救いたいモノがある。男の子には意地がある。

狩夜は、このティールで知り合ったすべての人の顔を思い浮かべながら、剣鉈を振るい続けた。

そんな狩夜の思いに応えるかのごとく、雄々《おお》しい叫びがティールの村に響き渡った。

「うぉおぉぉお！　弟よ！　このティールを守るため、ウルズ王国随一《ずいいち》と謳《うた》われたその剛力《ごうりき》、今だけ私に貸してくれ！」

ガエタノである。巨大な水瓶《みずがめ》を両手で抱えながら、クイーンを見据えていた。

「あ、あれって！」

間違いない。ガエタノが抱えている水瓶は、狩夜が数日前に立ち寄った道具屋のものだった。水瓶の表面には『聖水』という文字がでかでかと書き込まれている。

なみなみと聖水を湛《たた》えたその総重量は、三百キロは下るまい。ガエタノは、なんとその水瓶を両手で抱えたまま走り出した。

目は血走り、全身に血管が浮き出ている。筋肉の断裂《だんれつ》する音が狩夜にまで聞こえてきそうだった。火事場の馬鹿力。精神が肉体を凌駕《りようが》する姿を、狩夜は確かに見た。

「すげぇぜ、ガエタノさん！」

「ガルーノさんそっくりだ……」

「俺らも負けちゃいられねぇ！」

「撃て！　撃って撃って撃ちまくれ！　カリヤ殿を、この村を守るんだ！」

「いっけぇえぇえぇ！　ガエタノ伯父さぁん！」

「うおおぉおぉおぉお!!」

村民の声援を背に受け、ガエタノは咆哮した。そして、五メートルほど離れた場所からクイーンめがけ水瓶を投げつける。

クイーンは、咄嗟に身を翻し、水瓶を避けようとするが――

「そこにいろ！」

狩夜が気迫《きはく》のこもった声と共に剣鉈を投擲《とうてき》。放たれた剣鉈は、クイーンの目と顎の間にある僅かな隙間に吸い込まれ、その奥に隠された血のように赤い球体に深々と突き刺さった。

そこにあったのは心臓か、はたまた脳か。詳細《しょうさい》は不明だが、よほど重要な器官を傷つけられたらしく、クイーンの体が痙攣《けいれん》するように激しく震えた後、硬直した。

一方、狩夜の動きは止まらない。飛来する水瓶よりなお早くクイーンへと肉薄し、右手を伸ばす。

狩夜の手が向かうのは、先ほど投擲した剣鉈ではなく、その横。クイーンの体に深々と突き刺さるロングソードだ。

「借ります！　ジルさん！」

狩夜はロングソードを渾身の力で握り締めた後、肉薄したときの勢いそのままにクイーンの横を駆け抜ける。狩夜の動きに追従したロングソードは、クイーンの左脚、そのすべてを根元から切り落とした。

八本のうち五本の脚を失ったクイーンは、その場で転倒。そして、無防備となった巨体に、ガエタノが放った水瓶が直撃した。

「――ッ‼」

もはや叫び声すら上がらなかった。直撃した水瓶の衝撃と、大量の聖水による波状攻撃で、クイーンの体は今までで一番の黒煙を噴き出すと、それっきり動かなくなった。

「これで終わるな」

動かなくなったクイーンに止《とど》めを刺すべく、狩夜はロングソード片手に頭のほうへと歩み寄る。

そして、後ろからその様子を見ていたザッツに声をかけた。

「君がやるかい？」

ザッツは、横たわるクイーンを凝視しながら無言で頷いた。

村民全員が見守るなか、ロングソードを手にしたザッツは、クイーンの頭を真っ直ぐに見据えた。

そして――

「おおぉ‼」

ザッツがなにかを振り払うように刃を振り下ろす。

クイーンの首が落ち、力無く地面を転がった。

ティールの村を壊滅寸前にまで追い込んだ、強大な主の命が、たった今消えたのだ。

ようやく終わった。両親の仇を討ったザッツは、放心して立ち尽くしている。

だが、誰一人として歓声《かんせい》を上げる者はいない。まだ問題は解決していないことを、この場にいるすべての人間が理解しているからだ。

ティールを占拠する極小の魔物、ヴェノムマイト・スレイブが死に絶えない限り、ティールに平和は訪れない。さっきまでの激闘が、徒労に終わる可能性すらあるのだ。

村民全員が口を噤《つぐ》み、無言でなんらかの結果を待っている。

「大変！　大変です皆さん！　聞いてくださーい！」

期待と不安に静まり返るティールの村に、突然タミーの声が響いた。村民全員の視線が彼女に集まる。

村民全員に直視されるなか、タミーは泣き笑うような表情を浮かべた。

「死んでます！　どんどん死んでいきます！　上位個体の撃破によるヴェノムマイト・スレイブの連動死を確かに確認しました！　私たちの勝利です！」

一瞬の沈黙《ちんもく》の後、大歓声が爆発した。誰もが手を取り合い、皆の手で掴み取った勝利に酔《よ》いしれる。

狩夜は「終わったね、レイラ」と、大活躍した相方に声をかける。レイラはペシペシと嬉しげに狩夜の背中を叩いた。

そんななか、ザッツはいまだ心ここにあらずといった様子で、動かなくなったクイーンを見つめていた。

狩夜は、そんなザッツの肩に手を置く。

「君が攻略法を見つけてくれたおかげで勝てたよ。ありがとう」

瞬間、ザッツの両目から大粒《おおつぶ》の涙が溢《あふ》れた。そのまま倒れ込むように狩夜の胸に顔を埋《うず》め、盛大に泣きはじめる。

自身の無力を嘆《なげ》く悔し涙ではない。家族を失った悲しみの涙でもない。これは勝ちとった涙だ。流してもいい涙だ。負の感情を洗い流す、明日へと続く涙だ。

きっともう、ザッツは大丈夫だ。

狩夜は激闘の果てに守ることができたものを確かめるように、その背中をポンポンと優しく叩く。

そして、思ったのだった。

僕も、少しは強くなれたかな——と。


「これでよしと」

狩夜は目の前のタッチパネルに表示されている『YES』をタッチした。すると『叉鬼狩夜の精神が向上しました』というお馴染《なじ》みの声が白い部屋に響き渡る。

激動の一日を終え、イルティナ邸《てい》で泥《どろ》のように眠りについた狩夜は、白い部屋での基礎《きそ》能力向上を終えたところである。

最終的にはこうなった。

叉鬼狩夜　残SP・62
基礎能力向上回数・98回
『筋力UP・25回』
『敏捷UP・40回』
『体力UP・25回』
『精神UP・8回』
習得スキル

〔ユグドラシル言語〕

「しっかし、一気に上がったな……」

激増した各種数値に、狩夜は感慨《かんがい》もひとしおだった。

グリーンビーの巣の駆除と、ヴェノムティック・クイーン。それら強大な相手との連戦、そして撃破は、多量のソウルポイントに形を変え、狩夜のなかに蓄積《ちくせき》された。

「あと二回で僕もサウザンド、『一人前』の開拓者か……地道にコツコツ溜《た》めるはずだったのに、どうしてこうなったんだろ？」

狩夜は、数日前まで想像すらしていなかった現状に苦笑いする。

あと二回で基礎能力向上回数が百を超える。そうなれば基礎能力向上に必要なソウルポイントが、百以上、千未満となり、狩夜はハンドレッドを卒業、サウザンドとなり『駆け出し』の開拓者から『一人前』の開拓者となる。

開拓者になってまだ間もないというのに『一人前』というのも変な話だが、これは開拓者としての一つの区切りだ。サウザンドの開拓者になった暁《あかつき》には、なんらかの自信を得られるに違いない。

狩夜は記念すべき百回目の基礎能力向上シーンを想像しながら、白い部屋を後にした。

異世界生活七日目。ティールの村は朝から厳《おごそ》かな雰囲気《ふんいき》に包まれていた。ガルーノとメラドの再埋葬。そして、森のなかで発見されたジルたち『虹色の栄光』と『双頭の蜥蜴』のリーダーの葬儀《そうぎ》が執《と》りおこなわれたからである。

ガルーノたちは木の民の正しい作法にのっとり、ティールの村の墓地に埋葬された。葬儀はつつがなく終わり、村民たちはガルーノたちとの別れを惜《お》しみながら日常に戻っていく。

葬儀の後も、墓地には狩夜をはじめ、何人かが残っていた。

新しく用意されたガルーノとメラドの墓の前では、メナド、ザッツ、ガエタノが、両手を組んで頭を下げている。そして、ジルの墓の前ではイルティナが無表情で墓を見つめ、サポーターが激しく泣きじゃくっていた。

「イルティナ様……あの、大丈夫ですか？」

失礼にならないよう葬儀中は胸に抱いていたレイラを定位置である頭上に戻した狩夜は、ジルの墓の前から動こうとしないイルティナに、躊躇《ためら》いがちに声をかける。

「あまり大丈夫ではないかもしれん。騒がしい奴ほどいなくなると……な」

「やっぱり好きだったんですか？　ジルさんのこと」

「ふむ。昨日までの私なら即座に否定しただろうが……ジルのことを異性として好きだったのかどうかは、正直自分でもわからない」

「そうですか……」

「ただ。ウルズ王国の王女としてなら、ジルと結婚するのは悪くないと思ってはいた」

イルティナは墓から目をそらし、どこか遠くを見つめた。

「ジルは卓越《たくえつ》した危機感知能力の持ち主だ。臆病《おくびょう》で小者と揶揄《やゆ》されてはいるが、言いかえれば慎重《しんちょう》で計算高いということ。今は大開拓時代。皆の気持ちが外へ外へと向かう時代だ。そんな時代だからこそ、私はジルのような慎重な男に王族の一員になってほしかった」

「国のためなら自分の感情は二の次だと？」

「そこまでは言わん。ジルのことは、少なくとも嫌いではなかった。それは間違いない。幼馴染《おさななじみ》でもあるしな。なのに、一時の感情に囚《とら》われ婚約解消などと言ってしまった。それがジルを追い詰め、こんな結果を招いてしまった。後悔《こうかい》しているよ。時間が戻せればとこれほど強く思ったことはない」

イルティナはここでゆっくりと目を閉じ、小さく溜息を吐く。

「明日、私はティールを発《た》ち、都へと向かう。今回の顛末《てんまつ》は、父上と戦士団長に私の口から直接報告する必要がある。ジルが所持していた金属装備も、戦士団長に返還しなければならないしな」

「待ってください！」

イルティナの隣で泣いていたサポーターが激しく反応した。服の袖《そで》で涙をぬぐいながらイルティナと向き直る。

「あの、姫様！　若との婚約解消の件は、なかったことにしてはいただけませんでしょうか！」

「む？　それはできん。ジルの死はその婚約解消が招いたことだ。それを秘匿《ひとく》するなど許されることではない。安心しろ、そなたに責が及ばないよう、戦士団長には私が――」

「違います！　おいらが戦士団長に怒られるのが嫌だとか、そういう話じゃないんです！　若を！ジル・ジャンルオンを、姫様の婚約者のまま死なせてやってほしいんです！」

「――っ」

サポーターの必死の訴えにイルティナが息を呑む。

「婚約解消が原因で功を焦《あせ》り、魔物に殺されたなんて思われたら、あまりにかわいそうです！　若は自分の正義と良心に従って、名誉《めいよ》の戦死を遂《と》げたんです！　立派な最後だったと、国王陛下にはそう報告してください！　死んだ若もそれを望んでいるはずです！」

「しかし——」

「お願いします！　若はおいらの恩人なんです！　おいらの恩人を、貴女の婚約者のまま、この村の英雄として死なせてやってください！」

「私もその意見に賛成です」

姉と義兄との最後の別れを終えたメナドも話に加わった。メナドはザッツを一瞥した後、真剣な顔で続ける。

「ザッツが——わたくしの甥《おい》が生きて帰ってこられたのは、ジル様のおかげです。そして、ザッツの土壇場《どたんば》での閃《ひらめ》きが、ヴェノムティック・クイーン打倒の切っかけとなり、このティールを救ったのです」

「む……」

「いろいろありましたが、ジル様は立派でした。狩夜様もそう思いますよね？」

メナドは同意を求めるように狩夜に話を振る。狩夜も「はい！　僕もそう思います！」と即座に返した。

「……わかった。ジルのパーティメンバーであったそなたの意思を尊重しよう。ジルは私の婚約者。そして、ザッツの命を救った村の英雄だ。これでよいな？」

「はい！　ありがとうございます！」

「だが、私が都に行くのは決定事項《じこう》だ。メナド、ガエタノと共に留守を頼むぞ。都についたらラタトクスにて連絡《れんらく》する」

「はい、そちらは万事《ばんじ》お任せください。では、私は出立《しゅったつ》の準備を整えてまいりますので、これで」

メナドは優雅《ゆうが》に頭を下げ、墓地を後にする。サポーターも「若、おいらやりやしたぜ」と、やりきった顔で開拓者ギルドのほうへと歩いていった。いつの間にかガエタノとザッツの姿もない。もう墓地にいるのは狩夜とレイラ、そしてイルティナだけである。

「さて、カリヤ殿にはまだ少し話があるのだが、いいだろうか？」

イルティナは狩夜と正面から向き直った。狩夜も慌てて向き直る。

「先ほど話した通り、私は明日、都に——ウルズ王国の首都に向かう。そこで提案なのだが、カリヤ殿もそれに同行してはくれまいか？」

「え、僕がウルズ王国の首都に……ですか？　イルティナ様と一緒に？」

「そうだ。実は我らウルズ王家の統治下で運営されているすべての開拓者ギルドには、【主の討伐】という、私の父上が依頼《いらい》したクエストが発注されているのだが——」

「ああ、そのクエストなら知ってます。タミーさんに見せてもらいましたから」

「ん、そうか。ならば話は早い。このクエストに設定された報酬５０００ラビスと、《魔法の道具袋》を、カリヤ殿に受け取ってほしいのだ」

狩夜は突然の申し出に目を丸くした。だが、イルティナはかまわず続ける。

「主化した魔物を打倒したカリヤ殿には、この報酬を受け取る資格がある。だが、《魔法の道具袋》が王宮の宝物庫に保管されている関係上、このクエストの報酬は都の王宮でなければ受け取れないのだ。よければ一緒に来てほしい」

「で、でも……ヴェノムティック・クイーンを倒したのは皆の力で……ティールの村は今が大事な時期でお金が必要で……だから皆で分け合ったほうが……」

「これは村民全員の総意なのだ。どうか私たちティールの村民に、恩義に報《むく》いる機会を与えてほしい」

膝を折り、目の高さを合わせるイルティナの真剣な思いを前にして、狩夜はなにも言えなくなってしまう。

「……わかりました。ありがたく受け取ります。イルティナ様と一緒に都にいきます」

こうして、狩夜とレイラの、ウルズ王国の首都いきが決定したのだった。


開拓者ギルドや道具屋に顔を出し、狩夜とレイラはティールの村民一人一人に別れを告げていく。

そして、そんな狩夜の姿を物陰から見つめる子供がいた。

「カリヤの兄ちゃん、イルティナ様と一緒に都にいくんだ……」

そう、ザッツである。

ザッツはあいさつ回りをする狩夜の姿を目で追いながら「よし！」と力強く頷くと、踵《きびす》を返し駆け出した。そのまま村を飛び出し、小川に沿った道をひた走る。

父の形見である黒曜石のナイフを握り締め、水鉄砲を腰に下げながら向かうのは、両親が元気だったころ毎日のように訪れていた秘密の場所、ラビスタがよく出る森のなかの草原だ。

「カリヤの兄ちゃんを安心させてやるんだ！」

自分はもう大丈夫。そう恩人に証明するために、ザッツは一人森のなかに入っていった。


異世界生活八日目。狩夜がイスミンスールに来て一週間が経過した。

もっともこれは地球での一週間で、イスミンスールの基準ではこうはいかない。

イスミンスールの一週間は九日。そして、その九日それぞれには、世界樹と精霊の名前が冠されている。

順番に――

ユグドラシルの日。

ウィスプの日。

ルナの日。

サラマンダーの日。

ウンディーネの日。

ドリアードの日。

シルフの日。

ノームの日。

シェイドの日。

これらはイスミンスールの創世記に由来しており、その起源は極めて古く、〈厄災〉以前に遡《さかのぼ》る。イスミンスールの創世記は、生き物のまったくいない闇の世界に、造物主たる世界樹、その種が天から落ちてくるところからはじまる。これが創世記の一日目だ。

二日目。世界樹は大地に根づくと同時に溢れんばかりの光を放ち、闇だけの世界に光を創った。

三日目。発芽した世界樹は、自身の光で世界を包むために、光を反射させるための鏡（月のこと）を創る。これにより、世界はあますところなく光に包まれ、すべての闇が消え去った。

四日目。世界樹は双葉《ふたば》へと生長し、それと同時に火の塊《かたまり》（太陽のこと）を創る。

五日目。三葉になった世界樹は、水の塊（海のこと）を創る。

六日目。世界樹の生長は続き、四つ葉になると同時に世界すべてに根を張り巡らせ、己《おのれ》の分身たる八本の木を世界各地に創った。

七日目。分身たちと共にさらに生長した世界樹は、若木になると同時に大気を創った。

八日目。世界樹は天を衝《つ》くかのような勢いで生長し、その余波で世界が大きく波打ち、大地が創られる。

九日目。大樹となった世界樹は、ようやくその生長を止め、光を放つのをやめた。世界に闇が舞い戻り、昼と夜が創られる。

これがイスミンスールの創世記、一週間の由来となった第一章だ。この後、世界樹は花を咲かせたり、実をつけたりして、多種多様な生き物が創られていく。

狩夜とレイラがティールを発ち、ウルズ王国の首都へと向かう今日は、ユグドラシルの日。新たな一週間のはじまりの日であり、旅立ちに相応しい日だ。

「皆の者、早朝だというのに総出での見送り、大義である。私が留守の間も皆で力を合わせてこのティールを守り、開拓を進め、発展させてほしい。私がこの村に戻ったとき、この場にいる者が誰一人欠けることなく、私を出迎えてくれることを切に願うぞ」

ティールを発つイルティナが、見送りのために村の出入り口に集まった村民たちに笑顔を向ける。村民たちの前だからか、どこか気が張った様子だ。

イルティナの装備は腰に下げた青銅の剣と水鉄砲、聖水の入った瓢箪のみという軽装だった。それは同行する狩夜も同様で、バックパックは背負っていない。食料等の荷物は、すべて狩夜の頭上にいるレイラのなかなので、わざわざ持ち歩く必要がないのだ。

アイテム保管系スキルを有する仲間を持った者の特権だった。『虹色の栄光』のサポーターが「おいらの存在価値っていったい……」と、遠い目を向けている。

見送りにきた村民たちが「姫様、お気をつけて！」「カリヤ君、また来てね！」「レイラ様、命を救っていただき本当にありがとうございました！」と、口々に声を上げる。そんななか、村民たちの先頭に立つメナドが一歩前に進み出てきた。

「姫様、カリヤ様。道中お気をつけて。都までの道のりは常に川沿いですから大丈夫だとは思いますが、くれぐれも気を抜かぬようお願いいたします」

「ああ、わかっている。昨日も言ったが留守を頼むぞ。ガエタノもな。メナドの力になってやってくれ」

「はい！　我が身命を賭《と》して、このティールを守り抜きます！」

ガエタノは力強く宣言し、右手で胸を叩いてみせた。するとと今度は、サポーターがおずおずとイルティナの前に歩み出た。

「姫様。若の件、どうかよろしくお願いします。おいらも一緒にいけたらよかったんですが、おいらはあいつの面倒を見ないといけないんで……」

そう言う彼の視線の先には、ジルのパートナーであった怪鳥ガーガーの姿がある。

ガーガーは、開拓者ギルドに隣接《りんせつ》して作られた馬小屋のような建物のなかにいた。そして、なにをするでもなく、じっと一点を見つめ続けている。ザッツをティールに送り届けろというジルからの最後の命令を成し遂げて以来、ずっとこんな調子だ。

これは、主人を失った魔物に共通して見られる現象らしい。テイムされた魔物が主人と死別した場合、その魔物は野生に帰ることなく人里にとどまり続け、魂の波長の合う人間、すなわち、次の主人となる者を待ち続けるのだとか。

これを『主人待ち』もしくは『フリー』というらしい。

ユグドラシル大陸でも指折りの戦闘力を持つ魔物、怪鳥ガーガー。そんな魔物がフリーともなれば、目の色を変える者が出て当然である。開拓者志望の者たちが我先にと殺到し、ガーガーのテイムに挑《いど》んだのだが——どうやら御眼鏡に適《かな》う者がいなかったようで、ガーガーはいまだにフリーのままだ。サポーター自身もテイムに挑んだそうだが、駄目だったらしい。

どうやらサポーターは、共に旅し、死線を潜《くぐ》り抜けたガーガーが、次にどんな人物をパートナーにするのかを見届けたいようだ。

「心配するな。大切な民を命《いのち》懸《が》けで救ってくれた村の英雄を……私の婚約者を、無下に扱ったりはせんよ」

イルティナの言葉に、サポーターは涙ぐむ。

「それではカリヤ殿、そろそろ出発するとしよう。忘れ物はないか？」

「あ、はい。大丈夫です。ですが……その……」

「カリヤ殿？　どうかしたのか？」

「いえ……昨日村の皆さんに別れの挨拶《あいさつ》をして回ったんですが、ザッツ君だけが見つからなくて……」

狩夜はそう言って辺りを見回すが、ザッツの姿はなかった。

「あの、ガエタノさん。ザッツ君は――」

「カリヤの兄ちゃん‼」

狩夜が不安げに居場所を聞こうとした瞬間、その声を掻き消すように、ザッツの声がティールに響き渡った。

「はぁ！　はぁ！　よかった……間に合った。気がついたら朝になってたから、もう出発しちゃったかと思ったよ」

「ザッツ君！　今までどこに――」

狩夜は、全速力で村に飛び込んできたザッツの姿に目を見開いた。

土に汚《よご》れ、所々破けた服。体の至る所に張りついた葉っぱや枝。幾つもの擦《す》り傷。そんなザッツのボロボロな姿はもちろんだが、それらが些細《ささい》なことに思えるほどの驚きがあったからだ。

ザッツが、両腕のなかに一匹のラビスタを抱えていたのである。

そのラビスタは、ザッツに身をゆだね大人しくしていた。野生の魔物では決してありえないことである。

間違いない。このラビスタはテイムされている。ザッツは、魔物のテイムに成功したのだ。

「へへ、丸一日頑張って、ついさっきテイムに成功したんだ！　ラビーダって名前にしたんだぜ！　かっけーだろ！」

ザッツが誇らしげにラビーダを狩夜に見せてくる。腕のなかのラビーダは、なかなか精悍《せいかん》な顔つきをしていた。特徴的なのは左目を潰す大きな古傷であり、逞《たく》しさと勇ましさを強く感じさせる。

「これで俺も開拓者になれる。このラビーダと一緒なら、どこまでだっていける気がするよ。そんでもって、父ちゃんよりも、カリヤの兄ちゃんよりも、すっげー開拓者になってみせる。俺、なんにも持ってない凡人だけど、諦めずに頑張るよ。カリヤの兄ちゃんが見せてくれたから。弱くても、力が足りなくても、頑張れば、努力すれば、道は開けるって」

「ザッツ君……」

「だから……その……ありが――じゃない。俺はもう大丈夫――でもない。意地悪してごめ――はもっと違う！　えっと、だから、つまり、俺がなにを言いたいかと言うと――」

ザッツはここで言葉を区切ると、左腕だけでラビーダを抱え、右手では握り拳を作った。そして――

「こ……これからは、ライバルだ！」

と、狩夜に右手を突き出してきた。小柄な狩夜よりさらに小さい、だが、とても力強い握り拳だった。

レイラが「なかなかやるじゃん」と、感心した顔でザッツを見つめるなか、狩夜はザッツに応えるように右手で握り拳を作る。そして、万感の思いを込めて、拳を合わせた。

「おう！」


『お達者で――――‼』

村の入り口で、ティールの村民たちが一斉に声を上げた。

狩夜も振り返り大きく手を振る。その頭の上では、レイラも小さい腕を振っている。

ほどなくしてティールの村は見えなくなった。狩夜は振り返るのを止め、前を向く。

「いきましょうイルティナ様！　ウルズ王国に！」

思い残すことはある。後悔もある。だがそれでも前を向く。このティールで得た経験と、小さいライバルとのやりとりを胸に、狩夜はまだ見ぬ世界へと歩みを進める。

狩夜とレイラの冒険《ぼうけん》はまだまだはじまったばかり。

さぁ、次なる舞台《ぶたい》は木の民の国、ウルズ王国だ。

# 幕後　レイラちゃんの一人反省会

「いやー、やっぱあそこでの俺《おれ》の一発が効いたな！」

「はっは！　また言ってるよこいつ！」

「ちょっと飲み過ぎじゃない？」

「めでたいのはわかるけど、ほどほどにしとけよー」

「主《ぬし》を倒《たお》したのは、皆《みんな》の力――でしょ？」

「そうそう！　我らティールの民《たみ》に栄光あれ！」

　ヴェノムティック・クイーンを撃破《げきは》し、ヴェノムマイト・スレイブの死滅《しめつ》を確認《かくにん》した後、ティールの村はお祭り騒《さわ》ぎとなっていた。陽《ひ》が沈《しず》んだ後もそれは続き、朝に届いたばかりの物資を一日で使い切る勢いで、村民たちは焚火《たきび》を囲みながら料理を口にし、勝利の美酒に酔《よ》う。

　ティールを人知れず占拠《せんきょ》し、奇病《きびょう》を蔓延《まんえん》させたダニ型の魔物《まもの》たちはもういない。ティールの村民は、ここしばらく忘れていた平穏《へいおん》を全身で感じていた。

　帰らぬ人となった者もいるが、それを理解した上で村民たちは宴《うたげ》を楽しみ、声を弾《はず》ませる。その悲しみを受け止めるために。その現実を受け入れ前に進むために。

「ほらほら、カリヤさんも飲んでくださいよ！」

「村の英雄《えいゆう》に乾杯《かんぱい》！」

「いや、僕《ぼく》まだ未成年なんで、お酒はちょっと……」

勝利の立役者である狩夜《かりや》は、宴の中心である焚火の真ん前に座《すわ》らされ、ひっきりなしにもてなしを受けていた。今も絡《から》み酒の気がある村民からの御酌《おしやく》を、苦笑いで受け流している。

そんななか──

──はい、これ。

狩夜の頭上を腹這《はらば》いで占拠しているレイラは、とある植物の根茎《こんけい》──地下茎の一種、根のように見える茎《くき》──を手から出現させ、蔓《つる》を使って狩夜へと差し出した。

ショウガによく似たその根茎を狩夜が受け取り「これでお酒を飲んでも大丈夫《だいじようぶ》」と頷《うなず》いた後、レイラは頭上から離《はな》れ、地面へと降り立った。そして、狩夜に背中を向け歩き出す。

「いや、レイラさぁ、気遣《きづか》いは嬉《うれ》しいよ。嬉しいけども、ウコンを生で渡《わた》されても僕困っちゃうな──って、どこいくの？」

──ちょっと、お花を摘《つ》みに。

レイラは右手を口に当て、気まずげな顔で狩夜にそう伝えた。

女性にそう言われたら、なにも詮索《せんさく》せず見送るのが山や森でのマナーである。狩夜はたどたどしい足取りで森へと向かうレイラを素知らぬ顔で見送った。

軽くなった頭で料理と向き直り、手を伸《の》ばそうとしたところで──

「あれ⁉　トイレならそこにあるよ⁉　そもそも君は植物だから、そういうのしないよね──って、もういないし！」

方便を見抜《みぬ》いた狩夜が、右手の甲《こう》でツッコミを入れようとしたときには、すでにレイラは森に入った後だった。狩夜の声は届いていたが、引き留められた訳ではないので、レイラは振《ふ》り返ることなく歩き続ける。

「完全に嘘《うそ》って感じでもなかったけど……本当にどうしたんだろ？」

レイラが消えていった森の奥《おく》を見つめながら、狩夜は首を傾《かし》げた。

いくら魂《たましい》で繋《つな》がるパートナーといえど、伝えようとしなければ伝わらない。なにかを隠《かく》していることぐらいはわかるだろうが、その詳細《しょうさい》まで知ることはできない。

レイラにだってあるのだ。狩夜に知られたくないことが。そして、狩夜が知らないほうがいいことだってある。

――もう一度、皆の力で倒すのは面倒《めんどう》だ。宴に水を差すこともない。

表情を取り繕《つくろ》うのをやめたレイラは、不機嫌《ふきげん》なのを隠そうともせず目を半眼にし、やり残したことを終わらせるため、森の奥へ奥へと一人進んでいった。

ティールから少し離れた森のなかの一角に、濃密《のうみつ》な血のにおいが充満《じゆうまん》している。

無惨《むざん》に引き裂《さ》かれたワイズマンモンキーや、ベヒーボアの死体が山積するその場所には、巨大《きょだい》なダニ型の魔物の姿があった。

禍々《まがまが》しく呪術《じゆじゆつ》的な模様から、一目でティールを襲《おそ》ったダニ型の魔物たちと同種だとわかるその魔物の正体は、クイーンの番《つがい》。つまりは、ヴェノムティック・キングとでもいうべき存在である。

クイーンは、最初の襲撃《しゅうげき》の際に、メラドの体内に寄生型の下位個体、もしくは卵を体内に植えつけている。つまり、繁殖《はんしょく》をしている。そして、ヴェノムマイト・スレイブや、ヴェノムティック・スレイブでは、交配相手として明らかに不適当だ。

だから、クイーンと同程度の体躯《たいく》と能力を持ったキングが存在していたとしても、なんら不自然ではない。狩夜とティールの村民たちは、その可能性をすっかり忘れていた。

クイーンが死んだ後も、下位個体ではないキングは、問題なく活動を続けている。

クイーンや、そのクイーンとの間にできた子供たちの仇討《かたきう》ちなどは考えない。〔ユグドラシル言語〕スキルを持たず、クイーンほど秀《ひい》でた知能を持たないキングは、大多数の蟲《むし》同様、番や子供の生死に対して無関心だ。

ただ、クイーンを殺した相手のことは本能的に警戒《けいかい》していた。ソウルポイントをスキルの取得に消費していないぶん、基礎《きそ》能力ではキングのほうが上だが、決して油断はできない。

その矛先《ほこさき》が自身に向いた際に返り討ちにできるよう、キングは夜を徹《てっ》してソウルポイントを稼《かせ》ぎ、自己強化に勤《いそ》しんでいた。

ソウルポイントに飢《う》えるキングが、次なる獲物《えもの》を探して動き出そうとしたとき――

「――？」

不意に、卵の殻《から》に割り箸《ばし》を突《つ》き立てたかのような音が、森のなかに連続して響《ひび》き渡る。

次の瞬間《しゅんかん》、キングは音源が自分の体だということすら認識する前に絶命し、その巨体を力無く地面に横たえた。

——仕留めた。

レイラは胸中でそう呟《つぶや》いた後、つい先ほど右腕《みぎうで》から伸ばした三本の蔓を体内へと収納していく。

すると、すでに息絶え、体に突き刺《さ》さった蔓に引きずられるままに森を進む巨大なダニ型の魔物、ヴェノムティック・キングの姿が見えてくる。

花粉によって事前にキングの居場所を特定していたレイラが、その場所へと蔓を伸ばし、急所を的確に貫《つらぬ》いて、断末魔の悲鳴を上げることすら許さず即死《そくし》させるのに費《つい》やした時間は、十秒にも満たなかった。

——もう、お前たちから学べるものはなにもない。

レイラは、自身のほど近くにまでキングを引き寄せると、頭上から肉食花を出現させ、丸ごとなかに放《ほう》りこむ。

鋼《はがね》の刃《やいば》すら防ぐ強固な外皮を容易に噛《か》み砕《くだ》き、レイラはキングを取り込《こ》んでいった。

宴を中座した際の宣言通り、花を摘むかのような手軽さでキングを打倒したレイラは、さて次だとばかりに口を大きく広げ、クエスト【主の討伐《とうばつ》】を達成した証拠品《しょうこひん》として体内に保管してあるクイーンの死骸《しがい》から、秘密裏《ひみつり》に摘出《てきしゅつ》しておいたあるものを吐《は》き出し、右手で受け止める。

それは、血よりもなお赤い、豆粒《まめつぶ》ほどの大きさの鉱物であった。

この鉱物は、激闘《げきとう》の最中《さなか》に狩夜の剣鉈《けんなた》によって貫かれた赤い球体、クイーンの核《かく》ともいうべき器官の中心に存在していたものであり、クイーンがあれほどまでに強大化し、人類を滅《ほろ》ぼしうるほどの知能と能力を得た理由であった。

狩夜は突然《とつぜん》変異、もしくは〔ユグドラシル言語〕スキルの副次効果と思っていたようだが、それは違《ちが》う。いや、無関係ではないが、それだけでああはならない。産み落とした眷属《けんぞく》を使役《しえき》するのはダニではなく、蜂《はち》や蟻《あり》の領分だ。明らかにダニという種を逸脱《いつだつ》した力である。

この世界の生物は、地球の生物のように微《び》生物が進化を重ねて今の姿になったわけではない。造物主によって、はじめから「こうあれ」とつくられたものだ。それら生物が、造物主が定めた枠組《わくぐ》みから逸脱するほどに姿《すがたかたち》形や生態を変化させるには、それなりの切っ掛《か》けが必要になる。

そして、この鉱物の由来は、十二分にその切っ掛け足り得るものだ。

——ふ〜ん。そっかそっか。これがそうなんだ。へ〜。

知識としては知っていたが、実物を見るのはこれがはじめてである。レイラは目を見開きながら鉱物を見つめ、つぶさに観察した。

——うん、覚えた。

ほどなくして満足したのか、レイラは大きく頷いた後、鉱物を真上に放り投げる。そして、重力に従って落下してきたところを、頭上の肉食花で躊躇《ちゆうちよ》なく噛み砕き、飲み込んだ。

鉱物の由来を知る者ならば、誰《だれ》もが目を疑うような所業。それをさも当然のようにやってのけ、一連の事件の後始末を終えたレイラは、肉食花を引っ込めて天を仰《あお》ぎ、四半日前に狩夜が口にした「レイラは防御《ぼうぎよ》で精一杯《せいいつぱい》」という言葉を思い返す。そして——

——狩夜の馬鹿《ばか》！　私が攻撃《こうげき》してれば楽勝だったんだよー‼

と、声なき声で叫《さけ》び、地面へと崩《くず》れ落ちた。

これは純然たる事実である。単純な戦闘力ならば、クイーンよりもキングのほうが上だ。そのキングを圧倒した以上、クイーン相手に同じことができない道理はない。

ならばなぜ、クイーンを相手に、あれほどの苦戦を強《し》いられたのかというと――

――あの命令さえなければ！　あの命令さえなければ！

そう、レイラがクイーンとの戦闘中に攻撃を仕掛けなかったのは、グリーンビーの巣の駆除《くじょ》の際に狩夜が口にしたこの命令「レイラ！　僕が攻撃するから、防御！　防御よろしく！　あいつら毒持ってるから！　くらうと洒落《しゃれ》にならないから！」を、忠実に守っていたからに他ならない。

この命令さえなければ、クイーンとの戦いは楽勝だった。いや、戦いにすらならなかっただろう。

レイラが攻撃に転じた瞬間、勝敗が決していたに違いない。

レイラは悔《くや》しさを堪《こら》えるように、右手でバンバンと地面を叩《たた》く。

別に、自らの発言で危機を誘発《ゆうはつ》し、危《あや》うく死にかけた狩夜を怒《おこ》っている訳でも、不特定多数の人間に自分が弱く見られたことに対して不満を感じている訳でもない。

あの程度の相手から、狩夜を守り切ることができなかった。

なにも考えていない稚拙《ちせつ》な防御で、危うく狩夜を死なせてしまうところだった。

自分の勝手な都合でイスミンスールに連れてきた、代わりのきかない大切な存在を失いかけた。

それらの事実が、悔しくて悔しくてしかたない。

――くそぉ！　くそぉ！　馬鹿馬鹿！　私の馬鹿！

レイラは顔を伏《ふ》せたまま地面を叩き続ける。そんなレイラの心の乱れに連動し、頭頂部の葉っぱが激しく蠢《うごめ》き、周囲の木々を無秩序《むちつじょ》に切り倒していく。紛《まぎ》れもない八つ当たりであり、意味のない自然破壊《はかい》であったが、今のレイラにそれを気にする余裕《よゆう》はない。

そして、周囲の木々がすべて切り倒され、森がすっかり開けてしまったころ、レイラはようやく落ち着きを取り戻《もど》し、両目に大粒の涙《なみだ》を溜《た》めながら顔を上げる。

——まあ、いい。よくないけど、全然よくないけど、いい。結果として狩夜は無事だったし、得るものも多かった。

この時点で防御のいろはを学べたのは大きい。

かわす、逸《そ》らす、流す、弾《はじ》く、他にも、他にも。

ひとえに防御といっても色々あるのだ。硬質化《こうしつか》した葉っぱで真正面から受け止めるだけではだめ。それでは攻撃自体は防げても、衝撃《しょうげき》がダイレクトに伝わってしまう。自分は平気でも、狩夜の体がもたない。人間の体は脆弱《ぜいじゃく》なのだ。

もしクイーンとの戦いが楽勝で終わっていたら、このことには気づけなかった。むしろ狩夜の命令に感謝するべきだろう。おかげで手頃《てごろ》な相手で練習できた。

——相手があいつらだったら、そんな余裕なんてなかったんだから。

この考えと共にレイラは立ち上がり、森が開けたことで見えるようになった、世界樹へと向き直る。

遠い山脈の向こう、ユグドラシル大陸の中心で、夜天を貫くようにそびえ立つ世界樹。その雄大《ゆうだい》で神々《こうごう》しい姿を、レイラは剣呑《けんのん》な視線で見つめた。

——まだだ……まだ早い。狩夜がもう少し強くなってからじゃないと危ない。もしあいつらと戦いになったら、今のままじゃ狩夜を守り切れない。

レイラはしばらく世界樹を見つめた後、未練を振り払《はら》うように頭を振った。そして、狩夜のもとに戻るべく、ティールの村を目指して歩き出す。

――この先、どんな困難が待ち構えていようと、狩夜は絶対死なせない。私にできることならなんだってする。それが、承諾《しょうだく》なしに狩夜をこの世界に連れてきた私の責任であり、彼《かれ》の人生をめちゃくちゃにした私にできる、せめてもの償《つぐな》いだ。

パートナーの狩夜すら知らない、ある重大な使命と、とある個人的な目的を背負うその小さな体を、月だけが優《やさ》しく見下ろしていた。

# あとがき

皆様《みなさま》、はじめまして。平平祐《ひらだいらゆう》と申します。

私がはじめて世に出すライトノベル『引っこ抜《ぬ》いたら異世界で』をお手に取ってくださり、誠《まこと》にありがとうございます。

恋愛《れんあい》も、立身出世もそっちのけで、小説を書き続けること二十年。気づけばもうアラフォーです。かつて憧《あこが》れた漫画《まんが》やアニメの登場人物たちは、軒並《のきな》み私より年下になってしまいましたが、ようやく一花咲《さ》かせることができました。長年の夢を叶《かな》えることができ、感無量であります。今際《いまわ》の際《きわ》、たとえ最後を看取《みと》ってくれる妻子がいなくとも、きっと私は「悪くない人生だった」と笑えることでしょう。そして『商業作家』という肩書《かたがき》を誇《ほこ》りに、天に召《め》されるのです。

もちろん、まだまだ死ぬつもりはありませんけどね！　こうして本を出せたのです！　私の人生はこれからだ！


（以下、本編の内容に触《ふ》れておりますのでご注意ください）

さて、話は変わりますが、皆様は人外相棒ものの物語は好きですか？　私は大好きです。槍《やり》に封《ふう》じられていた大妖怪《だいようかい》。優《やさ》しい王様を目指す魔物《まもの》の子。右手に擬態《ぎたい》した寄生生物。他にも他にも。普通《ふつう》の人間であった少年少女たちが、それらを相棒に冒険《ぼうけん》活劇を繰《く》り広げる姿に、当時の私は心を躍《おど》らせせました。それらの物語と出会い、完結を見届けてからすでに長い月日がたちますが、その感動はいまだ私の心を掴《つか》んで放しません。

この『引っこ抜いたら異世界で』は、そんな人外相棒ものに、昨今流行の異世界転移ものの設定を掛《か》け合わせたものになります。

主人公の叉鬼狩夜《またぎかりや》は、ごく普通の中学生。特別な力はなに一つありません。規格外に強い相棒の存在と、世界観から、ハイペースで強くなっていきますが、あくまで一般人《いっぱんじん》の延長線上にいます。

相棒兼《けん》ヒロインであるレイラは、マンドラゴラの女の子。顔や体が人間だったりはしません。まんま植物の根であり、見るからに人外です。よくあるチートな能力は、すべて彼女《かのじょ》に集約してあります。

そんなチートマンドラゴラであるレイラを、狩夜が地面から引っこ抜くことで、冒険のはじまりを告げる絶叫《ぜっきょう》が上がるのです。

異世界イスミンスールを舞台《ぶたい》に、ゆく先々で艱難辛苦《かんなんしんく》を乗り越《こ》え、無理難題を解決していく狩夜とレイラ。彼《かれ》らはときに助け合い、ときに衝突《しょうとつ》し合いながら、種族を超《こ》えた友情と信頼《しんらい》、そして愛情を紡《つむ》いでいき、各々《おのおの》の目的のために邁進《まいしん》していきます。

種族も、基礎《きそ》能力も、価値観もまるで違《ちが》う二人ですが、相棒は多かれ少なかれ似るものであり、目的に向かってがむしゃらに走り続け、傷つき力尽《つ》きるか、希望が完全に潰《つい》えるまでは止まれないという共通点があります。そして、普段は表面化しない狂気《きょうき》をその身に宿して——え？　とてもそうは思えない？　狩夜とレイラは全然似ていないし、狩夜はよくあるお人好し主人公に見える？　まあ、そうでしょうね。狩夜が本性《ほんしょう》を現すのは、もう少し後になってからですから。

『三巻の壁《かべ》』は昔の話。星の数ほどある作品たちが、多くの小説投稿《とうこう》サイトで蠱毒《こどく》の如《ごと》く鎬《しのぎ》を削《けず》る昨今では『一巻の壁』なのが現実です。その壁を越え、狩夜の本性や過去、レイラの正体や強さの秘密、異世界イスミンスールの現状などを、続巻という形で読者の皆様にお届けできることを切に願っています。

では、最後に謝辞を述べさせていただきます。

素晴《すば》らしいイラストを描《か》いてくださいました日色さん。はじめての書籍化《しょせきか》作業で右往左往する私を導いてくださいました担当氏。数多《あまた》の作品のなかからこの物語を選んでくださいました編集部の皆様。印刷、製本、流通、販売《はんばい》にかかわるすべての皆様。『カクヨム』投稿時代から支え続けてくださいましたフォロワーの皆様。そして、今この本を手にとっている貴方様《あなたさま》に、心より御礼《おんれい》申し上げます。

二〇二三年　六月某日　平平　祐

DRAGON NOVELS
ドラゴンノベルス

# 引っこ抜いたら異世界で


2023年8月5日　初版発行

著　　者　平平《ひらだいら》 祐《ゆう》

発 行 者　山下直久

発　　行　株式会社 KADOKAWA
〒102-8177　東京都千代田区富士見 2-13-3
電話 0570-002-301（ナビダイヤル）

編　　集　ゲーム・企画書籍編集部

装　　丁　寺田鷹樹（GROFAL）

D T P　株式会社スタジオ205 プラス

印 刷 所　大日本印刷株式会社

製 本 所　大日本印刷株式会社

DRAGON NOVELS ロゴデザイン　久留一郎デザイン室＋YAZIRI





ISBN978-4-04-075081-1　C0093

Shinuchi
真打
illustration 藻
転生したら小魚だったけど
龍になれるらしいので頑張ります
When I reincarnated,
I got a small fish.
ドラゴンノベルス

シリーズ1〜2巻発売中

KADOKAWA

シリーズ上下巻発売中

KADOKAWA